라 퐁텐 우화집

라 퐁텐 우화집 ㉭

초판 1쇄 인쇄 2004. 1. 10.
초판 1쇄 발행 2004. 1. 15.

지은이   장 드 라 퐁텐
그린이   그랑빌
옮긴이   민희식
펴낸이   김경희
펴낸곳   (주)지식산업사
        서울시 종로구 통의동 35-18
        전화 (02)734-1978(대)
        팩스 (02)720-7900
        인터넷 한글문패 지식산업사
              영문문패 www.jisik.co.kr
        전자우편 jsp@jisik.co.kr, jisikco@chollian.net

등록번호 1-363
등록날짜 1969. 5. 8.

ⓒ 민희식, 2004
ISBN 89-423-7556-1 04860
ISBN 89-423-0043-X(전2권)

책값 15,000원

이 책을 읽고 지은이에게 문의하고자 하는 이는 지식산업사 전자우편으로 연락 바랍니다.

라 퐁텐 우화집 하

LES FABLES DE LA FONTAINE

장 드 라 퐁텐 지음 | 그랑빌 그림

민희식 옮김

지식산업사

차 례

제 2 집

- 머리말 · 10
- 몽테스팡 부인에게 · 12

제7권

1. 페스트에 걸린 짐승들 · 16
2. 결혼 실패자 · 20
3. 속세를 버린 쥐 · 23
4. 황새 · 26
5. 처녀 · 29
6. 소원 · 32
7. 사자의 궁정 · 36
8. 독수리와 비둘기 · 39
9. 마차와 파리 · 42
10. 우유팔이 여인과 우유통 · 44
11. 신부와 죽은 사람 · 47
12. 운을 좇는 사나이와 자며 기다리는 사나이 · 50
13. 수탉 두 마리 · 55
14. 행운의 신에 대한 인간의 배반과 부정 · 58
15. 점치는 여자 · 62
16. 고양이와 족제비와 어린 토끼 · 65
17. 뱀의 머리와 꼬리 · 68
18. 달 속의 짐승 · 71

제8권

1. 죽음의 신과 죽어가는 사람 · 78
2. 구두장이와 은행가 · 82
3. 사자와 이리와 여우 · 85
4. 우화의 힘 · 88
5. 인간과 벼룩 · 93
6. 여자와 비밀 · 95
7. 주인의 저녁을 나르는 개 · 98
8. 어릿광대와 물고기 · 101
9. 쥐와 굴 · 103
10. 곰과 정원 애호가 · 106
11. 두 친구 · 110
12. 돼지와 염소와 양 · 113
13. 티르시스와 아마란테 · 116
14. 암사자의 장례식 · 120
15. 쥐와 코끼리 · 124
16. 점성술 · 126
17. 당나귀와 개 · 131
18. 태수와 상인 · 134
19. 학문의 이익 · 138
20. 유피테르와 천둥 · 141
21. 송골매와 식용닭 · 145
22. 고양이와 쥐 · 148
23. 급류와 강 · 152
24. 교육 · 154
25. 두 마리의 개와 죽은 당나귀 · 156
26. 데모크리토스와 아브데라의 시민들 · 159
27. 이리와 사냥꾼 · 163

제9권

1. 신의 없는 보관인 · 168
2. 비둘기 두 마리 · 173
3. 원숭이와 표범 · 178
4. 도토리와 호박 · 181

5. 학생과 선생과 정원 주인 · 184
6. 조각가와 유피테르 석상 · 187
7. 아가씨로 변한 생쥐 · 190
8. 지혜를 파는 미치광이 · 195
9. 굴과 소송인 · 198
10. 이리와 야윈 개 · 200
11. 모든 일에 너무 지나치지 마라 · 203
12. 큰 초 · 205
13. 유피테르와 나그네 · 207
14. 고양이와 여우 · 210
15. 남편과 부인과 도둑 · 213
16. 보물과 두 남자 · 216
17. 원숭이와 고양이 · 219
18. 솔개와 나이팅게일 · 222
19. 양치기와 양 떼 · 224
20. 쥐 두 마리와 여우와 달걀 · 226

제10권

1. 사람과 뱀 · 240
2. 거북과 오리 두 마리 · 245
3. 고기들과 가마우지 · 248
4. 돈을 묻은 남자와 그의 친구 · 251
5. 이리와 양치기들 · 254
6. 거미와 제비 · 257
7. 자고새와 수탉 · 260
8. 귀를 잘린 개 · 262
9. 양치기와 왕 · 264
10. 물고기와 피리 부는 양치기 · 269
11. 두 마리 앵무새와 왕과 그 아들 · 272
12. 암사자와 암곰 · 276
13. 두 모험가와 부적 · 278
14. 토끼 · 282
15. 상인, 귀족, 양치기와 왕자 · 287

제11권

1. 사자 · 292
2. 유피테르의 아들을 가르치는 신들 · 296
3. 농부와 개와 여우 · 300
4. 어떤 무굴제국 사람의 꿈 · 304
5. 사자와 원숭이와 두 마리의 당나귀 · 307
6. 이리와 여우 · 312
7. 다뉴브 강의 촌사람 · 315
8. 노인과 세 젊은이 · 320
9. 생쥐와 부엉이 · 323

■ 맺음말 · 326

제 3 집

■ 부르고뉴공 전하께 · 330

제12권

1. 오디세우스의 동료들 · 334
2. 고양이와 참새 두 마리 · 341
3. 구두쇠와 원숭이에 대해서 · 344
4. 염소 두 마리 · 347
   ■ 라 퐁텐에게 '고양이와 쥐' 라는 이름의 우화를 부탁한 부르고뉴공 전하께 · 350
5. 늙은 고양이와 젊은 쥐 · 352
6. 병든 사슴 · 354
7. 박쥐와 덤불과 오리 · 356
8. 개와 고양이의 싸움과 고양이와 쥐의 싸움 · 359
9. 이리와 여우 · 362
10. 가재와 그 딸 · 367
11. 독수리와 까치 · 370
12. 솔개와 왕과 사냥꾼 · 373

13. 여우와 파리와 고슴도치 · 379
14. 연애와 광기 · 382
15. 까마귀와 영양과 거북과 쥐 · 385
16. 숲과 나무꾼 · 392
17. 여우와 이리와 말 · 394
18. 여우와 칠면조들 · 396
19. 원숭이 · 398
20. 스키티아의 철학자 · 400
21. 코끼리와 유피테르의 원숭이 · 403
22. 미치광이와 현자 · 406
23. 영국의 여우 · 408
24. 다프니스와 알시마뒤르 · 413
25. 재판관과 의사와 은자 · 418
26. 태양과 개구리 · 422
27. 쥐들의 동맹 · 425

■ 라 퐁텐 묘비명 · 428

일러두기

1. 라 퐁텐의 《우화집》은 옮긴이가 일찍이 《라퐁텐寓話》(을유문화사, 세계문학전집 67, 1960)라는 이름으로 옮긴 바 있다. 이번 번역은 같은 책의 1971년 판과 함께, 프랑스 갈리마르 출판사의 플레야드 총서 가운데 La Fontaine - Œuvres Complètes, tome I ; Fables, Contes et Nouvelles(1991)와 독일 하쏘 에벨링 출판사의 Fables de La Fontaine(1983)을 바탕으로 처음부터 끝까지 새로 손을 보았다.

2. 이 책은 《우화집》을 둘로 나누어 상권에는 제1집(1~6권)을 실었고, 하권에는 제2집(7~11권)과 제3집(12권)을 함께 실었다.

3. 이 책에 들어간 그랑빌의 판화는 푸르니에(Fournier)와 페로탱(Perrotin)이 펴낸 Les Fables de Jean de La Fontaine(1838)에 처음 실린 것들이다.

4. 라 퐁텐의 모든 우화는 운문의 시로 쓰였으나 산문으로 고쳐 싣되, 되도록 원문의 체재를 살려서 옮겼다. 그리고 읽는 이의 이해를 돕고자 주를 달아 각 우화의 끝에 두었다.

제 2 집

머 리 말

이 책은 내가 독자에게 내놓는 《우화집》의 제2집이다. 나는 여기서 먼저 쓴 제1집의 우화와 다른 모습을 보여주려고 한다. 물론 주제도 다르지만 또한 내 작품에 더욱 많은 변화를 주기 위해서이다. 처음 2부[1] 가운데에서 내가 많이 쓴 친근한 표현은 이솝이 만든 이야기에 어울리는 것이었지만, 이번에는 그것이 눈에 띄지 않게 다루었다. 같은 이야기가 되풀이 되지 않도록 하기 위해서이다. 또한 그러한 표현이 한 없이 많은 것도 아니다. 그리하여 나는 다른 풍부한 자료를 구할 필요가 있어 이야기의 상황도 확대했다. 사실 그렇게 해야만 했다. 독자들이 조금만 주의한다면 자연히 그것을 알 것이다. 따라서 나는 여기에 그 이유를 길게 쓰거나 이 주제를 어디서 가져왔다는 이야기를 할 필요가 없다.

다만 감사하는 마음에서 그 대부분이 인도의 현자 필파이[2]에게서 빌려온 것임을 말해둔다. 그의 책은 모든 말로 번역되어 있다. 그 나라 사람은 그를 오래전의 인물로 보고 이솝과 관계없이 독자적인 것을 쓴 것으로 알고 있다. 그러나 현자 로크만[3]

이라는 이름으로 이솝이 자신을 감추었는지도 모른다. 그 밖에도 몇 사람의 다른 자료도 참고했다. 나는 이 새로운 2부[4]에 될 수 있는 대로 변화가 많도록 했다. 인쇄할 때 몇 가지 잘못이 있었는지 모른다. 정오표(正誤表)를 만들도록 하였지만 그것은 중요한 것이 아니다. 이 책을 즐겁게 읽을 사람이면 각자가 그 잘못을 고칠 수도 있다.

---

1) 1678년에 제2집을 출간하기 앞서 제1집을 두 권의 책으로 다시 펴냈다. 이것이 각각 제1부와 제2부이다.
2) 비드파이라고도 한다. 기원전 4세기에서 기원전 3세기에 걸쳐 활동한 인도의 전설적 우화 작가. 다브채림이라는 왕의 요구에 따라 인도의 우화를 산스크리트어로 쓰기 시작했다. 이 책은 6세기 중반에 옛 페르시아어로 번역되었고 뒤에 다시 프랑스어로 번역되었다. 이 책을 《판차탄트라》(*Panchatantra*)라고 하며, 프랑스에서는 '광명(光明)의 책'이라 불리었다. 라 퐁텐은 1644년에 그 번역본을 읽었다.
3) 이솝 우화를 아라비아어로 번역한 작가로 여겨지는 가공의 인물. 라 퐁텐은 필파이와 로크만을 같은 인물로 본 것 같다.
4) 제2집 또한 두 권의 책으로 출간되었으며, 이것이 각각 제3부와 제4부이다.

몽테스팡 부인[1]에게

우화는 신이 보낸 하나의 선물,
만일 그것이 인간의 선물이라면
그것을 우리에게 보내준 사람은 누구든 제단에 모셔야 한다.
우리는 모두, 할 수 있는 한
이 훌륭한 예술을 처음 만든 인물을
신처럼 존경해야 한다.
우화는 정말 하나의 매력, 그것은 관심을 불러일으켜
사람의 마음을 사로잡고
이야기에 귀를 기울이게 하며
마음껏 마음과 머리를 이끌어 간다.
이 점을 본뜨는 올림포스[2]여, 만일 내 무사[3]가

때로 신의 식탁에 참석할 때가 있다면
그 선물에 눈을 돌려주십시오.
내 정신이 즐기는 놀이를 도와주십시오!
모든 것을 파괴하는 시기에도 당신의 지지 덕분에
나는 이 작품 속에서 세월을 초월하여 살아남습니다.
자기가 죽은 뒤에도 더 살려고 하는 작가는
그녀의 도움을 받아야 합니다.
내 시구(詩句)의 모든 가치는
그녀로부터 나옵니다.
우리들이 쓴 것에 있는 아름다움을
조그만 것까지 그대는 다 알고 있습니다.
아! 그대를 제외하고, 누가 아름다움과 우아함을 알 것인가!
말이든 눈초리든 그녀의 모든 것이 매력입니다.
내 무사는 이처럼 즐거운 주제로
할 수 있는 한 더 쓰려고 하지만
이 일은 다른 사람에게 남겨두어야 합니다.
나보다 더 훌륭한 작가가
그녀를 찬양하는 것이 마땅합니다.
올림포스여, 나의 최근 작품에서 그대가
방벽과 은둔처가 되어준다면 그것으로 충분합니다.
앞으로 이 책이 호감을 얻도록 두둔해준다면
나는 제2의 삶을 기다릴 용기를 얻을 것입니다.
그대의 보호만 받으면 이 시들은
세상의 시기에도 거리끼지 않고
많은 사람의 주목을 받을 만하다는 평가를 받을 것입니다.

나는 그렇듯 큰 혜택을 입을 자격이 없으나
우화의 이름으로 그것을 구합니다.
이 만들어낸 이야기가
어떤 신뢰를 주는지 그대는 알 것입니다.
만일 나의 시가 그대의 마음에 드는 행운을 얻는다면
그 대가로 사원을 하나 지어야 합니다.
하지만 나는 그 사원을, 그대만을 위해서가 아니라면 세우고 싶지 않습니다.

---

1) 루이 14세의 애첩(1641~1707). 그녀의 전성기인 1678년에 라 퐁텐이 그녀에게 찬사를 바쳤다. 그녀는 브왈로와 라 퐁텐을 좋아했다.
2) 몽테스팡 부인을 가리킨다.
3) 그리스 신화에 나오는 아홉 뮤즈(무사의 영어식 이름) 가운데, 서사시와 서정시를 관장하는 칼리오페를 가리킨다.

1. 페스트에 걸린 짐승들

공포를 뿌리는 어떤 병.
지상의 죄를 벌주기 위하여
격노한 하늘이 만들어낸 병.
(그 이름을 밝히지 않을 수 없어 말하면) 페스트는
하루 동안에 지옥을 만원으로 만들 수 있는 병으로,
짐승까지도 공격하였다.
짐승이 다 죽지는 않았으나 병이 들었다.
죽어가는 목숨을 이어갈 양식을

찾으러 다니는 짐승은 하나도 없었다.
아무리 맛있는 것도 입에 당기지 않아
여우와 이리도
연약하고 순진한 먹이를 노리지 않았다.
멧비둘기는 서로 멀리하여
이미 사랑도, 기쁨도 없어졌다.
사자가 회의를 열어 말했다.
　"친구들이여,
　생각컨대 하늘은 우리의 죄를 미워하여
　이 재앙을 일으켰다.
　우리 가운데서 가장 죄 많은 누군가가
　신의 노여움의 방패로서 희생해야 한다.
　그렇게 하면 모두 병을 고칠 수 있을 것이다.
　역사에도 이런 경우에는 그런 희생물을 바쳤다.
　변명은 하지 말자.
　용서 없이 우리는 양심을 똑바로 보아야만 한다.
　나로 말하면, 식욕을 못 이기고
　많은 양을 게걸스럽게 먹었다.
　양은 나에게 무엇을 했는가?
　아무런 나쁜 짓도 하지 않았다.
　뿐만 아니라
　때로는 양치기까지 먹어치웠다.
　그러므로 필요하다면 나 자신을 희생하겠다.
　그렇긴 하나 전부 나처럼 죄를 고백하라.
　진실로 정의를 좇으려면 우리 가운데

가장 악한 자가 죽어야 하기 때문이다."
여우가 말하였다.
　"대왕 나리, 너무도 너그러우십니다.
　양심의 가책으로 마음이 너무 약해지신 것 같습니다.
　양같이 하찮은 그 따위 것을
　먹은 걸 가지고 무얼 그러시나요.
　그게 뭐 죄인가요? 아니죠. 폐하에게 먹힌다는 것이
　놈들에겐 영광스러운 거죠.
　또한 양치기로 말하면, 놈들은
　우리 짐승들을 못살게 굴고 되지 못하게 뽐내니
　그놈들이야말로 어떠한 불행을 만나도 자업자득이죠."
이 말에 아첨꾼들은 모두 박수를 쳤다.
호랑이와 곰, 그 밖의 힘센 짐승에게도
사자에 못지 않은 죄가 있기는 하나,
아무도 감히 추궁하지 못했다.
싸움 좀 하는 짐승들은, 이름 없는 사냥개에 이르기까지,
그들 말에 따르자면 성인이나 다름없었다.
자기 차례가 되자 당나귀가 말했다.
　"생각해보면 언젠가 풀밭을 지나다가
　배가 고파, 마침 보드라운 풀도 있고, 거기에 또
　악마의 부추김 때문에
　그 풀밭의 풀을 혓바닥만큼 먹었습니다.
　아무 권리도 없으면서요. 그래서 솔직히 말합니다."
이 말을 듣고 모두 당나귀를 욕했다.
법정 서기 경험이 있는 이리는 장광설로

미천하고 불결한 놈이 모든 화근의 씨앗이므로
저주받을 짐승을 희생으로 바쳐야 함을 논증했다.
결국 당나귀는 조그만 죄로
교수형을 선고받았다.
남의 풀을 먹다니! 용서 못할 죄다!
사형밖에는 그 큰 죄를 씻을 길이 없어
당나귀는 그대로 당하고 말았다.
세도가 있느냐 없느냐에 따라
법정의 판결도 유죄나 무죄가 되는 것이다.

2. 결혼 실패자

만일 선함이 반드시 아름다움을 동반한다면
내일 당장 나는 아내를 찾겠다.
하지만 둘 사이의 불일치가 새삼스러운 것도 아니고
새로 시작된 것이 아니며
아름다운 육체에 훌륭한 마음을 가진 사람을
만난다는 것도 어려우니
아내를 찾지 않는 나를 나쁘다 생각 마라.
지금까지 많은 결혼을 보았으나, 그 어느 것도 마음에 들지 않는다.

그렇지만 동서남북의 모든 사람들이
용감하게 그 희박한 확률에 몸을 내맡기고
또한 동서남북의 모든 사람들이 똑같이 후회를 맛본다.
나는 이제, 한 사나이가 진력이 난 끝에
시끄럽고, 욕심 많고, 질투심 많은
부인을 쫓아낼 수밖에 없었던
예를 들어보겠다.

이 여자는 무엇에도 만족하지 않고, 무엇이나 마음에 들지 않았다.
너무 늦게 일어나며, 너무 빨리 잠자리에 들었다.
흰 것을 원했다가, 다시 검은 것을 원했다가, 또 다시 마음이 바뀐다.
하인도 화를 내며, 남편이 참는 것도 한계가 있다.
　"당신은 아무 생각 없이, 낭비만 하오.
　　당신은 바깥을 뛰어다니나, 게으름만 피우고 있소."
이러쿵 저러쿵 말대꾸를 하니 남편은 결국
부인의 말에 질려서
그녀의 양친 집인 시골로 쫓아내버렸다.
그러자 부인은 그곳에서 칠면조를 지키는 품위 없는 하녀나
돼지치기 따위와 사귀었다.
얼마 지나 화가 풀리자, 남편은 아내를 불러들였다.
　"아, 그래! 잘 지냈소?
　　그동안 어떻게 지냈소?
　　한가한 시골 생활이 마음에 들었소?"
　"아, 참 괴로웠어요.

여기보다 사람들이 더 게을러요.
짐승도 멋대로 놔두고요.
내가 그것을 알아듣게 일러주니까
일도 못하는 그놈들은 나를 미워했어요."
주인은 곧바로 말했다.
"자, 부인,
만일 당신의 성격이 까다로워
잠시밖에 어울리지 못하고,
해가 진 뒤에야 돌아오는 사람까지도
당신 얼굴 보기가 싫다면,
하루 종일 당신의 잔소리를 듣는
하인들은 어떻겠소?
더구나, 밤낮을 당신과 같이 지내야 하는
남편은 또 어떻겠소?
시골로 돌아가시오. 이별이오. 만약에 내가
당신을 다시 부르거나, 그럴 마음이라도 생기는 날엔
내 죄의 대가로
저 세상에 가서 당신과 같은
여자 두 사람에게 쉴새없이 들볶여도 좋소."

3. 속세를 버린 쥐

근동[1] 민족의 성자전(聖者傳)에
전해 내려오는 이야기이다.
한 마리의 쥐가 현세에 권태를 느껴,
시끄러운 세상을 멀리 떠나
네덜란드 치즈 속에 몸을 감추었다.
사방은 조용하고
정말 고독했다.
이 새로운 은둔자는 그 속에서 살 생각이었다.
손발과 이를 부지런히 놀려

며칠 만에 그 은둔지 깊숙한 곳에다
먹을 것과 살 곳을 마련했다.
그 밖에 무엇이 더 필요한가?
쥐는 통통해지고 몸에 기름이 흘렀다. 신은 자신을 섬긴다고
맹세한 자에게 아낌없이 재물을 준다.
어느 날, 이 신앙심이 깊은 성자에게
쥐 나라의 사절이 나타나
약간의 협력을 부탁했다.
그들은 낯선 땅에 가서
고양이 나라와 싸우기 위한 도움을 얻으려던 참이었다.
쥐의 도시는 봉쇄되어
돈도 한푼 없이 떠나왔고
침략당한 나라의 궁핍한 꼴은 말할 것도 없었다.
사절들은 아주 조금만 요구하면서
구호물자가 네댓새 뒤에는 준비될 것이라고 생각했다.
　"여러분" 하고 은둔자는 말했다.
　"속세의 일은 더이상 소인하고 관계가 없소.
　　가난한 은둔자가 어찌 당신들의 힘이 될 것이요?
　　신에게 여러분을 구원해주시라고 기도하는 길밖에 무엇을
　　할 수 있겠소?
　　아무쪼록 신이 여러분을 돌보아주길 바라오."
이렇게 말하고
새로운 성자는 문을 닫아버렸다.

별로 도움도 되지 않는 이 쥐의 이야기.

누굴 말하는 것일까?

수도승? 아니면 회교의 승려인가?

나는 수도승이라면 항상 자비로울 거라고 생각한다.

---

1) 터키에서 이집트에 이르는 지중해 연안 지역을 말한다. 특히 스페인의 지중해 연안 지방을 말하기도 한다.

4. 황 새

어느 날, 다리가 길고, 긴 목과
긴 주둥이를 가진 황새 한 마리가
강가를 걷고 있었다.
강물은 가장 좋은 날씨와 마찬가지로 맑았고
잉어 아주머니는 그 밑에서 가물치 아저씨와
왔다 갔다 하며 춤추고 있었다.
황새가 그들을 잡기란 쉬운 일이었다.

모두 기슭으로 몰려오는 것이었다. 물기만 하면 되었다.
하지만 식욕이 좀 더 생길 때까지
기다리는 게 좋겠다고 생각했다.
그는 식이요법을 하느라 시간을 맞추어서 먹으려고 했다.
얼마 뒤 식욕이 돌아온 새가
기슭에 가까이 가니, 물위로
물속 깊은 곳에서 올라온 쥐노래미가 보였다.
이 요리는 황새 마음에 들지 않았다. 더 좋은 요리가 있을 거라고 생각하며,
훌륭한 시인 호라티우스의 시골 쥐[1]처럼
까다로운 입맛을 드러냈다.
   "내가 쥐노래미를? 황새인 내가 왜
     그 따위 것을 먹어? 나를 누구라고 생각하는 거야?"
쥐노래미를 내치고 나서 모래무지를 보았다.
   "모래무지? 이것이 황새님의 요리야?
     이 따위 잡고기에 입을 열라는 거야? 천만에."
결국 그만 못한 것에 입을 벌릴 수밖에 없었다.
더이상 고기를 한 마리도 보지 못한 것이다.
배가 고파지자, 한 마리의 달팽이를 보곤 황새는 더없이 만족하고 행복했다.

너무 까다롭게 굴지 마라.
쉽게 만족하는 것이 현명한 것이다.
너무 이득을 보려다가는 다 잃는다.
아무것도 무시하지 마라.

특히 너의 생각과 그것이 그리 어긋나지 않을 때는 말이다.
많은 사람이 이런 실수를 한다. 나는 이것을 황새에게
말하는 게 아니다. 인간들이여,
다음 이야기를 들어라.
당신들의 세상에서 이 교훈을 얻었다는 것을 알게 될 것이다.

---

1) 고대 로마의 시인 호라티우스(기원전 65~기원전 8)의 《풍자시》에 나오는 '도시 쥐와 시골 쥐'를 말한다. 라 퐁텐 우화 제1권 9화와는 반대되는 장면을 볼 수 있다.

5. 처 녀

아주 오만한 어떤 처녀가
젊고, 잘 생기고, 멋있고, 태도가 천하지 않고
전혀 냉담하지 않으면서도, 질투도 하지 않는(이 두 조건을 주의
해서 보시오)
신랑감을 찾는다고 했다.
처녀는 그 밖에도
가문이 좋고, 재산도 많고, 재주가 있는

결국 모든 것을 갖춘 신랑감을 원했다. 하지만 누가 모든 것을
가질 수 있겠는가?
운명의 신은 이 처녀의 소원을 들어주려고 호의를 보였다.
많은 후보자가 나타났다.
이 여자의 눈에는 모두가 반쯤 모자랐다.
    "뭐, 나에게? 이 사람들은 뭐야? 농담을 하고 있군.
      이 따위 사람들이 나타나다니. 딱하군.
      저 사람들 좀 봐요. 저 멋진 꼬락서니를!"
어떤 자는 우아한 기품이 없고,
다른 녀석은 코가 말이 아니어서 싫고,
이건 이래, 저건 저래
욕지거리하기에 바쁘다.
잘난 척하는 여자는 무엇이든 경멸하고 싶어한다.
훌륭한 결혼 상대자 뒤에는
그만 못한 사내들이 줄을 지었다.
처녀는 웃었다.
    "아니, 이 따위들에게
      문을 열어주다니. 나는 사람이 너무 좋은가봐.
      전부 내가 몸을 어쩌지 못해 곤란한 줄 아는 모양이지.
      정말이지, 심심하긴 해도, 난 매일 밤
      슬퍼하지 않고 지내지."
미녀는 이렇게 생각하며 만족했다.
나이가 들어 겉모습이 빛을 잃자, 애인들도 더이상 오지 않았다.
불안 속에 한 해, 두 해가 지나갔다.
뒤따라 괴로움이 찾아왔다.

아가씨는 집에서 웃음을 잃고,
놀이도 않고, 게다가 사랑을 잃자,
얼굴도 흉해지는 것을 느꼈다.
그때부터 온갖 화장을 하였다. 그처럼 애를 써도
시간이라는 맹랑한 도둑의 손에서 벗어날 수가 없었다.
집이 허물어진다면
수리를 하련만, 얼굴의 노쇠를 고치는
방법은 왜 없을까?
멋쟁이 여자도 이쯤 되니 태도를 바꿨다.
거울이 그녀에게 말하였다.
　　"빨리 남편을 정하시오."
알 수 없는 어떤 욕망도 똑같은 말을 했다.
경박한 여자에게도 욕망은 있는 법.
그녀는 아무도 믿기 어려운 선택을 했다.
교양도 없는 남자를 만나고서는
더없이 만족하고 행복했다.

6. 소 원

무굴제국에는 요정이 있어
하인 노릇을 하며
집 안팎을 깨끗이 하고, 살림살이를 관리하며
때로는 정원까지 손질했다.
사람이 그들 일에 손대면
다 망치게 될 정도다. 그 요정들 가운데 하나가

옛날 갠지즈 강 근처에서
제법 부유한 사람의 정원을 가꾸었다.
소리 없이 일하고, 온갖 재주로
주인 부부의 사랑을 받으며
특히 정원을 잘 가꾸었다. 요정과 사이가 좋은
제피로스[1]가 많이 도와준 것이다.
그 요정 자신도 쉴새없이 일해서
집주인을 만족시켰다.
그 열성의 뚜렷한 징표로서
변덕이 많은 요정의 천성에도 불구하고
익숙해진 주인집에 언제까지나 머물려고 했다.
하지만 동료 요정들이
자신들의 우두머리에게 보챘든지, 아니면 술책을 부렸든지
오래지 않아 살 곳이 바뀌었다.
북쪽 끝 노르웨이에서도 북쪽 끝,
사철 눈이 덮인, 어느 집으로 가라는 명령이 내린 것이다.
인도에서 하던 일을 라플란드[2]에서 해야 했다.
집을 떠나기 전에 요정이 주인에게 말했다.
 "어쩔 수 없이 떠나게 되었습니다.
  제 뜻은 아니나 하여간 가야 합니다.
  머무를 수 있는 시간이 얼마 없어서,
  한 달이나 한 주일,
  그 동안에 세 개의 소원을 말씀하시면
  그것을 이루어드리겠습니다.
  셋 이상은 안 됩니다."

소원, 이것은 인간이 처음 보는
낯선 고통은 아니다.
부부는 우선 부(富)를 요구했다.
부의 신은 즉시 나타나, 아주 후하게,
부부의 금고에는 현금을, 곳간에는 밀가루를, 창고에는 포도주를 넣었다.
모든 것이 넘쳐났다. 이 재산을 어떻게 할 것인가?
어디에 그걸 다 기록하며, 누가 그걸 다 관리하며, 언제 그것을 다 할 것인가?
만약 세상에 가장 근심스러운 사람이 있다면, 바로 이 두 사람일 것이다.
도둑은 그들을 노리고 음모를 꾸미며
귀족은 그들에게 돈을 빌리고
왕은 세금을 물렸다! 이렇게 이 가련한 부부는
남아도는 재산 때문에 처참한 꼴이었다.
부부가 같이 외쳤다.
　"우리를 괴롭히는 부(富)를 없애주오.
　　궁핍한 사람은 행복하도다!
　　이런 부자보다는 가난한 것이 얼마나 좋은가.
　　보물이여, 없어져라. 가버려라. 그리고 여신이여,
　　진정한 정신의 어머니여, 안락의 벗이여,
　　중용의 여신이여, 빨리 돌아오라."
그러자 중용의 여신이 돌아왔다. 부부는 이를 맞이하여
그 여신과 화해하고
두 가지 소원을 말한 뒤, 이전처럼 열심히

일했으면 좋았을 것을, 계속 소원만 세우고
쓸데없는 생각에 시간을 낭비했다.
요정도 부부와 같이 이것을 비웃었다.
요정의 호의를 받아들이고자
요정이 막 집을 떠나려고 할 때
부부는 지혜를 달라고 했다.
이것만이 고민거리 없는 보물이다.

---

1) 그리스 신화에 나오는 서풍의 신.
2) 스칸디나비아 반도 북쪽 지방을 말하는 것으로, 노르웨이, 스웨덴, 핀란드의 북부와 러시아 연방의 북서부 등 여러 나라에 걸쳐 있다.

7. 사자의 궁정

사자 왕은 어느 날 신이 자기를
어떤 나라의 왕으로 만들었는지 알고 싶어졌다.
그래서 사절을 시켜
자신의 봉인이 찍힌 편지를
사방으로 돌려보게 하여
모든 제후를 불러들였다. 칙령에는,
한 달 동안 왕이 제후회의를 여는데

그 첫 행사로 성대한 향연을 베풀고
여흥으로는 재주 부리는
파고탱의 원숭이[1]가 나온다고 했다.
호화로운 잔치로써
왕은 신하들에게 자신의 힘을 과시했다.
그 어마어마한 루브르 궁에 그들을 초대했다.
하지만 이게 무슨 루브르냐! 정말로 송장 구덩이의 악취가 코를 찔렀다.
곰은 코를 막고 찡그린 얼굴로 지나갔다.
왕은 화가 나서
곰을 진저리나는 플루톤[2]에게 보냈다.
원숭이는 이 가혹한 처사를 매우 칭송하였다.
아첨이 지나쳐, 왕의 노기와
발톱과 동굴의 냄새까지 찬양하여,
용연향이나 꽃향기도 이에 견주면
마늘 냄새와 같다고 말했다. 그의 어리석은 아첨은
비위를 거슬려, 이놈 또한 벌을 받았다.
이 사자 왕은
저 칼리굴라[3]와 같은 놈이었다.
여우가 가까이 오자 사자가 말하였다.
　"어떠냐? 무슨 냄새가 나는지 솔직히 말해보아라."
여우는 즉시, 심한 감기가 들었다는 이유로
아무 냄새도 맡지 못한다고 말했다.
요컨대 그는 화를 피한 것이다.

여기에서 교훈을 얻을 수 있다.
궁정에서 총애를 받으려면 아첨해서도 안 되며
너무 정직해서도 안 된다.
때로는 애매하게 대답하는 것이 좋다.

---

1) 17세기의 유명한 꼭둑각시극 연예인의 원숭이.
2) 그리스 신화에 나오는 저승의 신, 하데스라고도 한다.
3) 고대 로마의 제3대 황제(37~68). 자신의 누이동생이 죽자 그 죽음을 슬퍼하는 자도 그렇지 않은 자도 벌주었다고 전한다.

8. 독수리와 비둘기

옛날에 마르스[1]가 하늘에 소동을 일으켰다.
어떤 이유로 새들 사이에 싸움이 벌어졌다.
봄의 여신이 궁전에 불러들여
나뭇잎 그늘에서
아름다운 자태와 지저귐 소리로
베누스를 생각나게 하는
그러한 새들[2]은 아니었다.
사랑의 신의 어머니가

수레를 끌게 한다는 새들[3]도 아니었다.
전하는 말에 따르면, 한 마리의 죽은 개 때문에 일어난
갈퀴 같은 주둥이에 발톱이 날카로운
독수리들의 싸움이었다.
피가 비처럼 쏟아졌다는 것이 결코 과장이 아니다.
만약 하나도 빠뜨리지 않고 이야기할 것 같으면
숨도 못 쉴 것이다.
많은 장군과 영웅이 죽어갔다.
그래서 프로메테우스[4]는 바위에 묶인 채
곧 자기의 고통이 끝나기를 기다렸다.
싸우는 꼴을 보는 것은 즐겁고
전사자가 쓰러지는 것은 보기에 가련했다.
용맹, 숙련된 재주, 간계, 기습,
모든 수단이 다 쓰였다. 타오르는 분노에 얼이 빠진 양쪽 군대는
하늘을 숨쉬는 망령들로 채우기 위한
어떠한 수단도 가리지 않아,
어둠의 왕국 그 넓은 땅에
수많은 주민을 공급하였다.
이 광란은 다른 나라의, 목의 깃털 빛이 변하는
마음 순하고 충실한 새들에게까지
연민의 정을 일으켰다.
이들은 이와 같은 싸움을
화해시키고자 중재에 나섰다.
비둘기 백성 가운데서 뽑은 강화의 사절이
온힘을 다한 결과,

독수리도 창을 거두었다.
우선 휴전이 이루어지고
뒤이어 강화조약이 맺어졌다.
그러나 슬프게도 이 화해는, 독수리들이 마땅히
감사해야 할 종족의 희생으로 이루어졌다.
저주받은 족속은 이내
모든 비둘기를 쫓아가 대학살을 저질러
마을과 들판을 텅 비게 했다.
가련한 새들은 너무나 조심성이 모자랐다.
이러한 야만 족속을 화해시키려고 하다니.

사악한 자들을 항상 이간시켜라.
이 땅 나머지 사람들의 안전이 그것에 달려 있다.
그들에게 싸움의 씨를 뿌려라.
그렇지 않고는 너희들에게 평화란 없다.
그래서 여기에 대해서 한마디 하지만
더 이상은 말하지 않겠다.

---

1) 전쟁의 신. 그리스 신화의 아레스와 같다. 베누스의 애인으로 큐피드가 둘 사이에서 태어났다고 한다.
2) 노래를 잘 하고 봄을 알리는 전령으로서 그리스 사람들의 사랑을 받은 꾀꼬리를 말한다.
3) 미의 신 베누스의 수레는 비둘기가 끈다.
4) 신인(神人). 하늘의 불을 훔쳐서 인간에게 준 죄로 카프카즈의 바위산에 쇠사슬로 묶였다. 낮에는 독수리에게 간을 쪼여 먹히고, 밤이 되면 간이 다시 회복되어 영원한 고통을 겪게 되었다.

9. 마차와 파리

사방에 해가 쨍쨍 쬐는
모래가 많고 걷기 힘든 언덕길에서
힘센 말 여섯 마리가 마차를 끌고 있었다.
여자, 수도승, 늙은이, 모두 마차에서 내렸다.
말은 땀을 흘리고, 숨을 헐떡이고, 기진맥진했다.
파리가 한 마리 나타나, 말에게 다가갔다.
날개 소리를 내고, 말을 격려할 작정으로 쉴새없이
여기저기 찌르고, 수레 채찍에 앉고
마부 코끝에도 앉으며

자기가 수레를 가게 한다고 생각했다.
바로 마차가 움직이고
사람들도 걸어가는 것을 보자
파리는 그 공이 오직 자기에게 있다고 생각하여
왔다 갔다, 법석을 떠니
마치 군대의 상사가 전선을 돌며 졸병을 몰아
승리를 재촉하는 듯했다.
파리는, 모두의 힘이 필요할 때
자기만 일하고, 자기만 모든 염려를 하지
아무도 말이 처한 곤경에서 벗어나도록 도와주지 않았다고 불평했다.
수도승은 기도책을 읽고 있었다.
　"잘하는 짓이다!"
여자는 노래하고 있었다.
　"지금이 노래할 때인가?"
파리는 이들의 귀 가까이 가서 웅웅거리며
그 밖에도 그와 같은 많은 어리석은 짓을 했다.
고생 끝에 수레는 언덕을 올라갔다.
　"자, 숨을 돌리자" 하고 파리는 말했다.
　"내가 그렇게 애썼기 때문에 전부 평지에 닿았다.
　자, 말들아, 내 수고에 대해 뭔가 내놓아라."
이처럼 어떤 사람은 바쁜 듯이 돌아다니며
여러 가지 일에 손을 대면서
어디서나 없어선 안 될 인물처럼 굴지만
그곳마다 귀찮은 놈이 되어 쫓겨나는 것이다.

10. 우유팔이 여인과 우유통

페레트는 머리에 똬리를 얹고
그 위에 우유통을 잘 이고서
무사히 마을에 도착할 작정이었다.
짧고 가벼운 옷차림을 한
그녀는 큰 걸음으로 걸어가고 있었다.
이날은 몸이 가뿐하도록 간단한 치마와 굽이 낮은 구두를 신었다.

옷자락을 걷어올린 우유팔이 여인은
머릿속으로 벌써
우유 판 값을 계산하고, 돈을 쓰고 있었다.
　"달걀 백 개를 사서 새끼를 세 번 까고
　부지런히 돌보면 만사가 잘 될 거야.
　집 주위에서 병아리를 기르는 것쯤은
　쉬운 일이야.
　비록 여우가 아주 약아서
　몇 마리 잡아먹더라도
　돼지 한 마리쯤 살 돈은 남겠지.
　돼지를 살찌게 할 먹이는 얼마든지 있을 거야.
　제법 큰 다음에는
　돈을 많이 받고 팔 수 있을 거야.
　돼지 판 값으로 암소와 송아지를 사서
　외양간에 넣고
　송아지가 양들과 뛰노는 것을
　나는 즐겁게 보게 되겠지."
페레트는 우유통을 이고 있는 것을 잊고 흥분하여 펄쩍 뛰었다. 우유통이 바닥에 떨어졌다. 송아지도, 암소도, 돼지도, 병아리도 모두 사라졌다.
그녀는 슬픈 눈으로, 쏟아진
보물단지를 바라보면서
남편에게 매맞을 걱정을 하며
빌러 갔다.
이 이야기는 소극(笑劇)으로 만들어진 것으로,

제목은 '우유통'이라고 한다.

몽상에 잠기지 않는 사람이 있던가?
허공에 누각을 짓지 않는 자가 있던가?
피크로콜 왕[1]도, 피루스 왕[2]도, 우유팔이 여인도
모든 인간은 현명하든 어리석든 다른 점이 없다.
사람은 대낮에도 꿈을 꾼다. 그보다 더 즐거운 것은 없다.
이 달콤한 망상이 우리 마음을 사로잡고
이 세상의 모든 보물이,
모든 명예와 미녀가 나의 것이다.
혼자 있을 때면 정신을 읽고
가장 용감한 자에게 결투를 신청하고
페르시아 왕을 폐위시키고
왕으로 선출되어 국민에게 사랑 받고
왕관이 비오듯 머리 위에 떨어진다.
그러다가 정신을 차리게 되면
이전과 마찬가지인 시골뜨기 장이다.

---

1) 라블레의《가르강튀아와 팡타그뤼엘》에 나오는 세계정복을 꿈꾼 어리석은 왕.
2) 그리스 북서부에 있었던 에피루스의 왕(BC 318~272). 로마에 맞서 아스쿨룸 전투에서 승리를 거두었다. 그 역시 세계정복을 꿈꿨다.

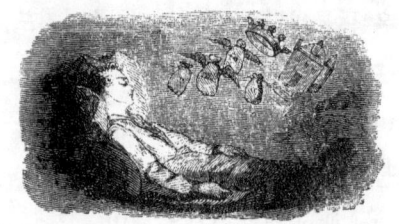

11. 신부와 죽은 사람

한 죽은 사람이 그의 마지막 은신처에 가려고
슬프게 길을 떠났다.
한 신부(神父)가 죽은 사람을 되도록 빨리 매장하려고
즐겁게 따라 떠났다.
이 죽은 사람은 사륜마차에 실려 가고 있었다.
아주 정중하게 관에 넣어진 채
정장을 입고 있었으나, 딱하도다!

사람들은 이것을 수의라고 부르니
겨울용, 여름용도 없고
죽은 이가 벗을 일도 없다.
사제(司祭)는 곁에 따라와
항상 그렇듯, 여러 가지
경건한 기도를 드리고 있었다.
시편(詩篇)이나 일과(日果)나
창구(唱句)라던가 답송(答頌)까지 읊었다.
  "죽은 이여, 나에게 맡겨두어라.
    무엇이든 읊어주겠다.
    문제가 되는 것은 보시(布施)뿐이지."
장 슈아르[1] 사제는 죽은 이에게 곁눈질하며
마치 보물을 그에게서 빼앗는 듯
그 눈초리는 그에게 다음과 같이 말한다.
  "죽은 이여, 나는 네 덕분에
    돈으로 얼마, 촛불 값으로 얼마
    그 밖에 잔일에 드는 비용 얼마를 가져갈 것이다."
그 돈으로 사제는 그 근처에서
가장 좋은 포도주를 한 통 살 속셈이다.
또 말쑥한 조카딸과
집안 식모, 파케트에게는
치마를 사줄 수 있을 것 같았다.
이처럼 즐거운 생각을 하는 가운데
갑자기 일어난 충돌로, 마차는 엉망이 되었다.
이때 장 슈아르 사제는

죽은 사람에 부딪혀 머리가 깨지고
교구 사람들은 납으로 된 관 속에 그를 집어넣었다.
우리의 사제는 주 예수의 뒤를 따라
죽은 이와 더불어 저 세상으로 갔다.

정말 우리들의 모든 삶은
자신의 죽음으로 값을 치룬 장 슈아르 사제와
저 우유통의 이야기 그대로다.

---

1) 라블레의 《가르강튀아와 팡타그뤼엘》에 나오는 사제의 이름.

12. 운을 좇는 사나이와 자며 기다리는 사나이

행운의 여신을 쫓지 않는 자가 있을까?
이 나라에서 저 나라로 이 우연의 딸을
헛되게 찾아다니는 끈질긴 자들,
변덕스러운 허깨비에 충실하게 봉사하는
군중들을 한눈에 볼 수 있는
곳에 가고 싶다.
행운이 손에 닿으려 할 때
마음이 잘 바뀌는 여신은 바로 그들에게서 도망가버린다.

가련한 사람들, 나는 그들을 딱하게 여긴다.
사람은 미친놈에 대해서는
화내기보다 동정을 하게 마련이다.
　"저 사나이는 양배추를 심는 농부였다.
　　그런데 지금은 교황이 되었다.
　　우리는 그놈만 한 재능이 없다는 건가?"
너희가 훨씬 더 재능이 많다.
하지만 너희의 재능을 어디다 쓰겠느냐?
행운의 여신은 장님이 아니던가?[1]
게다가 교황의 위치란
안식을 떠나서 누릴 만한 가치가 있는가?
안식은 실로 귀중한 보물이다.
옛사람이 신들의 특권으로 아끼던 것이었는데,
행운의 여신이 그의 손님에게 그것을 남기는 일은 거의 없다.
이 여신을 찾지 마라.
여신이 너를 찾을 것이다. 여자란 그런 것이다.

어느 마을에 두 친구가
약간의 재산을 가지고 살고 있었다.
한 친구는 끊임없이 행운을 갈망하여, 어느 날 다른 친구에게
말하였다.
　"여길 떠나보지 않겠어? 너도 알다시피
　　자기 나라에서는 누구도 예언자가 될 수 없잖아.
　　딴 곳에 가서 행운을 찾자."
상대방이 대답하였다.

"찾아보렴.
　하지만 나는 더 좋은 땅도, 운도 바라지 않아.
　너의 안절부절하는 성격대로 하고 싶은 일을 해라.
　너는 곧 돌아올 거야.
　내 소원은 너를 기다리는 동안 자는 것이야."
야심가, 다른 말로 하면 욕심쟁이 친구는 정처 없이 길을 떠났다.
이튿날 그가 닿은 곳은
특이한 여신이 가장 잘 가는 궁전이었다.
우선 거기서 얼마 동안 머물기로 했다.
왕이 잘 때와 눈뜰 때,
가장 좋은 기회라고 생각되는 때 만났으나
요컨대 도처에 얼굴을 드러냈으나, 결국 아무 소용도 없었다.
　"이게 뭐야? 행운을 다른 데 가서 찾아야겠다."
사나이는 생각했다.
　"그렇지만 행운의 여신은 여기에 살고 있어.
　매일 이 사람 저 사람을 방문하면서
　나에게는 왜 변덕 많은 그 여신이 찾아오지 않는 걸까?
　그렇구나. 야심으로 넘치는 인간이
　언제나 남의 호감을 사는 것은 아니지.
　잘 있거라, 궁중의 신하들이여.
　아첨 떠는 무리들이나 쫓아다녀라.
　행운의 신이 인도의 수마트라 사원에 있다고 하니
　거기로 가자."
그는 말이 떨어지기가 무섭게 배를 탔다.
청동(靑銅)의 혼[2]을 가진 자들이여,

뱃길을 골라

제일 먼저 심연(深淵)의 위험을 무릅쓴 이 사나이야말로

다이아몬드로 무장하고 있음에 틀림없다.

그 남자는 여행 도중에

해적, 폭풍, 지루한 날씨, 암초와 같은

수많은 위험을 겪을 때마다

수없이 고향 생각에 젖었다.

심한 고생을 해가며

바다 멀리까지 죽음의 사신을 찾아가다니

집을 떠나지 않아도 머지않아 만나련만.

사나이가 무굴제국에 가서 들으니 행운의 여신은

은총을 나누어주려고 일본에 갔다는 소문이었다.

사나이는 거기로 달려갔다. 바다도 그를 나르는 것에 지쳤다.

그리하여 긴 여행에서 얻은 것이라곤

미개인이 준 이 교훈뿐이다.

  "인간 본성의 가르침에 따라, 자신의 나라에서 살아라."

일본도 그 남자에겐 무굴제국보다 더 행복하지는 않았다.

이리하여 결국 얻은 결론은

고향을 떠난 것은 큰 잘못이라는 것이었다.

쓸데없는 여행을 그만두고

사나이는 고향에 돌아가, 멀리 집을 바라보고

기쁨에 울며 말하였다.

  "자기 집에서

    욕망을 억제하며 살 수 있는 자는 행복하도다."

궁전, 바다, 그리고 행운의 여신의 나라가 어떤 것인지

그는 소문으로만 알고 있었을 뿐이다.
행운의 여신은 우리 눈에 권세와 부를 보여주어
모두가 그것을 따라
세상 끝까지 쫓아가지만
약속한 결과는 얻지 못한다.
　"이제부터 나는 움직이지 않겠다. 그것이 훨씬 낫다."
이런 결심을 하며
행운의 여신을 저주할 때,
행운의 여신이 친구의 집 앞에 앉아 있는 것을 보았는데
친구는 잠이 깊이 들어 있었다.

───────────

1) 행운의 여신은 흔히 장님이나 눈을 가린 모습으로 묘사되었다.
2) 호라티우스의 《오드집》(Odes) 가운데 "처음으로 거친 바다에 배를 띄우는 자는 심장에 참나무 목재(木材)와 석 장의 청동판(靑銅板)을 달고 있었다"에서 유래한다.

13. 수탉 두 마리

수탉 두 마리가 사이좋게 지내고 있었다. 거기에 갑자기
암탉 한 마리가 나타나자 금새 전쟁이 벌어졌다.
사랑의 신이여, 당신이 트로이[1]를 망쳤도다.
그산보스 강[2]을 신들의 피까지 쉬어
붉게 물들인 그 처참한 싸움은 당신 때문이다.
오랫동안 두 마리의 수탉은 싸웠다.
소문은 온 이웃에 퍼져
볏을 단 모든 족속들이 구경하러 나왔다.

깃털이 아름다운 헬레네[3]는
승자의 선물이 되고 패자는 사라졌다.
패자는 집에 숨어서
잃어버린 명예와 사랑 때문에 울었다.
그의 패배로 의기양양한 연적(戀敵)이
눈앞에서 이 사랑을 전리품으로써 즐기고 있었다. 그는 매일
이 광경을 보고, 증오심에서 용기를 내었다.
그는 주둥이를 갈고, 하늘을 나르고, 옆구리를 치며
바람을 상대로 몸을 단련하고
심한 적개심에 불타고 있었다.
하지만 그럴 필요가 없었다. 승자는 지붕 꼭대기에 올라가
승리의 노래를 부르고 있었다.
한 마리의 매가 그 소리를 들었으니
사랑과 명예는 헛것이 되었다.
그 모든 긍지는 매의 발톱 아래 사라졌다.
결국 운명적인 반전으로
암탉은 주위에 있던 연적에게 돌아가서 교태를 부렸다.
패배했던 수탉의 기쁨은 상상에 맡기겠다.
왜냐하면 주위의 암탉이 몰려왔기 때문이다.

운명의 여신은 이러한 급전(急轉)을 좋아한다.
모든 거만한 정복자는 스스로 자기 무덤을 판다.
운명을 경계하라. 전쟁에 이기고 나면
자신을 경계하라.

1) 그리스 아나톨리아 북서부에 있던 고대 도시. 호메로스의 서사시 《일리아스》의 무대가 바로 이곳이다. 《일리아스》는 트로이의 별칭인 '일리오스'에서 유래한 것으로, '일리오스 이야기'라는 뜻이다.
2) 트로이 지방을 흐르던 강.
3) 그리스 신화에 등장하는 절세의 미녀. 스파르타의 왕 메넬라오스의 아내였으나, 트로이의 왕자 파리스가 아프로디테의 도움으로 트로이로 데려가는 바람에 트로이 전쟁의 발단이 되었다.

14. 행운의 신에 대한 인간의 배반과 부정

한 무역상이 운이 좋아 해외무역에서 부자가 됐다.
항해 도중 수없이 폭풍을 이겨내고
소용돌이, 갯벌, 암초도
그의 뱃짐에 아무런 피해를 주지 않도록

운이 도왔다.
그의 모든 동료들이
아트로포스[1]와 넵투누스[2]에게
공물을 바쳤지만, 행운의 여신은
이 상인이 안전하게 항구로 가도록 보살펴주었다.
대리인, 거래처도 그에게는 모두 충실했다.
담배, 설탕, 계피에 도자기까지
팔고 싶은 것은 다 팔았으니
사람들의 사치와 광적인 애호가 그의 재산을 부풀려준 것이다.
요컨대 전대(纏帶)에 돈의 비가 내린 것이다.
그의 집에는 다른 집에서는 상상도 할 수 없는 이야기뿐이었다.
그는 개와 말과 마차를 사들였다.
금식을 하는 날도 결혼식 날과 같았다.
그 사치스런 음식을 본 친구가 물었다.
　　"어디서 이렇게 좋은 음식이 났는가?"
　　"내 수완 덕분이지. 다른 도리가 있나?
　　 남에게 신세진 건 아닐세.
　　 다 내 노력과 재주로 위험을 무릅쓰고 때맞춰 돈을 투자한
　　 거지."
돈벌이는 아주 쉬운 일이라고 생각하며
전처럼 돈을 더 벌려고 했으나
이번에는 하나도 뜻대로 되지 않았다.
부주의가 원인이었다.
짐을 잘못 실은 배는 첫 번째 바람에 가라앉았다.
또 한 척은 필요한 무장을 안 했기 때문에

해적이 약탈해갔다.
셋째 배는 항구에 닿았으나
유통도 판매도 되지 않았다.
사람들의 사치와 씀씀이가
전과 같지 않았던 것이다.
끝내는 대리인이 그를 속이고
그 자신도 큰 잔치를 벌이고, 유흥에 돈을 뿌리고
건축에 막대한 돈을 써서
졸지에 거지가 되었다.
친구가 그의 비참한 꼴을 보고 물었다.
　"이게 웬일이냐?"
　"운명의 신 때문에 그래. 아, 무정하도다!"
친구가 대답하였다.
　"기운을 내게. 신이 너의 행복을
　　바라지 않을 때는 현명하게라도 굴어야지."

그가 과연 이 충고를 따랐는지는 모르겠다.
다만 한 가지, 사람은 자기 행복을 자기 재능 덕분이라 하고
그 뒤 무언가 실패를 하면
운명의 신을 저주한다.
세상에 이처럼 흔한 일도 없다.
행복은 자기 덕, 불행은 운명 탓이라 한다.
자기는 항상 옳고 운명은 항상 나쁘다고 한다.

1) 운명의 여신 파르카이 가운데 하나. 아트로포스는 운명의 실을 가위로 끊는 구실을 맡는다.
2) 바다의 신. 그리스 신화의 포세이돈과 같다.

15. 점치는 여자

세상에 평판이 나는 것은 대체로 우연한 일 때문이다.
그리고 이 평판이 늘 유행을 만든다.
이 전조를 모든 신분의 사람들에게서 찾을 수 있다.
유행이란 전부 선입견, 신비술, 고집스런 성격 따위고
올바름은 거의 볼 수 없으니
급류와 같아 어쩔 수 없다. 흐름에 맡기는 수밖에.
전에도 이와 같았고, 앞으로도 그럴 것이다.
한 여자가 파리에서 점쟁이 노릇을 했다.

사람들은 일이 일어나면 모두 그녀에게 갔다.
옷이 없어졌을 때나, 애인이 생겼을 때나
남편의 수명이 부인의 생각보다 너무 길거나
돌보기 귀찮은 어머니나 질투 많은 여자로 고민할 때
각기 자기의 바람을 하소연하러
점치는 여자에게로 갔다.
그녀가 가진 몇 가지 재주,
점치는 기술, 대담성,
때로는 요행, 이것들이 잘 어우러져
이따금 기적을 낳았다.
요컨대 완전히 모르더라도
신탁 행세를 했으니
신탁이 누추한 집에 사는 셈이었다.
그곳에서 여자는 재산을 모았다.
그밖에 다른 수단도 없이
남편에게 높은 자리를 사줄 만한 돈을 벌어
관직을 사고, 집도 샀다.
그래서 다 낡은 집에는
딴 여자가 살게 됐지만
온 도시의 부인, 처녀, 하인, 귀족, 즉 누구나
이전처럼 점을 치러 왔다.
그 집은 델포이[1] 무당의 동굴이 되었다.
먼젓번 여자가 이 장소를 유명하게 만든 것이다.
나중 여자가 아무리 거절해도 소용없었다.
　"제가 점을 쳐요? 못해요. 읽을 줄이나 알아야죠.

저는 글을 배운 적도 없어요."
하지만 이런 핑계는 통하지 않고, 점치고 예언하여
돈이 잔뜩 들어오니
싫어도, 혼자서 두 명의 변호사보다 더 많이 벌었다.
가구도, 살림살이도 일을 도왔다.
절뚝발이 의자 네 개와 낡은 빗자루, 모든 것에서
마녀의 모임이나 변신(變身)의 냄새가 났다.
만약 융단 깐 방에서라면
진실을 말하더라도
아무도 상대하지 않았을 것이다. 유행은 이제
낡은 집으로 옮겨갔다. 그 장소가 신용을 얻은 것이다.
먼젓번 여자는 후회를 했다.

간판이 손님을 모으는 법이다.
나는 이전에 재판소에서 긴 옷을 이상하게 입은 사람이
크게 돈을 버는 것을 보았다. 사람들은
그를 선생이라 부르고, 뒤따라 다니며 귀를 기울여
그의 의견을 물었다. 왜 그런가는 나도 잘 모른다.

---

1) 신탁(神託)으로 유명한 아폴로의 신전이 있던 도시.

16. 고양이와 족제비와 어린 토끼

어느 날 아침
어린 토끼의 궁전을
족제비가 빼앗았다. 족제비는 교활한 놈이었다.
주인이 외출했기 때문에 쉬운 일이었나.
토끼가 그날 사향초와 이슬 사이를 지나
새벽의 여신에게 인사를 드리러 간 사이에
족제비가 그 집안에 수호신을 데리고 온 것이다.
풀을 먹고, 뛰어 다니고, 실컷 논 뒤에

토끼 장은 지하의 자기 집에 돌아왔다.
족제비가 창가에 코를 내밀고 있었다.
"오, 내 집의 수호신이여! 여기에 나타난 것은 무엇인지요."
대대로 내려오는 집에서 쫓겨난 토끼는 말했다.
"자, 족제비 마님, 조용히 나가주세요.
그렇지 않으면 온 세상에 이르겠어요."
코가 뾰족한 족제비 마님이 대답했다.
빈터는 먼저 차지하는 자가 임자라고.
"집 한 채가 싸움의 원인이 되나요?
당신도 거저 들어온 것이 아니오.
게다가 이것이 왕국이라 할지라도
도대체 어떤 법률에 따라서,
피에르나 기욤의 아들인지 조카인지 모르나,
영구히 장에게만 양도되고
폴이나 나의 것이 아니라고
할 수 있는가 알고 싶소."
토끼 장은 관습과 풍속을 내세워 말했다.
"그 법이 나를 이 집의 주인으로
또, 영주로 만들었소. 그러니까 아버지에게서 아들로
피에르에게서 시몽으로 그리고 장에게 전해졌소.
처음 차지한 자의 규칙이 이것보다 더 현명한 법률이요?"
"좋소. 그렇다면 계속 싸울 게 아니라.
고양이 라미나그로비[1]에게 맡깁시다."
독실한 은둔자처럼 살고 있던 고양이는
위선자였다.

훌륭한 털옷의 살찐 고양이는 성자인 동시에
모든 사건에 정통한 재판관이었다.
토끼 장도 그를 판사로 인정했다.
이리하여 둘은 털의 위엄도 당당한
고양이 앞에 나타났다.
고양이 그립페미노[2]는 말했다.
 "자, 얘들아, 가까이 오너라.
  좀 더 가까이. 나이가 들어 귀가 먹었단다."
두 마리는 겁도 없이 가까이 갔다.
소송인들이 가까이 다가가자마자
성인군자 그립페미노는
좌우로 발톱을 동시에 뻗어
두 소송인을 씹어먹으면서 화해시켰다.
이는 조그만 귀족들이 때때로 국왕에게
그들의 싸움을 알리는 것과 같다.

---

1) 라블레의 《가르강튀아와 팡타그뤼엘》에 나오는 고양이 이름
2) 라미나그로비의 별명.

17. 뱀의 머리와 꼬리

뱀은 인류에게 해로운
머리와 꼬리
두 부분을 가지고 있다. 이 둘 모두
잔인한 파르카[1]에게서
명성을 얻었다.
그 때문에 이 한 쌍은 옛날에

크게 싸우게 되었는데
이는 걸음걸이 때문이었다.
머리는 언제나 꼬리보다 먼저 갔다.
꼬리는 하늘을 향해 불평했다.
　"저는 머리가 원하는 대로
　한없이 기어갑니다.
　제가 늘 이 짓을 좋아서 한다고
　그는 믿나보죠?
　제가 그의 종인가요?
　저는 질색입니다.
　그의 자매이지 종이 아닙니다.
　둘 다 같은 피를 가지고 있으니
　똑같은 대우를 해주세요.
　머리와 똑같이
　저도 재빠르고 강력한 독을 가지고 싶어요.
　요컨대 제 바람은
　당신이 명령을 해서
　이번에는 제가 누이의 머리보다
　먼저 가는 것입니다.
　제가 잘 안내할 테니까
　누이도 불평은 하지 않을 겁니다."
하늘은 이 소원에 대해서 잔인한 호의를 베풀었다.
가끔 하늘의 친절은 불행을 가져온다.
무분별한 소원에 귀를 기울여서는 안 되는데
이 때만은 그렇게 하진 않았던 것이다.

그래서, 대낮에도
컴컴한 가마솥 안처럼
아무것도 보이지 않는 이 새로운 길잡이는
때로는 대리석,
때로는 길가는 사람이나 나무에 부딪쳐
곧장 지옥의 강으로 누이를 데리고 갔다.

뱀꼬리의 잘못에 빠진 나라들은 불행하도다.

---
1) 운명의 신(복수형은 파르카이). 그리스 신화의 모이라와 같다.

18. 달 속의 짐승

어느 철학자는 인간이
언제나 자신의 감각에 속는다고 확신하는 데 반해서
다른 철학자는 감각은 결코 우리를 속인 적이 없다고 단언한다.
둘 다 일리가 있지만, 다음 같이 말할 때 철학은 진실이 된다.

즉 감각의 정보(情報)를 있는 그대로 판단하면
속게 되지만
만일 대상의 형상과 그 거리를 생각하고
그것을 둘러싼 매개체를 생각하고
관찰 기관(機關)과 기구(器具)를 생각하면서 수정해나간다면
감각은 아무도 속이지 않는다.
자연은 이러한 것들을 현명하게 정리하였으니
나는 그 이유를 자세히 말하고자 한다.
내가 태양을 보면, 그 모습이 어떤가?
땅에서 보면, 그 큰 물체는 둘레가 석 자에 지나지 않지만
만일 태양이 있는 높은 곳에서 본다면
이 대자연의 눈[1]은 내 눈에 어떻게 비칠 것인가?
나는 그 거리에 따라 크기를 판단하고
내 손은 각도와 변의 길이로 그 크기를 결정짓는다.
무식한 사나이는 태양이 평평하다고 하고 나는 둥글다고 한다.
나는 태양이 움직이지 않고 지구가 돈다고 한다.
요컨대 나는 내 눈에 보이는 태양의 모든 속임수를 부정한다.
감각 때문에 착각하는 일은 없다.
나의 영혼은 어떤 경우라도
겉모습 속에 숨은 진리를 찾아낸다.
나는, 어쩌면 조금 지나치게 성급한 내 눈과
소리를 늦게 전해주는 내 귀와
결코 한통속이 아니다.
물이 나무를 구부려도 나의 이성은 똑바로 느낀다.
이성은 스스로 판단한다.

나의 눈은, 이 도움 때문에
항상 거짓말하면서도 나를 결코 속이지 못한다.
만일 눈에 보이는 것을 모두 믿으면 잘못투성이라
여자의 얼굴이 달의 몸뚱이가 된다.
그럴 수가 있는가?
아니다. 그러면 어째서 그렇게 되는가?
높낮이가 다른 장소는 멀리서 그렇게 보이는 것이다.
달의 표면은 어디나 고르지 않다.
장소에 따라 산도 있고, 다른 곳은 평지여서
그림자와 빛이 거기에 이따금
인간이나 소나 코끼리 모양을 그린다.
얼마 전 영국에서도 그와 같은 것을 보았다.
망원경으로 보니, 어떤 새로운 짐승이
아름다운 이 별에 나타난 것이다.
사람들이 놀라서 소리쳤다.
하늘에 일어난 변화는
뭔가 큰 사건의 전조임이 틀림없었다.
수많은 열강 사이의 전쟁은
그 결과가 아니겠는가?
그래서 왕이 달려갔다.
그는 왕으로서 그러한 고상한 학문에 호의를 갖고 있다.
달 속의 괴물이 이번에는 왕의 눈에 띄였다.
그것은 렌즈 속에 숨은 한 마리의 생쥐였다.
망원경 속에 전쟁의 원인이 있었다.
모두 그것을 보고 웃었다. 행복한 사람들.

언제 프랑스 사람은 영국 사람처럼 이런 일에 열중할 수 있을까?
전쟁의 신은 우리가 풍성한 영광의 수확물을 거둬들이게 한다.
전쟁을 두려워해야 하는 것은 우리의 적이다.
루이[2]의 애인인 승리의 여신이 도처에서
왕을 따르리라 믿고 우리는 그것을 찾아 나선다.
그의 월계관은 우리 역사를 빛나게 할 것이다.
기억의 여신[3]의 딸들도
우리를 떠나지 않을 테니, 우리는 기쁨을 맛볼 것이다.
평화의 여신은 우리의 소원을 듣고 한숨을 쉬게 하지 않는다.
영국 왕 찰스[4]는 평화를 즐길 줄 알고 있다.
그는 싸움에서 자신의 용맹스러움을 보여줌으로써
영국을 평온하게 만드는 그 유희를 이끌어나간 것이다.
하지만 그가 전쟁을 진정시킨다면
얼마나 찬양받을 것인가! 그보다 더
그에게 중요한 일이 있을까?
아우구스투스의 인생이 카이사르 초기의 뛰어난 공적보다
훌륭하다고 할 수 있겠는가?
오, 너무나 행복한 국민이여, 언제 평화가 와서
우리도 너희처럼 예술에 몰두할 수 있을 것인가?

---

1) 태양을 가리킨다. 고대인은 태양을 '대자연의 눈'이라고 했다.
2) 당시 프랑스의 국왕 루이14세(1638~1715).
3) 므네모시네를 말한다. 딸이 아홉이나 있는데, 이들이 바로 예술·학문을 다스리는 무사이들이다.
4) 당시 영국의 왕 찰스 2세(1630~1685). 이 끝부분은 당시 영국과 프랑스 사이의 관계, 즉 루이 14세의 네덜란드 침략에 대한 영국의 정책을 암시하고 있다. 루이는 플

랑드르 전쟁(1667~1668) 때의 네덜란드의 방해와 해상을 독점한 네덜란드에 대한 개인적 원한에서 네덜란드와 전쟁(1672~1678)을 벌인다. 한편 루이 14세는 네덜란드를 치기 전에 영국의 찰스 2세와 도버조약(1670)을 맺었다. 조약의 내용은 ① 영국이 프랑스로부터 많은 원조금을 받는 대신 구교(가톨릭)로 돌아가고 ② 영·프 양국이 연합하여 신교국인 네덜란드를 타도한다는 것이었다.

1. 죽음의 신과 죽어가는 사람

죽음의 신은 현자를 갑자기 찾아오지 않는다.
현자는 언제나 떠날 준비를 하고
시간의 경고를 스스로 깨닫고
죽음으로 가는 길을 각오해야 한다.
다만 이 시간은, 딱하게도 모든 시간을 포함하고 있다.
그것을 날, 시간, 순간으로 나누어도

숙명의 공물[1] 속에 포함되지 않는
시간이란 없으니, 모든 시간이 죽음의 시간이다.
그래서 국왕의 자식들이
이 세상의 빛을 보게 되는 최초의 순간이
때로는 그들의 눈꺼풀을
영원히 닫는 순간이 된다.
권세와 부귀로 몸을 지키든지
미모와 덕과 젊음을 내세우든지
죽음은 망설임 없이 모든 것을 빼앗고
누구나 언젠가는 죽음의 부(富)를 불려준다.
이 일보다 사람들이 더 잘 알고 있는 것은 없다.
하지만 나는 말하지 않을 수 없다.
이 일보다 사람들이 그 준비를 더 소홀히 하는 일도 없다는 것을.

백 살 넘게 산 한 노인이 죽어가고 있었다.
그는 죽음의 신에게, 유언도 끝내지 않았는데
미리 알리지도 않고
바로 떠나라고 서두르는 것은
너무하다고 불평했다.
   "갑자기 죽으라는 법이 어디 있소? 좀 기다리시오.
     아내는 나 혼자 떠나는 것을 싫다 하고
     손자와 그 아들에게는 아직 줄 것도 못 줬고
     집에도 대를 이을 자를 정해야 하니 허락해주십시오.
     왜 당신은 그리 성급하오. 잔인한 여신이여!"
   "늙은이여,"

죽음의 신이 말했다.
"갑자기 오라는 것이 결코 아니다.
내가 성급하다고 불평을 하지만 그것은 이유가 되지 않는다.
너는 백 살이나 먹지 않았느냐?
파리에서 너 같은 노인을 둘 찾고
프랑스에서 열 명을 찾아보아라.
너에게 분명히 말하건대
네가 일을 처리할 수 있도록 나는 미리 알렸으니
유언도 하고, 증손자의 살길도 마련하고
집안일도 다 끝마쳤으리라 생각한다.
걷거나 움직일 수 있는 힘의 근원인
활기와 감각이 다 쇠약해졌을 때
이미 죽음을 알린 것 아니냐?
맛도 모르고, 귀도 안 들리고
너에게는 모든 것이 사라진 셈이니
태양도 너에게는 쓸데없는 애를 쓰고 있다.
너는 이제 너와 관계없는 재산을 아쉬워하고 있다.
나는 이미 네 친구가 죽거나, 죽어가거나,
병들어 있는 것을 보여주었으니
그 모든 것이 미리 알린 것이 아니고 무엇이냐?
자, 늙은이여, 잔말 말고 가자.
네가 유언을 하든 말든
죽음의 왕국과는 관계가 없다."

죽음의 신이 옳다. 이처럼 늙으면

연회에서 물러가듯, 주인에게 인사하고
짐을 챙겨, 삶에서 떠나야 한다.
여행이 얼마나 연기되기를 바라는가?
노인이여! 너는 불평만 하고 있다.
저 젊은이가 죽어가는 모습을 보라.
그들이 죽음을 향해 앞으로 달려가는 것을 보라.
그것은 분명히 빛나는 멋진 죽음이지만
너에게 아무리 큰 소리로 일러주어도 소용이 없구나.
그것은 이해하지 못하는 충고가 될 것이다.
죽기에 가장 마땅한 자가 제일 후회를 많이 하며 죽는 법이다.

---

1) 인간이 피할 수 없는 공물, 즉 **죽음**을 기리킨다.

2. 구두장이와 은행가

어떤 구두장이가 아침부터 저녁까지 노래를 불렀다.
그것을 보는 것은 멋진 일이었다.
듣기에도 희한한 일이었다. 그가 즐겁게 노래를 부를 때면
일곱 현자[1] 가운데 그 누구보다 더 즐거운 모습이었다.

그의 이웃 사람은 반대로 온몸에 금을 두르고 있건마는
노래하는 것은 드문 일이고 잠은 더욱 모자랐다.
그 이웃 사람은 은행가였다.
가끔 새벽 무렵에 잠이 들면
구두장이가 노래를 불러 그를 깨웠다.
그래서 은행가는 시장에서 음식을 팔듯
잠을 팔지 않는 것을 신에게 원망했다.
그는 자기의 호화로운 집으로
노래하는 구두장이 사나이를 불러서 물었다.
 "그레그와르 씨, 1년에 얼마나 법니까?"
 "아니, 1년이라뇨. 여보시오."
비웃는 듯한 말투로
쾌활한 구두장이는 대답했다.
 "나는 그렇게 계산 안 합니다.
  그날그날 번 것을 모으는 것이 아니라
  이럭저럭 연말까지 살면 되는 겁니다.
  그날그날 먹을 빵 정도는 나오거든요."
"그렇다면 하루에 얼마나 벌죠?"
"때에 따라 많기도 하고 적기도 하죠. 다만 곤란한 것은
 (이 곤란만 없으면 벌이가 꽤 괜찮지만)
 1년에 며칠은 일을 못한다는 겁니다.
 축일 때문에 우리는 망하는 거죠.
 나는 공연히 손해를 보는데
 신부님은 설교할 때 꼭 새로운 성자 이야기[2]를 하시죠."
은행가는 그의 순진한 이야기에 웃으며 말했다.

"나는 오늘 당신을 왕좌에 앉히고 싶습니다.
여기 금화 백 에퀴를 받으시오.
그리고 필요할 때 쓸 수 있도록 잘 간수하시오."
구두장이는 이것을 보고는
백 년 전부터 사람들이 쓰고자 만든
세상 돈의 전부라고 생각했다.
집에 돌아오자 지하실에 그 돈을 넣었으나
기쁨도 돈과 함께 넣었다.
이제 노래는 없어졌다. 우리에게 근심을 주는
돈이라는 것을 얻은 순간, 노랫소리는 사라졌다.
잠도 그의 집을 떠나고
걱정과 의심과 쓸데없는 불안이 손님으로 찾아왔다.
하루 종일 눈을 부릅뜨고 지키고, 밤은 밤대로
고양이가 소리 내면 그 고양이가
돈을 훔치러 온 줄 알았다. 결국 가련한 이 사나이는
이웃집의 깊이 잠든 은행가에게 달려가서 말했다.
"나의 노래와 잠을 돌려주오.
그리고 백 에퀴는 도로 가져가시오."

---

1) 고대 그리스의 일곱 현자. 즉 프리에네의 비아스, 스파르타의 킬론, 린더스의 클레오브로스, 코린트의 페리아르드, 미티렌의 피타쿠스, 아테네의 솔론, 밀레투스의 탈레스를 말한다.
2) 사제는 일요일마다 그 주에 성인의 축일로 쉬어야 할 날을 신자에게 알려주었다.

3. 사자와 이리와 여우

늙은 사자가 중풍에 걸려, 힘이 다 빠져서
신하들에게 노쇠(老衰)에 듣는 약을 찾아오기를 원했다.
왕에게 안 된다고 말하는 것은 불가능했다.
왕은 모든 짐승 가운데서 의사를 불러들였다.
모든 분야의 의사가 도처에서 왔다.
사방에서 온 의사들은 각기 처방을 내렸다.
모두 병문안을 왔으나
여우만은 게으름을 피우고 집에서 꼼짝도 안 했다.

이리는 문병을 와서, 왕이 편찮으신 데도
나타나지 않는 그의 친구를 헐뜯었다.
사자는 바로, 누구든지 가서 연기로 여우를 집에서 쫓아낸 뒤에
끌고오라 했다. 여우는 끌려와서 왕을 배알했다.
이것이 이리가 자신을 모략한 탓임을 알아차리고 여우가 말했다.
    "폐하께 아뢰오니, 누군가 거짓 진술을 하여
    병문안이 늦은 것을 구실로
    저를 죄인으로 몰려는 것입니다.
    사실 저는 성지순례를 떠나
    폐하의 건강을 빌고 돌아왔습니다.
    또한 여행 도중에 전문가와 학자들을 만나, 폐하가 지금
    그 결과를 두려워하는 쇠약에 대해 말했습니다.
    폐하는 다만 열이 부족한 것뿐이며
    그것은 나이를 먹은 탓이랍니다.
    이리를 산 채로 껍질을 벗겨
    김이 무럭무럭 나는 그 가죽으로 몸을 데우십시오.
    틀림없이 그 묘약이
    쇠약한 몸에 효험이 있을 것입니다.
    폐하께서 원하신다면
    이리가 기꺼이 방에서 입을 옷을 마련해주겠지요."
왕은 이 말이 마음에 들어
이리의 가죽을 벗기고
고기를 자르고, 팔다리를 잘랐다.
왕은 저녁으로 고기를 먹고, 가죽을 몸에 둘렀다.

궁중의 신하들이여, 서로 해치지 마시오.
되도록 서로 모략하지 마시오.
당신들은 복의 네 배가 되는 화를 입을 것이라오.
헐뜯기 좋아하는 사람은 어떻게든지 그 보복을 받으니
당신네들은 서로를 조금도 용서하지 않는
직업을 가졌소.

4. 우화의 힘
―바리용 경[1]에게―

저속한 이야기로
대사의 품위를 떨어뜨려도 괜찮은지요?
그러면 나의 시와 그 은은한 멋을 당신에게 바쳐도 좋은지요?
만일 내 시들이 이따금 위엄을 갖출 수 있다면

당신은 경솔하게 다루지 않겠죠?
토끼와 족제비의 싸움[2]과는 다른
많은 해결해야 할 일들이 당신에게 있을 테니
이것을 읽어도 좋고, 안 읽어도 좋아요.
하지만 유럽 전체를
우리가 책임지지 않도록 해주세요.
세상의 곳곳에서
우리의 적들이 쳐들어온다 하더라도…….
그것은 좋으나, 영국에서
두 나라의 왕[3]이 친선에 싫증을 내길
바란다는 것을
나는 이해할 수 없습니다.[4]
지금은 루이 왕이 쉴 때가 아닙니까?
헤라클레스가 아니면 누가 끝까지 지치지 않고
이 히드라[5]와 싸울 수 있겠습니까?
괴물은 또 새로운 머리[6]를 내밀어
그의 팔을 수고롭게 해야 합니까?
만일 당신의 유연한 정신이
웅변과 기교로써
사람의 마음을 누그러뜨리고, 이 위기를 피할 수만 있다면
당신에게 양을 백 마리 바치겠소.
파르나소스의 주민으로서는, 큰일을 한 것이니까요.
그리고 바라건대
이 약간의 선물인
나의 열렬한 바람을 받아주십시오.

여기 시로 쓴 이야기를 당신에게 바칩니다.
이것은 당신에게 매우 어울리는 주제입니다. 그것만 말씀드리
겠습니다.
시기하는 자일지라도
당연히 당신을 찬양할 수밖에 없는 이 말을 거듭 듣기를
당신은 바라지 않겠지요.

옛날, 거만하고 경박한 인간들이 사는 아테네에서
한 웅변가[7]가, 조국의 위험을 보고
연단으로 달려갔다. 그리고 폭군의 기술로써
국민의 마음을 하나로 만들려고
국가의 안위(安危)에 대해서 힘차게 외쳤다.
그러나 아무도 귀를 기울이지 않았다.
웅변가는 이 둔한 영혼들을 일깨우고자
격정적인 웅변으로 호소하였다.
죽은 자도 들을 수 있도록 천둥처럼 외치면서
할 수 있는 말을 다했으나
바람이 그 말을 다 쓸어가고, 누구 하나 감동하지 않았다.
어리석은 머리만을 가진 하나의 동물과도 같은 민중은
그의 이야기엔 마이동풍,
모두들 다른 데를 보고 있었다.
사람들은 어린애들 싸움을 보면
발걸음을 멈추나, 그의 웅변에는 발걸음을 돌린다.
웅변가는 어떻게 했을까? 그는 방법을 바꾸었다.
　　"땅의 여신 케레스가" 하고 그는 말을 꺼냈다.

"하루는 뱀장어와 제비를 데리고 여행을 떠났다.
　강이 길을 막자 뱀장어는 헤엄치고
　제비는 날아서 건너갔다."
이 말을 듣자 모인 사람은 모두 외쳤다.
　"그래서 땅의 여신은 어찌하였소?"
　"땅의 여신은 어찌하였냐고? 그 즉시,
　그녀는 여러분에게 화를 냈지.
　케레스의 백성이 어린애들 싸움에 정신이 팔리다니!
　나라를 위협하는 위험에 대해서
　그리스인 가운데 이 시민들만이 그 결과에 대해서 무관심
　하다니!
　왜 그대들은 필리포스[8]가 무엇을 했느냐고 묻지 않소?"
질책을 당한 군중은
우화의 뜻을 깨닫고
웅변가의 말에 귀를 기울였으니
하나의 우화가 세운 위대한 공적이다.

이 점에서 우리는 전부 아테네의 시민이다.
나도 또한, 이 교훈을 쓰고 있는 지금
누가 당나귀 가죽 이야기[9]라도 해준다면
아주 열중해서 들을 것이다.
세상 사람들이 늙었다고 말한다. 그건 그렇다.
하지만 그들을 어린애처럼 더욱 즐겁게 해주어야만 한다.

1) 1677년에서 1688년까지 영국 주재 프랑스 대사. 영불동맹의 사명을 띠고 활약했다.
2) 제7권 16화 〈고양이와 족제비와 젊은 토끼〉를 가리킨다.
3) 프랑스의 루이 14세와 영국의 찰스 2세.
4) 영국과 도버조약(1670년)을 맺은 프랑스는 1672년에 네덜란드를 공격했으나, 네덜란드가 다시 영국과 화해를 하고 독일 황제, 스페인 왕과 손잡고 프랑스를 공격했다.
5) 그리스 신화에 나오는 괴물. 물 속에 사는 뱀으로 아홉 개의 커다란 머리를 가졌는데 그 가운데 하나는 불사의 힘을 지니고 있었다. 헤라클레스가 몽둥이로 괴물의 머리를 하나 떨어뜨릴 때마다 두 개의 머리가 나왔으나, 끝내 목이 붙어 있던 곳을 태워 없애고 불사의 머리는 큰 바위 밑에 묻어 퇴치했다.
6) 영국을 가리킨다.
7) 고대 그리스의 웅변가이자 정치가인 데모스테네스를 가리킨다. 당시 그리스는 신흥 마케도니아의 위협을 받고 있었으므로, 정계로 진출하여 반(反) 마케도니아 운동의 선두에 서서 힘과 정열을 다한 의회 연설로 조국의 분기를 촉구하였다. 또 그리스의 폴리스는 연합하여 마케도니아 왕 필리포스 2세에게 대적, 그리스의 자유를 지켜야 한다고 설파하였다. 그 결과 아테네와 테베가 연합하였으나, 기원전 338년 카이로네이아에서 필리포스 2세에게 패배했다.
8) 기원전 4세기의 마케도니아 왕 필리포스 2세. 알렉산드로스 대왕의 아버지. 기원전 338년 카이로네이아에서 아테네와 테베의 연합군을 분쇄하여 그리스의 정치적 독립을 종식시켰다. 이듬해 헬라스 동맹을 결성하여 그리스를 지배하였다.
9) 프랑스의 민화. 뒤에 샤를 페로(Charles Perrault)가 〈당나귀 가죽〉이란 이야기를 썼다.

5. 인간과 벼룩

쓸데없는 소원으로 우리는 신들을 성가시게 한다.
번번이 인간에게 당치않은 일 때문에…….
마치 하늘이 모든 인간에게 끊임없이
눈길을 주어야 할 의무가 있는 것처럼,
또한 살아 있는 것 가운데 가장 조그만 벌레가
한 걸음 걷거나, 쓸데없는 장난을 할 적마다,
올림포스 산의 신들을 괴롭혀야만 한다는 듯이
마치 그리스와 트로이가 싸우는 것처럼 군다.

한 바보가 벼룩에게 어깨를 물렸다.

벼룩이 옷의 주름 속에 숨었다.
사나이는 말하였다.

"헤라클레스여!
봄마다 돌아오는 이 히드라를 지구에서 쫓아내주오.
유피테르여! 구름 위에서 무엇을 합니까?
이 족속을 멸망시켜 나의 복수를 해주시오."

한 마리의 벼룩을 죽이고자, 사나이는 신들에게
벼락과 곤봉을 자신에게 빌려달라고 부탁하였다.

6. 여자와 비밀

사람에게 비밀보다 더 무거운 짐은 없다.
여자는 비밀을 오래 간직하기 어렵다.
뿐만 아니라, 이점에서
여자 같은 남자도 많다.

자기 아내를 시험하고자
어느 날 밤, 남편이 그녀 곁에서 소리를 질렀다.
　"오, 신이여! 이게 어찌된 일입니까?
　견딜 수 없군요. 몸이 찢어질 듯합니다.
　아, 내가 알을 낳았잖아!"
　"알을요?"
　"그래요. 이것 봐요.
　싱싱한 알이예요.
　아무에게도 말하지 말아요.
　나를 암탉이라고 부를지도 모르니까.
　절대 말하지 말아요."
아내는 수많은 일에서 그렇듯이
이런 일에 경험이 없어
그것을 진실로 알고, 조용히 있겠다고 맹세했다.
그러나 이 맹세의 말도
밤의 그림자와 더불어 사라졌다.
조심성도 분별력도 없는 아내는
날이 밝기 무섭게 잠자리를 빠져나와
이웃집으로 달려가 말했다.
　"아주머니! 일이 하나 생겼어요.
　절대로 소문내면 안 돼요. 그러면 내가 얻어맞아요.
　우리 남편이 달걀의 네 배나 되는 알을 낳았어요.
　신의 이름에 걸고 이 비밀을 누구에게도 말하지 마세요."
　"염려 말아요. 내가 누군지 알잖아요.
　아무 걱정 말고 가세요."

알 낳는 사내의 아내는 집으로 돌아왔다.
이웃 여자는 이 이야기를 하고 싶어서 안달이 났다.
열 곳도 넘게 돌아다니며 퍼뜨리고는
알도 하나라 하지 않고 셋이라고 했다.
이야기는 여기서 그친 것이 아니었다.
어떤 이웃 사람은 알이 넷이라고 하며
귀에다 속삭였지만
이 이야기는 이젠 비밀이 아니었기에
조심할 필요는 없었다.
알의 수는, 소문의 신으로 말미암아
입에서 입으로 불어나
그날 하루 동안에
백 개가 넘었다.

7. 주인의 저녁을 나르는 개

미인의 유혹을 이기는 눈을 가진 사람은 아무도 없다.
황금의 유혹 또한 그렇다.
아주 충실한 마음으로
재물을 지키는 사람도 드물다.

음식을 집으로 나르는 어떤 개가
주인의 저녁밥을 목걸이처럼 걸고 있었다.
이 개는 맛있는 요리를 볼 때도

생각한 것 이상으로 잘 참았다.
사실, 훈련이 잘 되어 있었다.
그러나 인간은 누구든 재물에 가까이 가면 유혹당한다.
이상한 일이다! 개는 훈련시킬 수 있는데
인간에겐 그게 안 된다!
이 개가 그렇게 차리고 가자
한 들개가 지나가다가 그 저녁밥을 빼앗으려고 하였다.
하지만 당장은 마음대로 먹지 못했다.
몸이 가벼우면 더 잘 막을 수 있다고 생각한
주인의 개는 음식을 땅에 내려놓았다.
큰 싸움이 벌어지자 다른 개들도 나타났다.
이 개들은 집도 없었고
싸움하는 것을 무서워하지도 않았다.
우리 개는 그들 모두에게 맞서기에는 자신이 너무 약하고
음식도 위기에 놓인 것을 보고
자기 몫을 차지하려고 생각했다. 그래서 현명한 개는 말하였다.
    "제군들, 성내지 마시오. 난 고기 한 덩어리면 되니
      남은 건 모두 마음대로 하시오."
그리고는 먼저 한 덩어리를 먹었다.
이어서 들개와 잡개는 서로 당기며
앞을 다투어 음식에 달려들었다.
모두 자기 몫을 차지했다.

이는 세금이 실력자의 뜻대로 좌우되는
어떤 도시의 모습과 같다고 생각한다.

행정관이나 파리 시장 모두가
부당한 이익을 착복한다. 가장 똑똑한 놈이 시범을 보인다.
이들이 산 같은 돈더미를
처리하는 것도 흥미로운 구경거리다.
그 가운데서 양심적인 사람이 시시한 이유로
그 돈을 지키려고 한마디만 하면
바보 취급을 당한다.
끝내 그마저 쉽게 굴복하고
마침내는 제일 먼저 착복한다.

8. 어릿광대와 물고기

사람들은 어릿광대를 찾지만 나는 그를 피한다.
남을 웃기려면 누구보다도 탁월한 재능이 필요하다.
신은 오직 바보를 위해서
늘 격언을 들먹이는 독설가를 만들어낸 것이다.
내가 그 가운데 한 사람을 우화 속에
소개할 생각인데,
어쩌면 누군가는 내가 멋진 말을 했다는 것을 알게 될 것이다.

한 어릿광대가 부잣집 식탁에 나갔으나

자기 자리에는 조그만 물고기들밖에 없고
큰 것들은 모두 멀리 있었다.
그러자 조그만 놈을 잡아 귀에 대고 속삭이고는
또 같은 식으로 작은 고기의 대답을 듣는 척했다.
사람들은 모두 놀라서
그에게 주의를 돌렸다.
그러자 어릿광대가 차분한 말투로 이야기했다.
자기의 한 친구가
위대한 인도[1]로 떠났는데
한 해 전에 조난을 당한 듯하여
지금 이 작은 물고기에게 소식을 물으니
아직 어려서, 그의 운명을 알 수가 없다는 것이다.
큰 놈이라면 분명히 알고 있을 것이다.
 "그러니 여러분, 큰 놈에게 물어봐야 하지 않겠습니까?"
과연 그들이 이 농담을 좋아했는지
나는 알 수 없다. 하지만 어떻든 이 사나이는
괴물같이 큰 고기를 자기 앞에 끌어왔다.
이 물고기는 아직 돌아오지 못한
미지 세계의 탐험가들 이름을 모두 알고,
백여 년 전부터 심연 아래 잠긴
대제국의 고대인들을 보아온 늙은 놈이었다.

---

1) 위대한 인도는 아메리카 대륙을 말한다. 그 당시
유럽인들은 아메리카를 인도로 잘못 알고 원주민
을 인디언이라고 불렀다.

9. 쥐와 굴

시골에 사는 머리가 좀 모자라는 쥐가
어느 날 대대로 내려오는 자기 집에 싫증을 냈다.
그래서 밭과 곡식과 보릿다발을 다 버리고
여기저기 돌아다니기로 하고 정든 집을 떠났다.
집을 나오자마자 말했다.
　"세상이란 크고도 넓은 것!
　　저기는 아펜니노 산맥,[1] 여기는 카프카스.[2]"

두더지가 만든 둔덕도 그에게는 산으로 보였다.
며칠 뒤 나그네는 바다의 여신 테티스가
굴을 많이 놓아둔 곳에 이르렀다.
쥐는 이것을 보고 처음엔 뱃전이 높은 배로 알았다.
"아무리 생각해도 우리 아버지는 불쌍한 분이셨어.
겁이 많아서 감히 여행할 엄두를 못 내셨지.
그런데 나로 말하면, 벌써 바다의 제국을 보았고
사막을 건넜지. 하지만 아직 멀었다네."
쥐는 어느 학교 선생에게서 배운 것을 이렇게 지껄여댔다.
그는 책을 갉아서
이빨 끝까지 학자가 되려는 패는 아니었다.
입을 다문 굴 가운데
하나가 입을 열고 해를 향해 하품하고 있었다.
산들바람에 기분이 좋아서
바람을 들이마시느라 입을 활짝 벌리니
희고 통통한 것이 견줄 데 없이 맛있게 보였다.
멀리서 이것을 본 쥐가 말했다.
"저게 뭐지, 먹을 건가?
저게 만일 요리의 빛깔이 틀림없다면
오늘은 제법 맛있는 음식을 먹겠는걸.
다시는 이런 기회가 없어."
이렇게 말하며, 쥐는 부푼 기대를 갖고
굴에게 다가가 목을 조금 내밀자
바로 올가미에 걸린 것을 느꼈다.
굴이 갑자기 입을 다문 것이다.

이게 다 무지가 일으킨 일이다.

이 우화에는 많은 교훈[3]이 포함되어 있다.
먼저 알 수 있는 것은
세상일에 경험 없는 자는
작은 일에도 놀라며,
다음에 배울 수 있는 것은
잘 잡는다고 생각하는 자가 잘 붙들린다는 것이다.

---

1) 이탈리아 반도를 북서쪽에서 남동쪽으로 가로지르는 산맥.
2) 러시아의 남부. 카스피해와 흑해 사이에 있는 산악지역을 통틀어 일컫는 말.
3) 라블레의 《제1권 가르강튀아》에서 피크로콜 왕이 사막의 행군을 공상하며 한 말을 풍자한 것과 연관된다.

10. 곰과 정원 애호가

덜떨어진 어느 산곰이
운명으로 말미암아 외딴 숲에 틀어박혀서

고독에 잠긴 벨레로폰[1]처럼 혼자 숨어 살았다.
곰은 미칠 지경이었다.
이성(理性)이란 고독한 자에게 오래 머물러 있지 않는다.
남과 이야기하는 것도 좋고
침묵을 지키는 것은 더욱 좋지만
정도가 지나치면 둘 다 나쁘다.
이 곰이 살고 있는 곳에는 아무 짐승도 올 일이 없었다.
아무리 곰이라고 하지만 외로운 생활에 지쳐갔다.
곰이 이런 우울한 생각에 잠겨 있을 때
멀지 않은 곳에 사는 한 늙은이도
역시 자신의 생활에 권태를 느끼고 있었다.
그는 정원을 좋아하는 사람으로
꽃의 여신 플로라의 신관이며
과일의 신 포모나의 신관이기도 했다.
  "둘 다 좋은 일이나, 나는 누군가 조용하고 신중한 친구가
  필요해."
정원은, 내 책 속이 아니라면,
말을 거의 하지 않기에
말 없는 녀석과 산다는 것에 질려
어느 날 아침, 늙은이는 동료를 찾으러 들로 나갔다.
곰도 똑같은 심정에서
산을 내려왔다.
이 둘은 정말 우연하게
어느 길모퉁이에서 딱 만났다.
늙은이는 겁이 났다. 어떻게 몸을 피하나, 어찌할까?

이런 위기는 가스코뉴식[2]으로 벗어나는 것이 좋다고 여겨
두려움을 용케 감추었다.
인사가 서투른 곰이 그에게 말하였다.
"나한테 오시오."
늙은이가 대답하였다.
"나리, 우리 집으로 오세요. 거기 가셔서 시골 음식을
잡수시고 싶다면, 과일도 있고 우유도 있습니다.
아마 나리가 잡수실 만한 것은 못 되겠지만
제게 있는 것은 다 드리죠."
곰은 이 제안을 받아들였다.
그리고 둘은 도착하기 전에 친구가 되었다.
집에 가서도 둘은 짝이 맞았다.
하지만 바보와 같이 있는 것보다
혼자 있는 것이 더 나았을 것이다.
곰은 하루에 두 마디도 떠들지 않았으므로
남자는 방해 없이 일을 할 수 있었다.
곰은 사냥을 나가 먹이를 잡아왔고
주된 일은 잠든 친구의 얼굴에서 우리가 파리라고
부르는 저 날개가 달린 곤충을 잘 쫓는 것이었다.
어느 날 노인이 깊이 잠들었을 때
코끝에 한 마리의 파리가 앉았다.
아무리 쫓아도 소용이 없자 곰은 화가 나서 말했다.
"널 잡고 말 거야. 이걸 봐라."
말이 끝나자마자, 파리 쫓는 충직한 곰은
돌을 하나 쥐고 힘껏 던져

파리를 터뜨리는 동시에 노인의 머리도 깨뜨렸다.
말을 못하는 만큼 던지는 것은 잘하여
노인을 그 자리에서 죽여버렸다.

무지한 친구보다 더 위험한 것은 없다.
현명한 적이 그보다는 낫다.

---

1) 《일리아스》에 나오는 영웅. 날개 달린 말 페가소스를 타고 괴물 키마이라를 퇴치하였다. 리키아 왕의 딸과 결혼해서 행복하게 살았으나, 늙어서는 신의 노여움을 사서 자식을 잃고 슬픔에 잠겨 인간을 피해 살았다.
2) 가스코뉴 사람은 허세를 부리며 호언장담을 잘하거나, 남을 잘 놀려대는 기질이 있다고 한다. 제5권 11화 〈여우와 포도〉 참고.

11. 두 친구

참된 두 친구가 모노모타파[1]에 살고 있었다.
한 친구가 가진 모든 것은 다른 친구의 것이기도 했다.
이 나라의 친구들은

우리들의 우정보다 못하지 않았다.
어느 날 밤, 둘이 모두 깊은 잠에 빠져
태양이 없는 틈을 잘 이용하고 있을 때였다.
한 친구가 불안에 사로잡혀 자리에서 일어나
친구의 집으로 달려가 하인들을 깨웠을 때
꿈의 신 모르페우스는 그 집 문턱에 이르러 있었다.
잠자던 친구는 깜짝 놀라 지갑을 들고, 무장까지 하고
친구에게 와서 말했다.
  "남들이 모두 잘 때 네가 뛰어다니는 것은 이상하다.
  너는 자는 시간을 전부터 잘 이용할 줄 아는 사람으로 알
  았는데
  도박으로 돈을 다 잃은 것이 아니냐?
  돈이라면 여기 있다.
  만일 싸움이라도 일어났으면, 칼도 있다. 자, 가자.
  늘 혼자 자는 데 진력이 났느냐?
  예쁜 여자 노예가 내 옆에 있으니 하나 부를까?"
친구가 대답했다.
  "아니야. 그런 게 아냐.
  뜻은 정말 고마워.
  잠자고 있는데 좀 슬픈 듯한 네 얼굴이 보여서
  무슨 일이 있는가 걱정이 되어 얼른 달려온 거야.
  그 불길한 꿈 때문이었어."

독자여, 당신 생각에는
이 두 사람 가운데 누가 정이 많습니까?

이 어려운 문제는 낼 만한 가치가 있다.
진실한 친구란 얼마나 좋은 것이냐!
그는 네가 바라는 바를 마음속까지 찾아주어
스스로 털어놓아야 하는 부끄러움도 덜어준다.
꿈이나 쓸데없는 일일지라도
모두가 사랑하는 자를 위해서는 걱정이 되는 것이다.

---

1) 아프리카 동남쪽에 자리 잡고 있었던 중세의 왕국.

12. 돼지와 염소와 양

염소와 양과 토실토실 살진 돼지가
같은 수레를 타고 시장에 가고 있었다.
역사가 전하는 바에 따르면, 기분전환하려고
그곳에 가는 것이 아니라 전부 팔려가는 것이었다.
마부는 타바랭[1]의 공연에
그들을 데려갈 생각은 아니었다.
돼지는 도중에 비명을 질러댔다.
마치 고깃간 주인 백 명이 자신을 쫓아오는 듯이

주위 사람이 귀머거리가 될 정도로 소리를 질렀지만
다른 두 마리는 훨씬 온순한 생물로, 얌전해서
돼지가 도와달라고 외치는 데 놀랐다.
그들에게는 걱정할 만한 불행이 아무것도 보이지 않았다.
마부가 돼지에게 물었다.
　"무엇을 그리 한탄하냐?
　너 때문에 전부 미칠 것 같으니 조용히 할 수 없냐?
　여기, 너보다 점잖은 이 두 놈을 보고
　어떻게 사는지 좀 배우고, 잠자코 있어라.
　이 양이 어디 떠드는가 보아라.
　현명하지 않느냐?"
　"멍청한 거지."
돼지가 대꾸했다.
　"만일 자기 운명을 안다면
　나처럼 목청껏 소리를 지를 거고
　저 점잖은 놈도
　머리가 터져라 울어대겠지.
　저놈들은 다만 사람들이 몸을
　가볍게 해준다고 생각하고 있어.
　염소는 그 젖의 무게를, 양은 그 털의 무게를 말이야.
　그렇게 생각하는 것이 옳은지 나는 모르겠지만
　나로 말하면, 잡아먹히는 수밖에 없으니
　죽을 것이 분명해.
　내 우리, 내 집이여, 잘 있거라."

돼지는 꼬치꼬치 따지고 들었지만
그게 무슨 소용이 있는가? 불행이 확실할 때는
불평도 두려움도 운명을 바꿀 수 없다.
앞날을 아예 모르는 사람이 언제나 가장 현명한 사람이다.

---

1) 광대이자 재담 작가. 본명은 앙트완느 지라르(1584~1633). 17세기 중엽, 파리의 퐁 네프 언저리에 있던 '몽도루'라는 광대 단체의 일원으로 1620년 무렵 유명해져 그 이름을 도용하는 광대도 나타나게 되었다.

13. 티르시스와 아마란테
―실레리 양[1]을 위해서―

나는 이솝을 떠나
오로지 보카치오를 읽고 있었다.[2]
그러나 한 여신이
파르나소스 산 위에서
다시 한번 내 방식의 우화를 읽고자 했다.
아무 타당한 이유도 없이

거절하는 것은
인간이 신들에게 할 행동이 아니었다.
아름다운 여신답고
사람들의 의지를 지배하는 분에 대해서는
더욱 그러하다.
이 점을 이해해주기 바란다.
여기에 또 다시 이리와 까마귀가
운을 맞춰 대화를 나누는 것을
실레리가 열망하는 것이다.
실레리라는 이름을 말하는 자는 모두
그녀에게 찬사를 보내는 데
앞자리를 양보하지 않는다.
어떻게 그럴 수 있는가?
그건 그렇고, 우리의 이야기로 되돌아오면,
내 이야기[3]가 그녀의 생각에는 모호하고,
교양 있는 사람들도
그 모든 것을 다 이해하는 것은 아니다.
그러므로 그녀가 주석 없이도
알 수 있는 이야기를 몇 개 하련다.
우선 목동을 데려오고, 다음에
이리와 양이 말하는 것을 시로 써보자.

어느 날 티르시스가 젊은 아마란테에게 말하였다.
　"아! 만일 당신이 나만큼, 우리를 기쁘게 하고
　황홀하게 하는 병을 안다면!

이 세상 무엇과도 비교할 수 없는 행복,
그것을 당신에게 전하는 것을 용서해주시오.
나를 믿고, 무서워하지 말아요.
어찌 당신을 속이겠소? 인간으로서 품는
가장 고운 감정을 당신에 대해 품고 있는데."
아마란테는 즉시 되물었다.
"그 병을 뭐라 부르나요? 이름이 뭐지요?"
"사랑이라 합니다."
"아름다운 이름이군요. 말해줘요.
무엇으로 그것을 알아보죠? 어떤 기분을 느껴요?"
"많은 괴로움이지요.
하지만 그 괴로움에 견주면 왕의 기쁨도
따분하고 시들하지요. 멍하니 숲속에
혼자 있어도 즐거운 것입니다.
강가에서 물에 몸을 비추어도
보이는 건 자기가 아니고, 단 하나의 모습,
그것이 자꾸 눈앞에 떠오르고, 어디나 따라다니죠.
그와 다른 것은 아무것도 보이지 않습니다.
마을에 있는 한 목동, 그가 다가오기만 해도
그의 목소리가 들리기만 해도
그의 이름을 듣기만 해도 얼굴이 붉어지고
그를 생각만 하면 왜 그런지 모르나 한숨이 나옵니다.
간절히 바라면서도 정작 그 사람을 만나는 것은 두렵지요."
아마란테는 즉시 말하였다.
"아! 아! 당신이 말하는 게 바로 그 병인가요?

그건 낯선 게 아니에요. 나도 알고 있어요."
티르시스는 뜻한 바에 이르렀다고 생각했다.
그때 고운 아가씨는 말했다.
 "그건 내가 클리다만트에게서 느끼는 바로 그대로에요."
목동은 분함과 부끄러움으로 죽을 지경이었다.

세상에는 이 사나이처럼
자기의 이익을 위해서 일한다는 것이
실은 남을 위해서 일하는 수가 많다.

---

1) 가브리엘-프랑수아즈 드 실레리. 라 로슈푸코의 조카딸로 25세에 결혼을 하게 되자, 라 퐁텐이 이 우화를 헌정했다.
2) 라 퐁텐은 《우화시》 제1집을 낸 뒤 《콩트와 누벨》(Les Contes et Nouvelles en vers)의 속편을 냈었다.
3) 라 퐁텐이 재상 마자랭의 조카딸 부이용 부인의 유배를 위로하기 위해서 쓴 것.

14. 암사자의 장례식

짐승의 왕 사자의 부인이 죽었다.
이내 모두 달려가
군주에 대한 의무를 다하고자
틀에 박힌 위로의 말을 전하지만
고통을 더할 뿐이다.
왕은 자신의 영토에 포고하여
장례식이 열릴 날짜와 장소를 알리고, 관리들을
그곳에 불러

의식을 주관하고
조문객들을 안내하게 했다.
모두가 거기에 간 것은 당연한 일이었다.
왕이 슬픔을 가누지 못하고 울자, 울음소리가 동굴 여기저기에
울려퍼졌다.
사자에게는 그밖에 다른 신전이라고는 없었다.
왕을 따라서 신하들이
제각기 울어대는 소리도 들렸다.

궁전이란, 그곳에 사는 인간들이
왕의 마음에 들려고
슬퍼하거나 즐거워하거나, 뭐든지 할 각오가 되어 있거나
또는 무엇에나 냉담해질 수 있는, 그렇게 안 되면
적어도 그렇게 보이려 하는 곳이다.
군주를 따르는 카멜레온들, 원숭이 족속들.
하나의 정신이 수많은 육체를 움직이게 한다.
인간이 단순한 기계가 되는 곳이 바로 이곳이다.

그건 그렇고, 우리 이야기로 다시 돌아가자.
사슴만은 울지 않았다.
어떻게 그럴 수 있었을까?
이 죽음이 그에게는 복수였다. 왕비가 이전에
사슴의 부인과 자식을 죽였기 때문이다.
요컨대 사슴은 울지 않았다. 어느 아첨꾼이 이것을 일러바치길
사슴이 웃는 것을 보았다고 했다.

왕의 노여움은, 솔로몬도 말했듯이,
무서운 것이며, 특히 사자의 노여움은 더했다.
그러나 이 사슴은 그것을 읽어내는 데 익숙하지 않았다.
사자 왕이 그에게 말하였다.
　"보잘것없는 짐승이 웃다니!
　너는 슬픈 통곡 소리가 안 들리느냐?
　나는 너의 불경한 팔다리에 신성한 발톱을
　대지 않겠노라. 이리야, 오너라.
　왕비의 복수를 해라. 모두들 왕비의 영혼에
　이 반역자를 산 제물로 바쳐라."
그러자 사슴이 대답하였다.
　"폐하, 울어야 할 때는 지났습니다.
　고통은 더 이상 필요 없습니다.
　폐하의 고귀한 왕비님은 꽃 사이에 누워
　제 곁에 나타나셨습니다.
　저는 바로 왕비님인 줄 알았죠.
　왕비님께서는 저에게 말하셨습니다.
　'장례행렬을 지키는 친구여,
　내가 신들 곁으로 갈 때, 울지 말아요.
　엘리제 동산[1]에 가면 나는 수많은 기쁨을 맛보고
　나처럼 성인(聖人)이 된 이들과 이야기를 나눌 겁니다.
　당분간 왕의 설움을 그대로 내버려두어요.
　나에게 그것은 기쁨이랍니다.'"
이 말을 듣고 슬퍼하던 이들이 외쳤다.
　"아, 기적이다. 왕비님이 신이 되셨다!"

사슴은 벌을 받기는커녕 상을 받았다.

왕들을 꿈 이야기로 기쁘게 해주어라.
비위를 맞추어라. 거짓말을 하라.
왕들의 마음에 제아무리 화가 가득해도
그들이 미끼를 삼키고나면
너는 그들의 친구가 될 것이다.

---

1) 샹젤리제(Champs-Élysées). 그리스 신화에서 영웅이나 덕이 있는 사람들이 죽은 뒤에 간다고 알려진 곳.

15. 쥐와 코끼리

자기를 굉장한 인물이라고 생각하는 사람이 프랑스에는 꽤 있다.
그 사람들은 전부 자기가 잘난 줄 알지만
대개는 속물에 지나지 않는다.
이것이 이른바 프랑스의 병폐이다.
어리석은 허영심이 우리의 특징이다.
스페인 사람도 허영심이 있으나 그 갈래가 다르다.
그들이 잘난 척하는 것은, 한마디로 말하면,
아주 광적이지만 어리석지는 않다.

우리 스스로를 돌아보면
분명히 다른 나라 사람들 못지않을 것이다.

쥐 가운데서도 가장 작은 쥐 한 마리가
코끼리 가운데서도 가장 큰 놈을 보고
고상한 집안의 짐승 치고
너무 느리게 걷는다고 비웃었다.
코끼리는 커다란 닫집 위에
그 유명한 술탄의 왕후와
그녀의 개와 고양이와 원숭이와
앵무새, 늙은 하인과 온 식구를 태우고
성지순례에 나선 길이었다.
이 무거운 짐을 보고 감탄하고 있는 사람들을
쥐는 이상하게 생각했다.
　"마치 몸집이 차지하는 자리의 크고 작음으로
　우리의 가치를 정하는 것과 같은 셈이지.
　아니면 너희 인간들은 코끼리의 무엇에 감탄하는 거지?
　어린애들을 무섭게 하는 저 커다란 몸집인가?
　우리는 몸은 작지만 가치는 코끼리보다 못하지 않아."
쥐는 더 떠들고 싶었으나
바로 그때 고양이가 집에서 나와
삽시간에 쥐로 하여금 자기가
코끼리가 아니라는 것을 일깨워주었다.

16. 점성술

사람은 때로는 자기 운명을 피하고자
선택한 길에서 그 운명과 마주친다.

혈육이라곤 아들 하나밖에 없는 어느 아버지가

그를 너무 사랑한 나머지 외아들의 운명을
점쟁이들에게 물었다.
그 가운데 하나가 말하기를, 아이가 일정한 나이를 먹을 때까지
무엇보다 사자를 멀리하고
스무 살이 지나면 더는 걱정할 것 없다고 하였다.
아버지는 사랑하는 자식의
생명을 조심해서 지켜주려고
궁전 문밖으로 절대 나가지 못하게 했다.
아이는 밖에 나가지 않고도
친구들과 하루 종일 장난치고
뛰고, 달리고, 산보하는 것에 만족했다.
나이 들어, 무엇보다도 사냥이
젊은 그의 마음에 들었을 때
이 취미는 천한 것이라고 배웠지만
제아무리 뭐라 해도
잔소리도, 충고도, 설득도, 어떤 것도
타고난 기질을 바꾸지는 못했다.
가만히 있지 못하고, 혈기 왕성하고 용감한 그는
이 나이 또래의 정렬을 느끼기 무섭게
그 즐거움을 동경하여 한숨지었다.
난관이 크면 클수록 욕망도 크다.
그는 운명이 그것을 못하게 하는 이유를 알았다.
그 집은 호화로운 물건이 가득하고
도처에 그림이 많았다.
양모와 붓으로 사방팔방에

풍경과 사냥하는 모습을 그려놓았다.
한쪽에는 여러 짐승을, 또 다른 쪽에는 인물들을 그렸는데
젊은이는 한 마리 사자의 그림을 보고 분개했다.
  "이 괴물, 네가 나를
   어둠과 쇠사슬 속에서 살게 했구나!"
말을 마치자마자
무서운 분노 속에 이성을 잃고
주먹을 휘둘러 죄 없는 짐승을 쳤다.
이 걸개그림 뒤에 어쩌다가 못이 있어
그 못에 상처를 입었다. 끝내는
영혼의 영역까지 침범하여, 이 귀한 외아들은
아스클레피오스[1]의 기술도 헛되게,
자식의 행복을 위한 걱정 때문에 죽었다.
같은 걱정이 시인 아이스킬로스[2]에게도 화를 가져왔다.
이야기에 따르면, 어느 점쟁이가
그에게 집이 무너질 것이라고 위협했다.
시인은 곧바로 마을을 떠나
집에서 멀리 떨어진 넓은 들 복판, 하늘 아래 침대를 놓았다.
한 마리의 독수리가 거북이를 물고 하늘을 날아가다가
그를 보았다. 그의 머리에 털이 없었기 때문에
바위로 알고, 자신의 먹이를 깨뜨리려고 그 위에 떨어뜨렸다.
가엾은 시인은 이렇게 자신의 명을 재촉했다.

이런 예들이 사실이라면
이 점성술이란 것은 불행을 두려워하여 피하려는 사람을

도리어 그 불행에 빠뜨린다.
내가 이것을 증명하긴 했지만, 점(占)이란 믿을 수 없다고 주장한다.
나는 자연이란 것이
자기 손을 묶고, 게다가 우리 손도 묶고
하늘에 우리의 운명을 기술한다고는 믿지 않는다.
운명은 장소나 사람이나 시간의
우연한 일치에 따른 것이며
결코 사기꾼들의 점성술에 달린 것이 아니다.
양치기와 왕이 같은 별 아래 살면서도
하나는 왕장(王杖), 하나는 양치는 지팡이를 가지는 게
목성이 그렇게 희망한 탓이란다.
목성이란 대체 무엇이냐? 의식이 없는 물체다.
그런데 어떻게 이 별의 영향이 두 사람에게
따로따로 작용한다는 말인가?
그리고 그것이 이 세상까지 어떻게 침투할 수 있는가.
어떻게 하여 두꺼운 대기권을 뚫는가?
화성과 태양과 끝없는 공간을 뚫을 수 있는가.
하나의 원자가 도중에 방향을 바꿀 수 있다면
별점 치는 사람은 대체 어디서 그것을 찾을 작정인가?
우리가 지금 보는 유럽의 상황[3]은
적어도 그들 가운데 누군가는 미리 알 만했다.
왜 아무도 그것을 말하지 않았는가?
그것은 아무도 몰랐던 까닭이다.
가늠할 수 없는 거리, 별의 위치와 그 속도,

우리 생각의 너무나 빠른 움직임, 우리의 모든 행동,
그것을 무능한 그들이
한걸음 한걸음 추적할 수 있단 말인가.
우리의 운명은 거기에 달려 있다.
운명의 불규칙한 걸음은
우리와 똑같은 걸음걸이로 나아갈 수는 없다.
그런데 그들은 우리 삶의 과정을
나침반으로 쫓으려고 한다!

내가 앞서 이야기한 두 개의 확실치 않은 사실에
신경 써서는 안 된다.
너무 사랑받은 저 외아들도, 시인 아이스킬로스도
그 상황에선 어쩔 수 없었다.
점쟁이의 말은 맹목적이고 거짓이기는 하지만
천 번에 한 번은 맞을 때도 있다.
이는 우연의 결과에 지나지 않는다.

---

1) 그리스·로마 신화에 나오는 의술의 신.
2) 고대 그리스의 위대한 극작가(기원전 525~기원전 456)로 '비극의 아버지'라고 불린다.
3) 당시 전 유럽을 혼란에 빠뜨린 네덜란드전쟁을 점성가들이 예견하지 못했음을 암시하는 말.

17. 당나귀와 개

서로 도와야만 하는 것이 자연의 법칙이다.
그런데 당나귀가 어느 날 그것을 무시했다.
왜 그것을 지키지 않았는지 모르겠다.
그는 선량한 동물이었는데 말이다.
당나귀가 근엄하게, 아무 생각 없이
개와 함께 시골길을 가는데

뒤에는 둘의 주인이 따라왔다.
주인이 잠들자 당나귀는 풀을 뜯기 시작했다.
때마침 그곳이 목초지여서 그 풀은
맛이 좋아 당나귀 입맛에 딱 맞았다.
엉겅퀴는 없었지만 그래도 괜찮았다.
늘 사치만 할 수는 없었다.
맛있는 요리가 없다고 해서
잔치를 벌이지 않을 수는 없다.
하여튼 우리 당나귀가 이번에는 그것이 없어도 참았다.
배가 고파 죽을 지경인 개가 말했다.
　"친구여, 제발 몸을 숙여서
　　빵이 든 광주리 속에서 먹을 것을 꺼내게 해주오."
아르카디아의 말[1]은 대답도 없이
풀 먹을 시간을 빼앗기는 것을 아까워했다.
오랫동안 못 들은 척하다가
끝내는 대답을 하였다.
　"친구여, 우리 주인이
　　낮잠을 끝낼 때까지 기다리는 것이 어떻소.
　　눈을 뜨면 틀림없이 밥을 줄 거요.
　　조금만 기다리면 되겠지."
이러는 동안에 한 마리의 이리가
숲에서 나와 다가왔다. 이놈도 배가 고팠다.
당나귀는 바로 개에게 도움을 청했다.
개는 꼼짝하지 않고 말했다.
　"친구여, 주인이

잠을 깰 때까지 도망가는 것이 어떻소.
　　조금만 기다리면 될 테니 빨리 달아나시오.
　　만약에 이리가 덤벼들면 그 턱을 부수고
　　새로 편자를 박아달라지. 내 말을 믿고
　　그 놈을 차버려요."
이 말을 하는 동안
이리 나리는 손쓸 겨를도 없이 당나귀를 찢어 죽여버렸다.

그러므로 서로 도와야 한다는 것이다.

---

1) 당나귀를 가리킨다. 아르카디아는 그리스 중앙부의 산지(山地)로 양을 많이 기르던 곳. 이곳 당나귀는 옛날부터 유명하다.

18. 태수와 상인

그리스의 한 상인이 어느 지방에서
장사를 했다. 터키의 태수가 그를 도와주었다.
그래서 이 그리스인은 상인이 아니라
태수에게 돈을 치렀다.
보호자란 매우 비싼 것이다.
태수에게 바쳐야 할 돈이 많이 들어

상인은 가는 곳마다 불평했다.
태수보다 힘이 약한 터키 사람 셋이 함께 돕겠다고 제안했다.
세 사람이 상인에게 바라는 사례금은
태수 한 사람보다 적었다.
그리스인은 이야기를 듣고 그들과 계약을 맺었다.
이것이 모두 태수의 귀에 들어갔다.
어떤 이는 태수에게 말하기를, 만약 현명하다면
그들을 혼내줄 수 있는 책략을 쓰라고 하였다.

"선수를 쳐서
그들을 곧장 천국에 있는
마호메트에게 사자(使者)로
보내는 것이 좋겠습니다.
주저하는 것은 금물입니다. 그렇지 않으면 그들 일당이
선수를 칠 것입니다.
어떻든 태수님의 주위에 복수의 기회를 노리는 자들이 있
는 것은 확실합니다."

독(毒)으로 태수를 죽여, 저 세상에 있는 상인들이나
보호하게 될지도 모른다는 것이다.
이 충고에 태수는 알렉산드로스의 지혜를 빌렸다.
그래서 자신감을 가지고
곧장 상인의 집으로 가서 식탁에 앉았다.
그의 말과 태도에는 뚜렷한 신뢰감이 엿보여
태수는 아무것도 의심하지 않는 것 같았다.
그는 상인에게 말하였다.

"친구여, 네가 나를 떠난다는 것은 알고 있다.

그 뒤를 주의하라는 자도 있다.
하지만 나는 네가 보기 드문 선한 사람이라
독약을 먹일 사람은 아니라고 믿는다.
더 이상 말 안 하겠다.
한데, 너를 도와주려는 사람에 대해서
내 말을 들어보아라. 너를 진력나게 하는
쓸데없는 설득과 변명은 그만두고
다만 하나의 우화를 이야기해주겠다.
한 양치기와 개와 그의 양 떼가 있었다.
매일 빵 하나를 전부 먹어버리는 개를
길러 뭐 하겠느냐고, 누가 찾아와서 물었다.
그런 개는 마을 원님에게나 바쳐야 할 물건이라 했다.
양치기에게 말하기를, 더 절약하기 위해서
강아지 두 세 마리만 가지면
비용도 적게 들고, 단 한 마리의 개보다
양을 더 잘 지킬 수 있다고 했다.
그 개는 세 마리 이상으로 먹는다.
하지만 그 사람은 이리가 와서 싸울 때는
이 개가 세 배나 되는 입을 가진다는 것을 말하지 않았다.
양치기는 이 개를 떼어버리고
세 마리의 강아지를 구했다.
그러나 이 세 마리가 비용은 덜 들었지만,
싸울 때는 도망치기 일쑤였다.
그 오합지졸도 뻔하다.
너도 비슷한 어중이떠중이를 골랐음을 알게 될 것이다.

분별이 생기면 나에게 돌아오라."
그리스인은 태수의 말 그대로라고 생각했다.

이 우화는 여러 명의 작은 영주에게 의지하는 것보다는
한 강대한 왕에게 의지하는 것이
모든 것을 고려할 때 더 좋은 방법임을 가르친다.

19. 학문의 이익

옛날, 어느 마을에 사는 두 사나이가
논쟁을 했다.
하나는 가난하지만 공부를 했고
다른 하나는 부자지만 무식했다.
부자는 어떻게든 이기려 했고
모든 현명한 사람은 자기를 존경해야 한다고 했다.

하지만 대체 어리석은 그 사나이를, 그의 가치 없는
재물을 어떻게 숭배할 수 있단 말인가?
그럴 만한 이유가 없는 것 같다.
그는 종종 박식한 친구에게 이렇게 말했다.
"여보게, 자네는 꽤 잘난 척하지만
어디, 자네는 사람들에게 음식을 대접할 수 있는가?
자네 같은 이들은 항상 책만 읽고 있는데 무슨 소용이 있
는가?
자네들은 항상 다락방에 살며
유월이나 십이월이나 항상 똑같은 옷을 입고
하인이라고는 다만 자기 그림자뿐이지.
돈 한푼 쓰지 않는 패들은
국가에서도 필요 없네!
대개 세상에 필요한 인간이란
호화롭게 살며, 많은 돈을 뿌리는 사람이지.
나는 매우 많은 돈을 쓰고 있지. 나의 즐거움은
직공, 상인, 치마를 만드는 사람과
그것을 입는 여자에게 일자리를 주고
그뿐 아니라, 너희들도
은행가에게 쓸모없는 책을 비싸게 팔도록 해주는 거지."
무례하기 짝이 없는 이 말이
거기에 어울리는 운명을 겪게 하였다.
학식 있는 사람은 입을 다물었다.
할 말이 너무 많았기 때문이다.
전쟁은 풍자시보다 더 멋지게

그에게 복수를 하였다.
전쟁의 신 마르스는 두 사람이 사는 곳을 파괴했다.
두 사람은 마을을 떠났다.
무식한 사나이는 머물 곳도 없이
가는 곳마다 업신여김을 받았다.
다른 한 사람은 어딜 가나 호의를 받았다.
이것이 그들의 승패를 결정했다.

바보들은 실컷 지껄이게 두어라. 지식에는 그만한 값어치가 있다.

20. 유피테르와 천둥

유피테르는 인간의 잘못들을 보다 못해
어느 날 하늘에서 말하였다.
　"나를 귀찮게 하고 피곤하게 하는
　　저 종족들이 사는 우주를
　　새로운 거주자들로 가득 채워야겠다.

메르쿠리우스[1]여, 지옥에 가서
세 푸리아이[2] 가운데서
제일 잔인한 놈을 데려오너라.
내가 너무 사랑했던 종족은
이번에야말로 멸망할 것이다."
유피테르는 이내
그 심한 노여움을 가라앉혔다.

아, 왕들이여, 우리들 운명의
지배자가 되려는 자들이여,
바라건대 그대들도 노여움과
이에 잇단 폭풍 사이에
하룻밤의 휴식을 주소서.

가벼운 날개와
부드러운 목소리를 가진 신은
어둠의 나라로 자매를 만나러 갔다.
티시포네와 메가이라도 있건마는
결국 유피테르의 말 그대로
그는 제일 무자비한 알렉토를 골랐다.
이 여신은 뽑힌 것이 너무나 기뻐서
지옥의 신 플루토의 이름으로
인간이라 이름 붙은 족속은 모두
머지 않아 저승의 신들의 소유가
될 것이라고 맹세했다.

유피테르는 이 착한 여신3)의 맹세가
마음에 들지 않았다.
신은 그녀를 쫓아보냈지만
곧바로 불충(不忠)한 백성들의 머리 위에
벼락을 내렸다.
벼락은, 번갯불로 사람들을 겁주는
바로 그들 아버지의 인도에 따라
그들을 단지 공포에 떨게 하는 것으로 만족하고
사람이 살지 않는
사막 주위를 태워버렸다.
모든 아버지들이 때리면 빗맞기 마련이다.
그래서 어찌되었던가? 우리 족속들은
이 너그러움을 얕보았다.
올림포스의 신들 모두가 불평을 하였다.
구름을 모으는 신은 어쩔 수 없이
지옥의 강 스틱스에 걸고4)
다른 폭풍을 만들겠다고 맹세했다.
이번엔 틀림없다고.
모두 웃으며, 그는 아버지니까
다른 신들 가운데 하나에게
전둥을 만들게 하는 것이 좋겠다고 말했다.
불카누스5)가 이 일을 맡았다.
이 신은 자신의 화덕을
두 종류의 벼락으로 가득 채웠다.
하나는 결코 빗나가지 않는 것이고

또한 이것은 언제나 올림포스의 모든 신들이
우리에게 보내는 것이다.
다른 하나는 도중에 궤도를 벗어나
산(山)만이 피해를 보는 것이다.
때로는 어디론가 사라질 때도 많은
이 나중 것은 유피테르만이
우리에게 보내는 것이다.

---

1) 유피테르의 아들. 웅변과 상업(商業)의 신으로 신들의 심부름꾼 노릇을 한다.
2) 로마 신화에 나오는 복수의 여신들. 티시포네, 알렉토, 메가이라 자매를 말한다. 지옥의 신의 딸이라고도 하며, 지하세계에 살면서 인간의 죄를 벌한다. 그리스 신화의 에리니에스와 같다.
3) 아테네 사람들은 복수의 여신들을 두려워하여 에우메니데스(착한 여신들)라 불렀다.
4) 지옥의 강. 모든 신들의 맹세는 스틱스를 두고 이루어졌으며, 이 맹세를 어길 경우 1년 동안 먹지도, 숨쉬지도 못하게 하고, 9년 동안 다른 신들과 교제가 금지되었다.
5) 로마 신화에 나오는 대장간의 신. 그리스 신화의 헤파이스토스와 같다.

21. 송골매와 식용닭

음흉한 목소리가 자주 우리를 부른다.
그러므로 너무 서두르지 마라.
아시다시피, 쟝 드 니벨의 개[1]는 바보가 아니었다.
나를 믿어라.

르와르 강변 망[2]의 한 시민, 그의 직업은 식용닭인데

주인집 수호신으로부터
우리가 화덕이라고 부르는 재판의 뜰에 출두하라는 명을 받았다.
사람들은 모두 이 사실을 감추려고
그에게 '꼬마, 꼬마, 귀여운 꼬마!' 라고 외쳤으나, 듣는 둥 마는 둥
빈틈없는 노르망디 사람답게[3]
떠드는 것에 귀를 기울이지 않고 말했다.
　"당신들의 올가미는 너무 조잡해요.
　　물론 알다시피 거기에 걸려들지는 않지요."
그러는 동안 송골매는 나뭇가지 위에서
망의 주민들이 도망가는 것을 봤다.
식용닭은 인간을 거의 믿지 않았으니
이는 본능과 경험에 따른 것이다.
이 닭도 결국 고생 끝에 붙들리게 되면
이튿날에는 성대한 만찬의 접시 위에
기분 좋게 놓일 예정이다.
이런 명예는 날짐승으로서는 바라는 바가 아니다.
사냥하는 매가 닭에게 말하였다.
　"참 못 알아듣는 친구구먼.
　　놀랐는데, 정말 바보로구나.
　　나를 봐라. 사냥도 할 수 있고
　　멋지게 주인에게로 돌아온다.
　　창가의 저 사람이 안 보이니?
　　그가 너를 기다리잖아. 너는 귀머거리냐?"
"너무 잘 들린다네" 하고 식용닭이 말했다.
　"하지만 큰 식칼을 가진 훌륭한 요리사는 나에게 무엇을 말

하려 하는 거지?
너는 저놈이 부르는 유혹의 소리를 듣고 돌아가려는 거냐?
도망가도록 해다오. 저렇게 순한 목소리로
사람이 나를 부르러 올 때, 그것을 못 믿어
도망가는 나를 비웃지 마라.
만일 네가 매일
식용닭이 꼬치에 꽂혀 구워지는 것처럼
송골매가 꽂혀 구워지는 것을 보았다면
나를 비난하지는 않을 것이다."

---

1) 루이 11세의 부르고뉴 정복 때, 몽모랑시공(公) 쟝 2세가 아들 쟝 드 니벨을 나팔로 불렀으나, 자식이 도망가므로 개라고 했다. "불러도 도망가는 쟝 드 니벨의 개"라는 격언이 있다.
2) 르와르 강 유역의 도시. 닭의 산지(産地).
3) 제3권 11화 〈여우와 포도〉의 주2) 참고.

22. 고양이와 쥐

제각기 다른 네 마리의 짐승,
치즈 훔치는 고양이, 우울한 올빼미,
그물을 갉는 쥐, 긴 몸통을 가진 족제비는
모두가 검은 속마음을 지녔고
오래된 야생의 썩은 소나무 그루터기에
자주 드나들었다.
자주 그곳에 나타나기 때문에
어느 날 저녁, 사람이 이 소나무 근처에

올가미를 놓았다.
고양이가 아침 일찍
먹이를 찾으러 나갔다.
어둠의 마지막 그림자 때문에
그물을 보지 못한 고양이는
거기에 걸려 죽을 처지가 되었다.
고양이가 비명을 지르자 쥐가 달려갔다.
고양이는 슬퍼하고 쥐는 좋아했다.
올가미에 걸린 것은 그의 천적이 아닌가.
가련한 고양이는 말하였다.
 "친구여, 자네의 자비심은
  내가 사는 곳에서 아주 유명하다네.
  이리 와서, 실수로 걸려든 이 올가미에서
  벗어나도록 도와주게나.
  나는 자네 동료들 가운데서 자네에게 특별한 애정을 가지고
  내 눈처럼 자네를 귀여워했지.
  나는 그것을 후회하지 않고 신들에게 감사한다네.
  신앙심 깊은 고양이가 매일 아침 하듯이
  나도 기도하러 가는 중이었는데
  이 그물이 나를 잡고 있으니
  내 생명은 자네 손에 달려 있네.
  와서 이 매듭을 풀어주게."
 "그러면 무슨 사례를 하겠소?"라고 쥐가 물었다.
 "자네와 영원한 동맹을 맹세하겠네.
  나의 발톱을 좋을 대로 써주게.

상대방이 누구일지라도 자네를 보호하겠네.
그리고 족제비도 잡아먹고
부엉이의 남편[1]도 없애버리겠어.
그들은 둘 다 자네를 노리고 있다네."
쥐가 소리쳤다.
"바보 같은 소리 마라!
내가 너를 살리다니. 나는 그렇게 어리석진 않아."
그러고는 자신의 집으로 가버렸다.
그런데 족제비가 쥐구멍 옆에 있었다.
쥐는 더 높이 올라갔지만 거기에는 부엉이가 있었다.
사방이 모두 위험했다. 어쩔 수 없는 긴급상황.
그물 갉는 쥐는 고양이에게 돌아와
그물코를 하나하나 풀고, 애쓴 보람이 있어
마침내 위선자를 구출해냈다.
이때 인간이 나타났다.
두 동맹자는 같이 도망갔다.
잠시 뒤 고양이는 멀리서
쥐가 긴장한 채 주위를 경계하고 있는 것을 보았다.
"아! 나의 형제여, 이리 와서 입맞춰다오.
너의 걱정이 내게는 모욕이다.
너는 친구를 적으로 여기는구나.
네가 내 목숨을 건져주었다는 것을
내가 잊은 줄 아느냐?"
쥐가 대답했다.
"내가 너의 천성을 잊은 줄 아느냐?

어떠한 조약을 맺었다 해도
고양이는 고맙게 여기지 않는다.
필요에 따라서 어쩔 수 없이 맺은
동맹에 마음 놓을 수 있겠는가?"

―――――――

1) 라 퐁텐은 여기서 부엉이를 올빼미의 암놈으로 혼동하고 있다.

23. 급류와 강

무서운 소리를 내며
급류가 힘차게 산에서 떨어졌다.
그 앞에선 모두 도망치고 공포만이 뒤따랐다.

급류는 온 들판을 겁나게 하고
어떤 나그네도 이 거센 장벽을
감히 넘으려 하지 않았다.
다만 한 나그네가 도적들을 만나 잡히게 되자
눈앞의 끔찍한 강을 건널 수밖에 없었다.
급류는 소리만 컸지 깊지는 않았다.
요컨대 그는 무서웠을 뿐이었다.
이 성공이 그에게 용기를 주었다.
그 도적들도 여전히 그를 따라왔다.
나그네는 도망가다가 강가에 이르렀는데
그 흐름은 고요하고 평화로워서
처음엔 쉽게 건너갈 수 있을 것처럼 보였고
바위절벽도 없고 깨끗하고 평평한 모래바닥이었다.
그는 강으로 들어갔다.
말은 주인을 도적에게서 잘 지켰으나
검은 물결을 이기지 못하였다.
둘은 같이 지옥의 강에 빠져버렸다.
둘 다 수영을 하지 못해서
이 세상의 강과는 전혀 다른
많은 강을 지나 어두운 세계로 떠내려갔다.

말없는 사람은 무섭다.
말이 많은 사람은 아무것도 아니다.

24. 교 육

라리돈[1]과 카이사르[2]는 형제로
유명하고, 대담하고, 잘 생기고, 용맹한 개의 혈통이다.
어느 날 다른 두 주인의 손에 들어가
하나는 숲, 하나는 부엌에서 살게 되었다.
처음에는 제각기 다른 이름을 가졌으나
여러 가지 다른 교육 때문에
숲에 들어간 한 마리는 좋은 천성이 한결 강하게 나타났으나,
부엌에서 살게 된 다른 한 마리는 천성을 잃어

부엌에서 일하는 사람이 부엌데기처럼 라리돈이라 이름을 붙였다.
한편 그의 형제는 많은 모험을 겪고,
수많은 사슴을 쫓고, 많은 산돼지를 쓰러뜨려
개 족속 가운데 처음으로 카이사르가 되었다.
주인은 이 개가 그만 못한 암캐에 유혹당해
혈통을 더럽히지 않도록 막았다.
멋대로 내버려둔 라리돈은
누구에게나 애정을 과시했다.
그는 새끼를 많이 낳아 퍼뜨렸다.
그 때문에 프랑스에 잡종개가 퍼져
떼를 지어 다니며, 위험할 때는 도망치는 패거리,
카이사르와는 반대되는 한 족속을 이루었다.

사람이 반드시 그의 조상이나 아버지를 닮는다고 할 수는 없다.
교육의 부족, 긴 세월, 모든 것이 사람을 변질시킨다.
천성과 재능을 기르지 않는다면
수많은 카이사르가 라리돈이 된다!

---

1) 라틴어로 돼지고기라는 뜻.
2) 로마의 영웅. 공화정 말기의 정치가이자 장군으로 로마제국의 기초를 닦았다.

25. 두 마리의 개와 죽은 당나귀

모든 악(惡)이 형제이듯이
모든 선(善)도 자매라면 좋겠다.
하나의 악이 우리 마음을 사로잡기가 무섭게
모든 악들이 빠지지 않고 찾아와 줄을 잇는다.
모든 악들이라 해도, 물론 그 성질이 반대되는 것은 아니고
한 지붕 아래 사는 것들이다.
미덕들로 말할 것 같으면, 한 인물 속에서
서로 떨어지지 않고 연결되어

당당하게 자리를 차지한다는 것은 드문 일이다.
어떤 사람은 용감하나 성미가 급하며
어떤 사람은 신중하나 냉혹하다.
짐승 가운데서도 개는 조심성 있고
주인에게 충실한 것을 자랑하는데
그러나 어리석고 게걸스럽다.
그 증거로, 멀리 강물 위에 뜬
죽은 당나귀를 본 두 마리의 들개 이야기를 하겠다.
바람이 시체를 개들에게서 점점 멀리 보냈다.

"친구여, 너는 눈이 좋으니
 저 깊은 쪽을 좀 보아라.
 저기 보이는 게 소냐, 말이냐?"

다른 한 마리가 대꾸했다.

"어떤 동물이면 어떠냐? 하여튼 먹을 거야.
 손에 넣는 것이 중요해. 갈 길이 머니까 말이야.
 게다가 바람을 뚫고 헤엄쳐가야 하지.
 목도 마르니 차라리 이 물을 모두 마셔버리자.
 충분히 마셔버릴 수 있어. 물이 마른 강바닥에는 시체만
 남을 거고
 한 주일 치 식량은 되겠지."

이리하여 개들은 마시기 시작하였으나 숨이 막혀
목숨마저 잃었다. 너무 마셨기 때문에 죽은 것이다.
인간도 이와 마찬가지다. 어떤 일에 열중하면
그것이 불가능한 줄 모른다.
얼마나 많은 소원을 품고, 얼마나 많이 실패하고,

재산과 명예를 얻기 위해 얼마나 무리했던가?
"만일 내 나라를 크게 할 수 있다면!
　만일 내 금고를 금화로 가득 채운다면!
　　만일 내가 헤브라이어, 과학, 역사를 배운다면!"
이 모든 소망은 바닷물을 마시려는 것과 같다.
그러나 아무것도 인간을 만족시키지 못한다.
단 하나의 머리가 생각하는 계획을 만족시키려면
몸이 넷은 필요할 것이다.
그것으로 충분한가 하면, 그렇지도 않다.
누구나 도중에 단념할 것이다.
므두셀라[1]가 넷이 있어도
한 사람의 욕망을 채워줄 수는 없다.

---

1) 구약성서에 나오는 인물. 에녹의 아들이며 라멕의 아버지, 노아의 할아버지로 창세기에 따르면 969세까지 살았다고 전한다.

26. 데모크리토스와 아브데라의 시민들

속인의 생각을 나는 얼마나 미워했던가!
그것이 얼마나 천하고 부정하고 경솔하게 보였던가.
그들은 사물과 자신 사이에 거짓 매체를 설정해놓고
남의 것을 자기의 척도로 잰다.
에피쿠로스의 스승[1]은 이 괴로운 경험을 했다.

그 나라 사람들은 그를 미쳤다고 생각했다.
아, 소인들이여! 도대체 왜?
아무도 고향에서는 예언자가 되지 못한다.
그들이야말로 미치광이며 데모크리토스는 현인이었다.
오해는 더욱 심해져, 결국 아브데라 시[2]는
히포크라테스에게 사람을 보내
편지와 사절의 말로써
병자의 이성을 회복시키러 오도록 부탁했다.
울면서 그들은 말했다.
"우리나라 사람 하나가 이성을 잃었습니다.
데모크리토스는 독서 때문에 미친 것입니다.
만일 그가 무식했다면 우리는 그를 더 존경했을 겁니다.
그는 이런 말을 합니다. '끝없이 많은 세계가 있고,
그리고 아마도 그 세계에는
무한한 데모크리토스가 있다'고.
이 망상에 만족하지 못하고
거기에 그는 원자라는 망상의 결과를,
보이지 않는 환영을 덧붙이고 있습니다.
뿐만 아니라, 몸을 움직이지도 않고 하늘을 재며
우주를 알지만 자신은 모릅니다.
한때 그는 사람들의 토론을 정리할 수도 있었지만
지금은 혼자 중얼거립니다.
숭고한 분이시여, 와주십시오.
그의 광기가 극에 달했습니다."
히포크라테스는 이들을 믿지 않았지만, 가보았다.

자, 여러분, 보시오.
운명이 인생을 얼마나 기구하게 만드는가.
즉 히포크라테스가 왔을 때
이성도 판단도 잃었다고 소문난 그는
인간과 짐승의 몸 가운데
이성이 깃든 곳이 어딘지, 심장인지 머리인지 찾고 있었다.
그는 무성한 나무 그늘 아래 개울가에 앉아
뇌의 잔주름을 세는 데 바빴다.
발 아래 많은 책을 쌓아놓고
친구가 오는 것도 모를 만큼
늘 하던 대로 연구에 빠져 있었다.
사람들이 생각하지 못할 만큼 그들의 인사는 간단했다.
현인들이란 시간과 말을 아껴서 쓴다.
그렇기 때문에 쓸데없는 대화를 삼가고
인간과 정신에 대해서 논하고
윤리학에 대한 이야기를 나누었다.
그들이 말한 모든 것을
늘어놓을 필요는 없다.

이 이야기만으로도 군중이란
신뢰할 수 없는 판관(判官)임을 증명하기에 충분하다.
그렇다면 내가 어디에선가 읽은
'민심이 천심'이라는 말은
어떤 의미에서 옳은 것인가?

1) 데모크리토스(기원전 460?~기원전370?)를 가리킨다. 고대 그리스의 자연철학자로 그가 확립한 원자론은 에피쿠로스에게 계승되었다. 데모크리토스는 원자와 공간은 그 수와 면적이 무한하고 운동은 처음부터 늘 존재해왔기 때문에 무한한 수의 세계가 동시에 존재하고, 이들 세계는 영원히 생성과 소멸을 되풀이한다고 주장했으며, 또 인간의 정신은 가장 정묘한 원자로 이루어졌다고 주장했다.
2) 고대 그리스의 도시. 데모크리토스가 태어난 곳으로, 에게 해 북안 트라키아 지방 네스토스 강 하구 부근에 있었다.

27. 이리와 사냥꾼

무턱대고 모으려는 정열.
신들의 모든 호의를 하찮게 여기는 괴물이여,
이 책에서 너는 나와 헛된 싸움을 계속할 것인가?
네가 내 충고를 따르려면 시간이 얼마나 필요한가?
너는 현자이나 나의 말에는 귀를 기울이지 않는다.
'이제 충분하다. 즐기자'라고 말하지는 결코 않을 작정인가?

서두르게, 친구여. 인생은 짧다네.
나는 이 말을 되풀이한다.
왜냐하면 이 말은 책 한 권의 가치를 가지고 있기 때문이다.
즐겨라. – 그렇게 하지. – 언제부터? – 내일부터.
아! 친구여. 너는 그 전에 죽을지도 모른다.
내 우화에 등장하는 사냥꾼과 이리 같은
운명이 두렵다면, 오늘부터 즐겨보라.

사냥꾼의 첫 화살이 점박이 사슴을 쓰러뜨렸다.
새끼가 지나가다, 역시 그곳에서 죽은
어미의 길동무가 되어,
두 마리 모두 풀 위에 누웠다.
점박이 사슴과 그 새끼라면 나쁘지 않았다.
보통 사냥꾼이라면 만족했을 것이다.
그런데 몸집이 크고 멋있는 멧돼지가 나타나
사냥꾼의 흥미를 끌었다. 그는 이런 큰 놈이 좋았다.
이놈도 지옥으로 갔다.
아트로포스와 그녀의 가위는
운명의 실을 끊는 데 어려움을 겪었다. 운명의 여신은
죽어가는 괴물의 생명줄을 여러 번에 걸쳐 잘랐다.
마침내 최후의 일격으로 멧돼지는 쓰러졌다.
이만하면 만족할 만한 재산이다. 그런데 웬일이냐!
정복을 즐기는 큰 욕망은 채워지지 않았다.
멧돼지가 정신을 되찾는 동안에
활잡이는 밭고랑을 걸어다니는 메추라기를 보고

이 조그만 짐승도 잡으려 했다.
먼저 것에 견주면 하잘것없는 것임에도 활을 또다시 잡아당겼다.
멧돼지는 마지막 힘을 짜내서
활잡이에게 달려들어, 이로 물고 찢어, 복수를 하고 죽었다.
메추라기는 멧돼지에게 고마워했다.

이 이야기는 욕심쟁이에게 하는 말이다.
다음 예는 구두쇠를 위한 것이다.

이리가 지나가다가 이 딱한 꼴을 보고 말하였다.
    "오, 행운의 여신이여,
     당신을 위해서 신전을 하나 짓겠습니다.
     시체가 넷이라니! 웬 보물입니까!
     하지만 이런 기회란 드문 것이니 아껴야죠."
    (이것은 구두쇠의 변명일 뿐이다.)
    "이 정도면 한 달 치는 되겠군.
     시체가 하나, 둘, 셋, 넷, 내 계산이 맞는다면
     네 주일은 충분히 먹지.
     이틀 뒤에 먹기로 하고
     그 전에 이 활시위를 먹자.
     냄새를 맡아보니 진짜 양의 창자로 만든 것이다."
이렇게 말하고 활에 달려들었다. 시위가 늦추어져
화살이 이리의 창자를 뚫고, 이리는 죽었다.

다시 본론으로 돌아가자. 인생은 즐겨야 한다.

같은 운명 때문에 벌받은 두 탐욕스런 놈들이 그 증거다.
욕망이 한 놈을 망치고
탐욕이 딴 놈을 망쳤다.

1. 신의 없는 보관인

기억의 여신 므네모시네의 따님들[1] 은총으로
나는 짐승과 새들을 노래할 수 있었다.
다른 주인공이었더라면
이러한 영광은 얻지 못했으리라.
나의 작품에서는 이리가

신의 말[2]을 써서 개와 이야기한다.
여기서 짐승들은 앞을 다투어
여러 가지 역을 연기한다.
어떤 놈은 바보 역을, 다른 놈은 현자 역을.
하지만 바보들이 우세하여
그 수가 훨씬 많다.
나는 또 무대 위에다
사기꾼, 악한, 폭군, 은혜를 모르는 자와
많은 경솔한 동물들과
수많은 바보, 아첨꾼들에 한 무리의 거짓말쟁이들을 더할 수 있다.
'모든 사람은 거짓말을 한다'고 현자[3]는 말한다.
만일 그가 다만
신분이 낮은 인간만을 두고 말한다면
이 결함이 인간에게 있다고 하는 것을
어느 정도 묵인할 수 있을 것이다.
하지만 '인간이란
잘났든 못났든 거짓말을 한다'고
누가 말한다면
나는 그것을 반박할 것이다.
또한 이솝이나 호메로스와 같이
거짓말을 하는 사람이란
진짜 거짓말쟁이가 아니다.
그들의 훌륭한 예술이 낳은
수많은 꿈의 달콤한 매력은
거짓의 외투 아래로

우리에게 진실을 가르쳐준다.
이 두 사람이 쓴 책은
이 세상 끝까지, 할 수 있다면
그 이상도 남아 있을 가치가 있다고 생각한다.
누구나 바란다고 그들처럼 거짓말을 할 수 있는 것은 아니다.
그런데도 자신이 말한 그대로 대가를 치룬
한 보관인처럼 거짓말을 하는 것은
비열한 인간이나 바보가 하는 짓이다.
이야기는 다음과 같다.

한 페르시아의 상인이
어느 날 장사를 하러 나가면서
이웃 사나이에게 동전 백 닢을 맡겼다.
상인이 돌아와서 물었다.
　　"내 돈은 어디 있죠?"
　　"당신 돈? 벌써 없어졌어요. 미안하지만
　　어떤 쥐가 다 먹어버렸지요.
　　내가 하인들을 매우 야단쳤지만,
　　그들이라고 별 수 있나요?
　　언제나 곳간에는 구멍이 있기 마련이잖아요."
상인은 이와 같은 괴상한 말에 어이가 없었으나
그대로 믿는 척했다. 며칠 뒤에 그는 신의 없는 이웃 남자의
아이를 유괴한 뒤
만찬에 아이의 아버지를 초대했다.
아버지는 눈물을 흘리며 말했다.

"사양하겠습니다. 미안합니다.
　내 인생의 낙이 없어져버렸답니다.
　자식 하나를 내 목숨보다 사랑했습죠.
　내게는 그 아이밖에 없는데, 그런데 그 아이가 사라졌어요.
　누가 잡아갔어요. 나의 불행을 불쌍히 여겨주세요."
상인은 이 말을 듣고 말했다.
　"어제 저녁, 안개 속에서 부엉이가 나타나더니
　당신 아들을 채갔어요.
　어느 낡은 건물 뒤로 데려가는 것을 내가 보았죠."
아버지가 따져 물었다.
　"부엉이가 아이를 물어갔다는 것을
　어찌 믿을 수 있겠습니까?
　내 아들이라면 때에 따라 부엉이를 잡을 수도 있단 말입니다."
상인이 대답했다.
　"글쎄요. 그래도 나는 이 두 눈으로 보았소.
　게다가 내 이야기를
　당신이 의심하는 게 오히려 이상하군요.
　단 한 마리의 쥐가 동전 스무 관을 먹는 나라에서
　부엉이가 그 돈 무게의 반밖에 안 되는
　어린애를 물어가는 게
　이상하다고 생각하십니까?"
상대는 이 거짓 유괴사건이 뜻한 바를 깨닫고
상인에게 돈을 돌려주니
상인도 아이를 돌려주었다.
이와 똑같은 다툼이 두 나그네에게 일어났다.

한 사람은 무엇이든
현미경으로 본 것 같이 말하는 수다꾼으로
그의 말을 들어보면 모두가 거인이다.
아프리카뿐 아니라 유럽에도
괴물이 넘쳐난다.
　　"나는 집보다도 큰 양배추를 보았지."
그러자 상대방이 말했다.
　　"나는 교회만큼 큰 솥을 보았네."
먼젓번 남자가 웃으니 상대 남자가 말했다.
　　"그 솥은 자네가 본 양배추를 삶으려고 만들어진 거라네."
솥을 이야기한 사람은 재담가,
돈을 돌려받은 남자는 영리한 사람이다.

정도를 벗어난 어리석은 일에
이성으로 맞부딪쳐 싸운다는 것은 격에 맞지 않는다.
화내지 말지어다.
그럴 때는 한술 더 뜨는 것이 상책이다.

---

1) 무사이를 가리킨다.
2) 운문, 즉 시를 뜻한다.
3) 솔로몬을 가리킨다. "내가 경겁 중에 이르기를 모든 사람은 거짓말쟁이라 하였도다"(《시편》제116편 11절).

2. 비둘기 두 마리

비둘기 두 마리가 서로 다정스럽게 사랑했다.
그 가운데 한 마리가 집에 싫증이 나서
어리석게도 먼 나라로
떠나려고 마음먹었다.
다른 한 마리가 말했다.
　"어쩌려고 그러냐?
　　너의 벗과 헤어질 생각이냐?

여기를 떠난다는 것은
무엇보다도 큰 불행이야.
너는 그렇게 생각하지 않는구나. 이 매정한 놈아!
적어도 여행의 괴로움, 위험, 걱정이
너의 마음을 조금 바꾸어주면 좋으련만.
게다가 좀 더 좋은 계절에 떠나는 게 좋으련만.
봄바람이 불 때까지 기다려라.
왜 그리 서두르느냐?
까마귀 한 마리가 조금 전에
어느 새의 재앙을 알렸단 말이다.
나는 이제 독수리나 올가미 같은
불길한 일만 생각할 것이다.
나는 이렇게 말하겠지.
아! 비가 오는구나.
친구는 바라던 것을 찾았을까?
밥은 잘 먹고, 잠자리는 구했을까? 그리고 다른 것들은?"
이 말은 그 무모한 여행자의
마음을 움직였다.
하지만, 새로운 것을 보고 싶은 욕망과 들뜬 기분이
더 강했다. 그는 말했다.
"울지 마라.
길어야 사흘 정도면 나의 영혼이 만족할 거야.
그때 돌아와서, 내가 겪은 모험을
전부 너에게 알려줄게.
무료함을 달래주지. 누구나 새로운 것을 보지 않고는

이야깃거리가 부족한 법이니까. 나의 여행 이야기는
자네에게 더 말할 나위 없는 즐거움이 될 거야.
'이런 곳에서 이런 일이 있었다'라고 말해주면
자네도 거기 있는 기분이 되겠지."
이 말이 끝나자, 눈물 속에서 두 비둘기는 헤어졌다.
나그네가 떠나가자마자, 구름이 일어
그는 어디든 피난처를 찾아야 했다.
홀로 서 있는 나무로 피했지만, 그 나무의 잎들로는
폭풍의 학대에서 비둘기를 지킬 수 없었다.
하늘이 개자, 그는 꽁꽁 언 채로 나무를 떠나
비에 젖은 몸을 되도록 잘 말렸다.
날아가다 언뜻 보니 밭에 보리가 뿌려져 있고
그 옆에는 비둘기도 한 마리 있었다. 욕심이 나서
그 밭으로 날아가다가 사로잡히고 말았다.
이 보리는 올가미를 감춘 속임수, 배반의 모이였다.
그러나 올가미는 낡아 있었다! 다행히 비둘기는 날개와
주둥이, 다리를 써서 겨우 벗어났다.
날개가 상처를 좀 입었다.
그러나 그가 만난 제일 큰 불행은
날카로운 발톱을 가진 잔인한 솔개 한 마리가
조금 전에 걸렸던 올가미의 줄과
파편을 끌고 가는, 탈옥수 같은 모습을 한
이 불쌍한 새를 보았다는 것이다.
솔개는 이 새를 사로잡으려고
덤벼들었으나, 그때 구름 속에서

이번에는 한 마리의 독수리가 날개를 펴고 덤벼들었다.
비둘기는 도적들이 싸우는 틈을 타서 날아가
어떤 오두막집에 몸을 피했다.
이번이 이 거듭된 불행의
마지막인 줄 알았다.
그런데 한 장난꾸러기 아이가(이 나이에는 무정한 법)
새총을 쏘아, 한 방에
이 불행한 새를 반쯤 죽이는
중상을 입혔다.
비둘기는 자신의 호기심을 저주하며
날개를 끌고 다리를 절며
반은 산 채로 반은 죽은 채로 절룩거리며
이럭저럭 다른 봉변을 피해서
옛집으로 돌아왔다.
이리하여 두 친구는 만났다. 이들이 얼마나 기쁘게
서로 자신의 괴로움을 털어놓았는지는 쉽게 짐작할 수 있다.

연인들이여, 행복한 연인들이여, 여행하고 싶거든
가까운 곳으로 가라.
서로가 언제나 아름답고, 언제나 변화가 많은
언제나 새로운 세계를 만들어라.
서로가 모든 것을 대신하고
다른 것들은 없는 것으로 여겨라.
나도 전에는 사랑을 했다!
그때는 가령 루브르궁과 그 보물,

창공과 그 높이 솟은 둥근 신전에 초대받고
그 숲을, 젊고 귀여운 내 연인이 거닐었기에
귀하고, 그 눈 때문에 빛나던 그곳을
버리지는 않았을 것이다.
그것을 위해 키테라의 아들[1]에게
나는 맨 처음 서약을 했던 것이다.
아! 그때가 언제 또 올 것인가?
이처럼 달콤하고, 이처럼 매력적인 연인을 두고
나는 불안한 마음으로 살아야 한단 말인가?
아! 나의 마음이 다시 불타오를 수 있다면!
이 몸은 이미, 나를 사로잡는 매력조차
느끼지 못하는가?
내가 사랑할 때는 지난 것인가?

---

1) 키테라 섬은 미의 여신 베누스의 신전이 있다는 전설상의 섬이다. 키테라의 아들이란 베누스의 아들인 사랑의 신 큐피드를 말한다.

3. 원숭이와 표범

원숭이와 표범이 서로
시장에서 돈을 벌기로 했다.
간판은 각자 따로였다.
그들 가운데 표범이 말했다.

"나의 가치와 명예는

고귀한 곳까지 잘 알려져

왕은 나를 보고 싶어하고

내가 죽으면 그 가죽으로

목도리를 만들고 싶어합니다.

내 가죽은 그처럼 여러 가지 색채의 반점들,

줄무늬와 얼룩무늬로 장식되어 있습니다."

그 얼룩무늬가 사람의 마음을 끌었다.

그래서 모두 들어가보았다.

하지만 구경이 끝나자 이내 돌아가버렸다.

이번에는 원숭이가 말했다.

"신사 숙녀 여러분, 어서 오십시오.

저는 갖가지 요술을 부린답니다.

다채로움으로 말할 것 같으면

이웃 표범은 그것이 오직 몸에만 있을 뿐이지만

나에게는 정신 속에 있지요.

나는 당신을 즐겁게 해주는 자로 질이라 불리며,

교황[1]이 생전에 기르던 원숭이

베르트랑[2]의 사촌으로,

난생 처음 이 마을에 일부러 세 척의 배를 몰고온 것은

여러분들과 이야기하기 위해서지요.

왜냐하면 말도 하는데

그것을 구경꾼이 알아들을 수 있고

춤과 발레 등등 무엇이든지 하며

굴렁쇠를 통과할 수도 있지요.

이 모든 것이 단돈 한 닢입니다!
게다가 만약 마음에 들지 않을 때는
그 자리에서 돈을 돌려드립니다."

원숭이의 말이 그럴듯하다.
다채로움은 나도 좋으나
그것이 정신 속에 있어야 언제나 즐거움을 주지
그렇지 않으면 얼마 못 가 물리고 만다.
오! 얼마나 많은 귀하신 인간들이 표범과 닮아서,
입고 있는 옷밖에는 재능이 없는가!

---

1) 교황 율리우스 2세(1443~1513)를 가리킨다. 율리우스 2세는 베네치아·스페인 등과 손잡고 프랑스에 대항하는 신성동맹을 맺어, 이탈리아에서 프랑스 세력을 몰아내는 데 성공했다.
2) 베르트랑이란 이름의 원숭이는 제9권 17화와 제12권 3화에도 등장한다.

4. 도토리와 호박

신의 업적은 훌륭한 것. 그 증거를 찾으러,
온 세상을 헤매고 방방곡곡 돌아다니지 않아도
나는 호박 속에서 찾아낼 수 있다.

어떤 시골 사람이 호박의 열매는 매우 크고
줄기는 가는 것을 보고 말했다.
"이 모든 것을 창조한 신은
도대체 무슨 생각을 했던 것일까?
아무리 생각해도 이 호박은 자리를 잘못 정했어.
그렇고 말고! 나라면 이것을 저 참나무에다 열리게 할 거야.
그렇게 해야 제대로 된 거지.
그만한 나무에, 그만한 열매가 열려야, 그게 온당하지.
아깝도다. 가로야, 네가 저 사제들이
설교에서 말하던 신의 상담역이 되지 않았다니!
그랬으면 모든 일이 더 잘되었으련만.
예컨대 나의 새끼손가락만큼도 크지 않은 도토리가
어째서 이 호박 줄기에 붙어 있지 않단 말인가?
신의 잘못이로다.
두 가지 열매가 달린 자리를
보면 볼수록, 이 가로 씨에게는
잘못으로밖에 보이지 않는다."
이 깊은 생각이 사내를 괴롭히자 계속해서,
"너무 영리하면 잠도 제대로 못 자는 법이지"라고 하면서
참나무 밑에서 이내 잠이 들었다.
도토리가 하나 떨어져서 잠자는 녀석의 코를 아프게 했다.
잠이 깨어, 얼굴에 손을 대니
도토리가 아직 수염 속에 끼어 있었다.
코가 아픈 이 사나이, 말을 바꾸지 않을 수 없었다.
"아니, 이런! 코피가 나잖아!

만일 이 도토리가 호박이었고
   이 나무에서 그 무거운 덩어리가
   떨어졌더라면 나는 어찌 되었을 것인가?
   신은 그렇게 되기를 바라지 않았구나.
   분명히 신은 옳았어.
   이제야 그 이유를 알겠어."
모든 일에 대해서 신을 찬양하고는
가로 씨는 집으로 돌아갔다.

5. 학생과 선생과 정원 주인

학교의 아주 나쁜 영향을 받은 한 아이,
나이가 어린 데다, 이성을 망쳐놓는
특권을 지닌 현학자 선생 덕분에

더욱 어리석어지고, 더욱 장난이 심해진 아이가
이웃집의 꽃과 과일을 훔쳤다는 이야기.
그 이웃 사람은 가을이 되면
과실의 신이 인간에게 주는 좋은 선물 가운데서
가장 좋은 몫을 갖고, 나머지 사람들이 갖는 것은 찌꺼기뿐.
모든 계절은 각기 그 공물을 바친다.
왜냐하면 봄에 그는 꽃의 여신이
우리에게 준 가장 아름다운 선물도 즐겼으니까.
어느 날 이 사람은 자신의 정원에 앞의 그 학생이 들어와
과일 나무에 제멋대로 기어 올라가
풍성한 수확을 약속하는, 행복의 징조인,
부드럽고 연약한 희망의 싹을 못쓰게 하는 것을 보았다.
나뭇가지까지 꺾는 지나친 장난에
정원 주인은 참다못해
선생에게 심부름꾼을 보내 호소했다.
선생은 아이들을 줄줄이 끌고 왔다.
과수원은 처음 학생보다
더 나쁜 녀석들로 가득 찼다.
선생은 부탁도 하지 않은 질 나쁜 애들을
데리고 와서 불행을 더욱 늘릴 뿐.
그의 말로는, 이것이 모두
본보기로 벌을 주어, 당장에 영원히 기억해야 할
교훈을 주기 위한 것이다.
그렇게 말하고 선생은 베르길리우스[1]와 키케로[2]를 인용하여
아주 박식한 열변을 토했다.

설교가 오래 계속되는 동안, 저주받을 족속들이
정원을 여기저기 엉망으로 만들었다.

끝이 없고, 장소를 가리지 않는 웅변을 나는 싫어한다.
또 세상에서 박식한 척하는 선생을 제외하면
학생보다 질이 나쁜 녀석은 없다.
이 둘 가운데 더 나은 쪽도 이웃으로 두기에는,
솔직히 말해, 나는 조금도 반갑지 않다.

---
1) 고대 로마의 시인(기원전 70~기원전 19).
2) 고대 로마의 문인·철학자·정치가(기원전 106~기원전 43).

6. 소각가와 유피테르 석상

한 덩어리의 대리석이 너무나 멋있어서
어느 조각가가 그것을 사들였다.
 "나의 끌은 이 돌로 무엇을 만들 것인가?

신인가, 탁자인가, 아니면 그릇인가?
신을 만드는 것이 좋겠다.
그 손에 천둥을 쥐어줘야지.
인간들이여, 공포에 떨어라. 소원을 말하라.
여기에 지상의 주인이 있도다."

장인은 그 우상의 모습을
너무나 잘 표현하여
보는 이로 하여금, 이 유피테르에게
부족한 것은 말뿐이라고 생각하게 했다.

소문에 따르면 조각가도
이 형상을 완성하자마자
누구보다도 먼저 자기가 놀라
자신의 작품을 두려워했다고 한다.

이 겁쟁이 조각가에 못지않은
한 시인이 옛날에 있어
자신이 창조한 신들의
증오와 노여움을 두려워하였다.

이 점에서 그는 어린애였다.
어린애는 자기 일에 집중하지 않고
사람들이 자기의 인형을 화나게 하지 않도록
끊임없이 신경 쓴다.

감정은 쉽사리 의식을 따르는 것.
이 원인에서 비롯된
이교도의 과오[1]는
그처럼 많은 사람들 속에 퍼져 있다.

그들은 격렬히 자신들이 그리는
공상의 보람을 찾고자 했다.
피그말리온[2]은 자기가 만든
여인상을 사랑했다.

누구나 다 자기의 꿈을
할 수 있는 한 실현하고자 한다.
인간은 진실에 대해서는 얼음과 같고
환상에 대해서는 불처럼 타오른다.

---

1) 고대인들의 다신교를 가리킨다.
2) 그리스 신화에 나오는 키프로스의 왕. 자기가 만든 여인상에 갈라테이아란 이름을 붙이고 사랑하였는데, 그의 마음을 헤아린 아프로디테가 조각상에 생명을 불어넣어 결혼을 할 수 있었다.

7. 아가씨로 변한 생쥐

생쥐 한 마리가 올빼미 부리에서 떨어졌다.
나라면 그런 것을 줍지 않는다.
그러나 어느 브라만[1]이 그것을 주웠다. 그럴만 한 것이

각 나라마다 생각이 다른 법이다.
생쥐는 몹시 참혹한 꼴이었다.
이와 같은 이웃에
우리는 거의 관심을 두지 않는다. 그러나 브라만 교도는
그것을 형제처럼 대한다. 그들의 생각에 따르면
우리의 영혼은, 가령 어느 왕에게서 영혼이 빠져나오면,
운명의 뜻에 따라 진드기의 몸에 깃들거나
그 밖의 다른 동물에게 깃든다.
이것이 그들 교리의 하나이다.
피타고라스[2]도 그들에게서 이 신비한 교의를 배웠다.
이러한 이유 때문에 그 브라만은
어느 마술사에게 부탁하여, 생쥐의 영혼을
생쥐가 전생에 머물렀던 어느 육신에 깃들게 했다.
마술사는 이 쥐를 아가씨로 만들었다.
나이는 열다섯, 그 아름다움과 귀여움은 대단하여
프리아모스의 아들[3]도 그녀를 위해서라면
그리스의 미녀를 위해서 한 일
그 이상도 했으리라.
브라만도 이처럼 새로운 모습을 보고 놀랐다.
그는 이 사랑스러운 아가씨에게 말했다.
　　"그대 마음이 내키는 대로 고르시오.
　　　누구나 그대의 남편이 되는 영광을 얻고자 하니까."
그녀가 대답했다.
　　"그러면 나는 모든 사람 가운데
　　　가장 힘센 분을 고르겠어요."

브라만이 무릎을 꿇고 외쳤다.
"태양이여, 당신이 바로 그녀의 남편감이로소이다."
태양이 대꾸했다.
"아니지, 저 짙은 구름은 나보다 세지.
 나의 얼굴을 가리니까 말이야.
 그를 맞이하는 게 낫다네."
브라만은 날아가는 구름에게 소리쳤다.
"그렇다면 그대가 그녀를 위해서 태어났소?"
"딱한 일이지만 그럴 수 없어요.
 바람이 나를 이 고장에서 저 고장으로
 멋대로 쫓아버리니까요.
 나는 바람의 신의 권리를 빼앗고 싶지 않아요."
화가 난 브라만이 외쳤다.
"그렇다면 바람이여, 마침 저기 바람이 불어오니
 어서 와서 이 어여쁜 아가씨의 팔에 안기게!"
바람이 달려오려 했으나 오는 길에 산이 막아버렸다.
이번에는 산이 떠맡게 되자, 산도 그것을 사양하며 말했다.
"쥐들과 싸우게 되겠군.
 쥐의 기분을 언짢게 한다는 것은 미친 짓이라네.
 이 몸에 구멍을 뚫으니까 말이야."
쥐라는 말을 듣자, 아가씨의 귀가 뜨였다.
쥐가 신랑으로 정해진 것이다.
쥐라고? 쥐이고말고!
뜻밖의 이런 묘법을
사랑의 신은 쓰는 것이다.

이러한 일은 인간에게도 있는 것.
하지만 이것은 우리끼리의 이야기.

인간은 언제나 자기가 난 장소를 벗어나지 못하는 법.
이 우화는 그 점을 잘 증명해준다.
하지만 자세히 보면
약간의 궤변이 이 비유 속에 들어 있다.
왜냐하면 이 논법을 쓰면
태양보다 못한 남편이 어디 있겠는가?
거인이 벼룩보다 약하다 할 수 있나?
벼룩이 거인을 문다고 해서?
쥐의 경우에도, 그렇게 말하자면, 아가씨를 고양이에게,
고양이는 개에게, 개는 이리에게
양보하는 것이 맞다.
이러한 순환 논법을 쓰자면
필파이는 결국 태양까지 거슬러 올라가
태양이 그 젊은 미인을 얻었을지 모른다.
자, 처음에 말한 윤회설로 되돌아가자.
브라만의 마술사가 한 일은 아마 윤회(輪廻)를
증명하기보다는 그것의 그릇됨을 나타낸 것.
나는 이 점에 대해서 브라만, 당신에게 반대한다.
왜냐하면 그의 이론을 따른다면
인간도, 생쥐도, 벌레도, 결국 모두가
그 혼을 어떤 공통된 근원 속에서 가져와야 한다.
그러므로 모든 영혼은 같은 성질.

다만 육체에 따라서
제각기 다르게 움직이니
어느 것은 높이 오르고, 어느 것은 땅바닥을 긴다.
그러면 왜, 이처럼 아름답게 이루어진 육체는
아가씨로 하여금 태양과 결혼하도록 하지 않고
쥐가 사랑을 얻도록 하였는가?

여러 가지로 따지고, 잘 고려해보니
생쥐의 혼과 고운 아가씨의 혼은
서로 매우 다르다.
만물은 항상 자기 운명, 즉 하늘에서 만들어놓은
질서 속으로 되돌아가야 한다.
제아무리 악마에게 부탁하고 이상한 요술을 써도
누구나 자기의 본래 운명을 벗어날 수는 없다.

---

1) 고대 인도에서 가장 높은 승려 계급으로 제사를 맡았다.
2) 그리스의 종교가·철학자·수학자. 피타고라스는 그리스 식민지 크로톤에서 비밀교단을 결성하였는데, 윤회와 응보를 교의로 내세웠다.
3) 트로이 최후의 왕 프리아모스의 아들 파리스가 그리스의 미녀 헬레네를 유혹하여 트로이 전쟁이 일어났다.

8. 지혜를 파는 미치광이

미치광이에게 절대로 가까이 가지 마라.
나는 너에게 이보다 더 현명한 충고를 해줄 수 없다.
정신 나간 자를 멀리 하라는

이 교훈만 한 것이 없기 때문이다.
궁중에서는 그런 녀석[1]들을 흔히 보게 된다.
왕은 그들을 좋아하는데
그들이 간악한 자, 우둔한 자, 우스꽝스런 자를 희롱하기 때문이다.
한 미치광이가 네거리를 돌아다니며, 큰 소리로
지혜를 판다고 외친다. 경솔하게 이 말에 홀린 자들은
그것을 사려고 달려간다. 모두 야단법석.
사람들은 제각기 얼굴을 찡그리고
돈을 내고보니 받은 것은 뺨따귀뿐.
그리고 열 자 가량의 끈 하나.
대부분의 사람이 화를 냈으나, 그런들 무슨 소용 있으랴?
화를 낼수록 비웃음만 살 뿐이다.
그럴 때 가장 좋은 방법은 웃어버리든가,
아무 말도 하지 않고 뺨맞은 채 끈을 들고 돌아오는 것.
이 사건의 이치를 따지려든다면
무지몽매한 자와 마찬가지로 조롱당하리라.
미치광이가 하는 짓을 이성이란 것이 책임졌던가?
상처 입은 머리에서 일어나는 모든 것은
그 원인이 우연에 있다.
그래도 끈을 받고 뺨맞은 것이 창피한
그 바보들 가운데 하나가 어느 날 현자를 찾아갔다.
현자는 이야기를 듣자 주저 없이 그에게 말을 했다.
　"이것이야말로 진정 해독하기 어려운 문제로다.
　　남의 충고를 잘 듣고, 올바로 행동하고자 하는 사람은

자신과 미치광이 사이에, 우선 이 끈의 길이만큼 간격을 두라.
그렇지 않으면 뺨을 다시 맞게 되리라.
그대는 속은 것이 아니다. 그 미치광이는 지혜를 판 것이다."

---

1) 궁중에 있는 광대를 가리킨다.

9. 굴과 소송인

어느 날 두 순례자가 바닷가를 지나가다
파도가 방금 쓸어 올린 굴을 하나 발견했다.
둘은 서로 노려보며 손가락으로 굴을 가리켰다.
누가 그것을 입에 넣냐는 문제로 둘은 논쟁을 벌였다.
한 사람이 재빨리 그 먹이를 주우려고 몸을 굽히자
다른 사람이 그를 밀치고 말했다.
　"너와 나 가운데 누가 기쁨을 누릴지
　　정하는 게 좋겠다. 먼저 본 사람이
　　굴을 먹고, 딴 사람은 먹는 걸 보기로 하자."

상대가 대답했다.

"만약 그렇게 정한다면, 나는 눈이 좋으니 다행이군."
"내 눈도 나쁘지 않지."

이쪽도 지지 않고 말했다.

"내가 너보다 먼저 봤어. 맹세하지."
"오, 그래? 네가 먼저 봤다면, 나는 먼저 냄새를 맡았지."

이와 같이 고상하게 싸우는 동안
페랭 당댕¹⁾이 오자, 두 사람은 그를 재판관으로 삼았다.
페랭은 아주 엄숙하게 굴을 까고는, 먹어버렸다.
우리의 두 신사는 보고 있을 수밖에.
식사가 끝나자 재판장처럼 의젓하게 말했다.

"잘 들어라. 법정은 쌍방에게 소송비용을 받지 않고
껍질을 하나씩 주겠다.
사이좋게 이것을 가지고 물러나도록 하라."

요즘 소송비용이 얼마나 드는가 생각해보라.
많은 가정에 남은 게 무엇이 있나 세어보아라.
알게 될 것이다. 돈은 페랭이 다 걷어가고
소송인에게는 형편없는 것밖에 남기지 않는 것을.

---

1) 라블레의 《제3권 팡타그뤼엘》에 나오는 우스운 재판관. 프랑스 고전주의 비극작가 라신의 유일한 희극 《소송광》(訴訟狂, Les Plaideurs)에 판사로 나온다. 재판의 폐단과 쓸데없는 형식을 풍자한 인물.

10. 이리와 야윈 개

옛날에 작은 붕어만 한 새끼 잉어는
어부에게 아무리 설명하고 사정해도 소용없었다.[1]
새끼 잉어는 기름에 튀겨질 냄비 속으로 던져졌다.
미래의 큰 이익을 바라고
현재 손에 쥔 것을 스스로 놓아주는 것은

정말 무분별한 짓이다.
어부의 판단이 옳았지만, 새끼 잉어도 무리는 아니었다.
누구나 목숨을 지키고자 한다면 할 수 있는 말을 다 하는 법이다.
나는 여기서, 그때 말한 것을
다른 이야기로써 한 번 더 입증해보겠다.

한 마리의 이리, 어부가 현명했던 만큼 반대로 어리석은 놈이
동네 밖에서 개를 보고는 잡아가려 했다.
개는 자신의 마른 몸을 보이며 말했다.
   "지금 이대로 저를 잡아가보았자
    분명히 나리 맘에 들지 않을 겁니다.
    조금만 기다리세요. 제 주인이 그의 외딸을 시집보낸답니다.
    당신도 아시다시피, 결혼식 때가 되면 저는 싫어도 살이
    찌지요."
이리는 이 말을 믿고 개를 놓아주었다.
이리는 며칠 뒤에, 자신의 개를 잡아갈 때가 됐는지 보러왔다.
한데 그 고약한 놈의 개는 집안에서
문의 격자 사이로 이리에게 이렇게 말했다.
   "친구, 내가 곧 나가지. 조금만 기다려주면
    이 집 문지기와 함께 자네에게 곧 가겠네."
그 문지기란 놈은 굉장히 큰 개로
이리를 몇 마리나 죽인 녀석이었다.
이리도 그것을 알아차렸다.
   "그런 놈은 싫네" 하고 말하자마자
이리는 도망갔다. 이리는 매우 날쌔긴 했지만

그다지 영리하지는 않았다.
이 이리는 아직도 자기 직업에 대해서 잘 알지 못했다.

───────────
1) 제5권 3화 〈작은 물고기와 어부〉 참고.

11. 모든 일에 너무 지나치지 마라

절제 있게 행동하는
어떤 생물도 본 적이 없다.
모든 일에는 적당한 정도가 있으니
자연의 주인은 모든 것에 대해서
그것을 지키길 바란다. 인간은 그것을 지키는가? 천만에!
좋은 일이든, 나쁜 일이든, 그러한 일은 별로 없다.
보리는 금발의 여신 케레스[1]의 값진 선물이지만
너무 무성하면 토지의 힘을 다 빨아먹게 마련.

흔한 일이지만, 너무 넓게 퍼지거나
너무 크게 자라면, 그 열매의 양분이 없어진다.
나무도 예외가 아닌데, 모두가 많은 것만 좋아한다!
보리의 잘못을 고치려고, 신은 양에게
도를 지나친 수확의 여분을 덜어낼 것을 허락했다.
양들은 제멋대로 뛰어들어
다 뜯어먹고, 다 망쳐버렸다.
너무나 심하기에, 하늘이 이리들에게
그 가운데 몇 마리를 잡아먹어도 좋다고 허락하니
이리는 전부 먹어치웠다.
다 못 먹었을지언정 다 먹으려고 애를 썼다.
그러자 하늘은 인간에게 이리를 벌주는 것을 허가하였다.
인간은 자기 차례가 되자 신의 명령을 남용했다.
모든 동물 가운데 인간은 어느 것보다도
지나치게 일을 하는 경향이 있다.
소송이라도 일으켜야 한다.
큰 놈이든 작은 놈이든 말이다.
이 점에 대해서 죄짓지 않고 살아온 인간은 없다.
너무 지나치게 하지 마라.
인간은 끊임없이 이것을 외치지만, 결코 지키지는 않는다.

---

1) 로마 신화에 나오는 곡물·농업·문화의 여신.
   그리스 신화의 데메테르와 같다.

12. 큰 초

꿀벌은 신들이 사는 곳에서 왔다.
전설에 따르면, 최초의 선조들은
히메토스 산[1]에 집을 구해 살면서
봄바람이 준 보물들을 잔뜩 채워 넣었다.
하늘에서 온 이 아가씨들의 궁전에서
그녀들의 방에 간직된 신들의 음식[2]을 가져간 뒤에,
알기 쉽게 말하자면

벌집에 꿀은 없고 밀랍만 남았을 때,
인간들은 초를 많이 만들고, 제사용의 큰 초도 많이 만들었다.
그 가운데 큰 초 하나가 불에 구운 벽돌이
세월이라는 비바람을 견디어내는 것을 보고
그것을 몹시 부러워했다.
그래서 불꽃 속에 몸을 태운 엠페도클레스[3]처럼
완전히 자신의 광기 때문에
불 속으로 뛰어들었다. 그것은 어리석은 생각이었다.
이 큰 초는 철학을 티끌만큼도 알지 못했다.

만물은 저마다 특징이 있으니
남이 자기와 똑같이 생겼다는 생각일랑 버려라.
초로 만든 엠페도클레스는 타오르는 불에 녹아버렸다.
그것은 인간 엠페도클레스만큼 미친 짓이었다.

---

1) 그리스 아테네에 있는 산으로, 좋은 꿀이 많이 난다.
2) 그리스 신화에 제우스가 꿀을 먹고 자랐다고 한 것에서 볼 수 있듯이, 예로부터 시인들은 꿀을 신의 음식이라 읊어왔다.
3) 기원전 5세기경 시칠리아의 철학자이며 시인으로 만물의 근원이 흙·공기·물·불의 네 원소로 이루어졌다고 주장했다. 말년에 에트나 화산의 신비로움을 이해하지 못하여 쓸데없는 허영심에서 분화구에 뛰어들었다. 그는 후세 사람이 자신의 공적을 알지 못할까 두려워 자기의 신발을 산에 놓아두었다.

13. 유피테르와 나그네

아아, 재난은 신들을 얼마나 부유하게 하는가?
만약에 인간이 그때마다 한 약속을 기억한다면!
그렇지만 한번 재난이 지나가면
하늘에 바친 약속을 잊고

사람들은 지상의 이익만을 계산한다.
믿음이 없는 자는 말한다.
　"유피테르는 사람 좋은 채권자.
　　결코 집달리는 보내지 않는다네."
천만에! 저 천둥은 대체 무엇인가?
저 경고를 그대들은 무엇이라 부르는가?

한 나그네가 폭풍 속에서
거인족을 정복한 이 신에게 소 백 마리를 바치기로 맹세했다.
그는 한 마리의 소도 없어서
코끼리 백 마리를 바친다 해도
돈이 안 들기는 마찬가지였다.
겨우 기슭에 도착하자, 그는 뼈를 두세 개 불에 구웠다.
유피테르의 코끝으로 연기가 올라갔다.
　"유피테르여" 하고 그는 말했다.
　"이 공물을 받으십시오. 보시다시피
　　위대한 신께서 들이마시는 것은 소의 향입니다.
　　이 연기야말로 신의 것, 이것으로 부채는 끝났습니다."
유피테르는 그저 웃는 척했다.
하지만 며칠 뒤에 이 신은
따끔하게 혼내주려고, 꿈속에서 알려주기를
보물이 어떤 장소에 있다고 했다.
헛된 약속을 받은 그 사나이는
그 보물을 향해, 불속에 뛰어드는 여름 벌레처럼 달려들었다.
거기에는 도둑들이 있었다.

지갑에는 한 푼의 은화뿐이었다.
그는 도둑들에게
정확하게 백 닢의 금화와 그만큼의 보물을 약속했는데
그 돈을 조그만 어느 마을에 묻어두었다고 말했다.
그러나 그 장소가 도둑들이 믿기에는 의심스러웠다.
약속을 좋아하는 그 남자에게 한 도둑이 말했다.
　　"여보게, 우리를 놀리지 말게. 죽은 다음, 지옥에나 가서
　　　저승의 신에게 그 백 닢을 선물로 주게나."

14. 고양이와 여우

고양이와 여우가 훌륭한 작은 성인(聖人)처럼
순례의 길을 떠났다.
두 놈들은 타르튀프[1]와 파틀랭[2] 못지 않은 위선자들…….
두 위선자는 여비를 아끼려고
많은 닭과 오리 따위를 잡아먹고, 치즈를 훔쳐 먹으며
서로 다투어 경비를 보충했다.

길은 멀고 지루해서
기분전환도 할 겸 말씨름을 했다.
말씨름은 큰 도움이 되어
그것이 없었더라면 늘 졸렸을 것이다.
두 순례자는 목이 쉬었다.
마음껏 떠든 뒤에 계속 다른 말씨름을 벌인 탓이다.
이윽고 여우가 고양이에게 말했다.
　　"자네는 굉장히 영리하다고 자부하지만
　　어디 나만큼 아는가?
　　내 꾀라면 주머니에 백 개나 있지."
　"그래" 하고 고양이가 대답했다.
　　"나의 주머니에는 꾀가 하나밖에 없지,
　　하지만 그것 하나로도
　　천 가지 꾀에 해당할 걸세."
둘은 다시 말싸움을 크게 벌였다.
서로 옳거니 그르거니 싸울 때
한 떼의 사냥개들이 나타나 싸움이 멈췄다.
고양이가 여우에게 말했다.
　　"형제여! 주머니를 뒤져보게.
　　교활한 자네의 뇌에서 확실한 꾀를 찾아보게나.
　　내 꾀는 이것이지."
말하기가 무섭게 고양이는 당장 나무로 기어 올라갔다.
여우는 백 가지 꾀를 다 써봤지만 모두가 헛일.
백 개의 구멍에 들어가봤으나, 백 번 다 개들이 쫓아왔다.
사방으로 피난처를 찾았으나

어딜가나 제대로 되지 않고
때로는 연기에 몰리고, 다리 짧은 사냥개에 쫓겼다.
여우가 어느 구멍에서 나올 때
재빠른 개 두 마리가 뛰어들어 물어 죽였다.

너무 많은 책략이 때로는 중요한 일을 망쳐버린다.
선택하는 동안에 시간이 지나가며
모든 것을 시도하다 마느니
한 가지만, 좋은 것 한 가지만, 가지는 것이 낫다.

---

1) 몰리에르의 희극 《타르튀프》(Le Tartuffe)에 나오는 주인공. 위선자의 대명사.
2) 15세기 프랑스 소극(笑劇)의 대표적 걸작 《파틀랭 선생》(Maître Pathelin)의 주인공. 사기꾼 변호사.

15. 남편과 부인과 도둑

자기 아내를 몹시 사랑하는
사랑에 푹 빠진 남편,
분명히 남편임에는 틀림없건만, 자신을 불행한 남자라 생각했다.
아내의 눈짓과
상냥하고 듣기 좋은 말들,
다정한 목소리나 부드러운 미소가
가련한 남편을 떠받들고 있지만

그것만으로 진실한 사랑을 받는다고 생각하지 않았다.
나도 그 점은 알겠다. 남편이니까.
그가 남편된 운명에 만족하여
신에게 감사하기 위해서는
결혼만 가지고는 부족했다.
하지만 왜? 만약 사랑하는 사람에게 결혼이 주는
기쁨을 맛보게 하지 않는다면
행복할 수가 없기 때문이다.
그 부인은 이런 식으로 좀 별나서
평생 남편의 몸을 한번 다정하게 쓰다듬는 일이 없어서
어느 날 밤 남편은 불만을 말했다.
도둑이 한 놈 들어와 불평을 멈추게 했다.
가련한 부인은 깜짝 놀라서
남편 팔에 뛰어들어 마음을 가라앉히려 했다.
　　"도둑 친구, 자네가 오지 않았더라면
　　　나는 이런 즐거움을 모를 뻔했네.
　　　그 대가로 집에 있는 것 가운데
　　　마음에 드는 것은 무엇이든 가져가게. 집도 가져가게나."
도둑은 수치심도 없고, 염치도 없는 놈이었기에
좋아하며 그것을 손에 넣었다.

이 이야기에서 나는
세상에서 가장 강한 정념은
공포라고 결론짓겠다. 공포가 혐오를 사라지게 한다.
그러나 때로는 사랑이 공포를 다스리기도 한다.

그 증거로, 사랑하는 여인을 안아보려고
자기 집을 불태운 다음, 여인을 안고
불길을 뚫고 나온 애인[1]이 있다.
그 황홀경에 나도 공감이 간다.
이 이야기는 언제나 나를 즐겁게 한다.
분명히 이것은 스페인 사람의 기질,
미쳤다기보다, 위대한 혼이다.

---

1) 당시 유행했던 소문으로, 한 스페인의 귀족이 왕비를 사랑한 나머지 그녀를 한번 껴안고자 궁전에 불을 질렀다고 한다.

16. 보물과 두 남자

한 남자가 신용도 돈도 다 잃어
지갑 속에는 악마만 남았다.
즉 지갑이 텅 비었으니
차라리 스스로 목을 매서

자신의 처참한 신세를 끝내는 게 낫다고 생각했다.
그렇게 하지 않아도, 어차피 배고픔이 그렇게 하리라.
하지만 그러한 죽음은 최후를 천천히 음미하는 일에
흥미가 없는 자에게는 즐겁지 않은 일.
이러한 각오 뒤에, 한 채의 낡은 집이
그 사건이 일어날 무대로 선택되었다.
사나이는 밧줄을 가지고 가, 벽의 높은 곳에 못을 박고
목을 맬 밧줄을 걸려고 했다.
그 벽은 오래되고 낡아
한 번 치자, 흔들려 무너지고, 보물이 쏟아졌다.
우리의 절망했던 사나이, 그것을 주워, 밧줄은 버리고
금화를 세보지도 않고 가지고 갔다.
액수가 많든 적든 좋았다.
이 약은 자가 큰 걸음으로 돌아간 뒤에
보물의 주인이 와서, 자신의 돈이 사라진 것을 알았다.
   "아이고! 그 돈을 잃고서 어찌 살 수 있겠는가?
    목을 매지 않고서 견딜 것인가? 그렇지, 죽을 수밖에.
    밧줄이 없다면 할 수 없지만."
밧줄은 이미 준비가 되었으나 목을 맬 사람이 없었다.
남자는 밧줄을 목에 걸고 정말로 죽어버렸다.
그에게 한 가지 위안 삼을 일이 있다면
어느 남자가 그를 위해서 밧줄 값을 치러준 일이다.
이리하여 돈뿐 아니라, 밧줄도 주인을 찾게 되었다.

구두쇠는 눈물이 마를 날이 없다.

숨겨놓은 보물까지도 그의 것이 되지 못한다.
그것은 도둑이나, 가족이나, 땅을 위해 모아놓은 것.
그러니 운명의 여신의 바꿔치기를 무엇이라 할 것인가?
이것이야말로 여신의 장난, 그녀의 즐거움.
장난이 별날수록 여신은 더욱 만족한다.
변덕 많은 이 여신은
그때, 한 남자가 목매는 것을
보기 원했지만
목매어 죽은 사나이 자신은
꿈에도 생각하지 않은 화를 입었다.

17. 원숭이와 고양이

베르트랑[1]이라는 원숭이와 라통[2]이란 고양이는
같은 주인이 기르는, 어느 집의 기식자(寄食者)들.
질 나쁜 두 짐승으로서는 분에 넘치는 대접을 받았다.
두 마리 다 무엇이건 무서워하는 게 없었다.
응석받이가 있는 집에서는 무슨 말썽이 생겨도
이웃 사람을 탓할 처지가 못 된다.
베르트랑은 닥치는 대로 훔치고, 라통도

쥐를 잡기보다는 치즈를 노리는 데 더 열중했다.
어느 날 난롯가에서 우리의 두 장난꾸러기 도사들은
밤이 구워지는 것을 보고 있었다.
남을 속이는 것은 그들에게 딱 어울리는 일.
이 악당들은 여기서 이중의 이익을 노렸다.
먼저 자신의 이익, 그리고 상대의 불행.
베르트랑은 라통에게 말했다.
   "형제여, 오늘은 형이 솜씨를 보여야 할 날.
   저 밤을 꺼내주시오. 만약 신이 나를
   불 속에서 밤을 끄집어낼 수 있도록 만들었다면
   밤이 하나도 남아나지 않으련만."
그 말을 듣기가 무섭게, 라통은 자신의 발로
아주 조심스럽게 난로의 재를 조금씩 치우고
다시 발을 빼내기를 되풀이했다.
밤을 하나 꺼내고, 또 두 개, 세 개 꺼내면
바로 베르트랑이 그것을 깨물어 먹었다.
하녀가 나타나자, 두 마리는 도망갔다.
라통은 불만이었다는 이야기.[3]

이처럼 대부분의 영주들은
어느 나라에선가 왕의 이익을 위해서
여러 지방을 뛰어다니며,
애를 먹고 있는 것이다.

1) 이 이름의 원숭이는 제9권 3화에 이미 나온 바 있다.
2) 같은 이름을 가진 고양이가 제12권 2화에 등장한다.
3) 이 이야기에서 '불 속의 밤을 꺼내다'라는 속담이 생겼다. 남의 앞잡이로 이용된다는 뜻.

18. 솔개와 나이팅게일

흉측하기로 이름이 높은 솔개가
온 이웃을 겁나게 하고
동네 어린이들이 비명을 지르게 만들었는데,
한 마리의 나이팅게일이 운이 없이 그의 발톱에 걸렸다.
봄을 알리는 그 새는 악한에게 목숨을 빌었다.
 "정말, 목소리 이외에는 아무것도 없는 이 몸의

어디를 드시렵니까?

그보다는 나의 노래를 들어보세요.

테레우스[1]와 그의 욕망에 관한 이야기를 해드릴게요."

"누구? 테레우스? 그것은 솔개가 먹을 수 있는 요리냐?"

"아니요. 옛날에 격렬한 사랑 때문에

죄 많은 욕정에 불타, 나를 괴롭힌 왕이죠.

그 이야기를 이제부터 아름다운 노래로 들려드리죠.

당신 마음에 드실 거예요. 모두 제 노래를 좋아한답니다."

솔개가 그 말을 듣고는 나이팅게일에게 쏘아붙였다.

"그래, 훌륭하구나. 내가 배고플 때,

너는 노래 이야기를 하러 왔단 말이지."

"노래 이야기는 왕들에게도 곧잘 하지요."

"왕에게 붙들렸을 때는

그 진기한 이야기라도 해주는 것이 좋겠지.

솔개라면 듣고 비웃을 뿐이야.

배고픈 위에는 귀가 달려 있지 않으니까."

---

1) 트라키아의 왕. 부인 프로크네의 여동생 필로멜라를 유혹하려다가 거절당하자 능욕하고 나서 혀를 잘랐다. 제3권 15화 참조.

19. 양치기와 양 떼

"웬일인가? 이 겁쟁이들이 계속
몇 마리씩 줄어들고 있으니!
항상 이리가 와서 훔쳐가는 모양이군!
세어보아야 소용없겠지. 천 마리 넘었던 것이
가련한 로뱅¹⁾까지 다 도둑맞았으니까.
로뱅 녀석은 빵을 얻으려고 마을까지 나를 따라다녔지.
세상 끝까지라도 쫓아올 녀석이었는데 말이야.
아! 나의 피리소리를 잘 알아들었지!
백 걸음 앞에서도 내가 오는 것을 알고 있었어.
아! 나의 가련한 양, 로뱅!"

양치기 기요[2]는 이 추도의 말을 마치고
로뱅과의 추억을 기념한 다음
모든 양 떼에게 연설을 했다.
우두머리들, 군중들 그리고 새끼 양에게까지
정신 차리라고 격려했다.
그만하면 이리를 피하는 데 충분하리라.
양의 명예를 걸고
모두 말뚝처럼 꼼짝 안 하기로 양치기에게 약속했다.
양들이 말했다.
　　"우리는 어떤 일이 있어도
　　　로뱅을 훔쳐간 욕심쟁이를 죽일 거야."
모두 목숨을 걸고 맹세했다.
기요는 그들의 맹세를 믿고 잔치를 벌였다.
그런데 미처 밤이 되기도 전에
새로운 소동이 또다시 일어났다.
이리가 나타난 것이다. 모든 양이 도망갔다.
그것도 진짜 이리가 아니고 하나의 환영(幻影)일 뿐이었다.

변변찮은 병사들에게 아무리 연설해도 소용없다.
모두 용감하게 싸우겠다고 약속하지만
조그만 위험이라도 닥쳐오면, 용기는 어디론지 사라진다.
당신의 모범이나 외침으로도 어쩔 수 없는 일이다.

---

1) 라블레의 《제4권 팡타그뤼엘》에 나오는 양의 이름.
2) 이 양치기의 이름은 제3권 3화에 나온 바 있다.

20. 쥐 두 마리와 여우와 달걀
― 라 사블리에르 부인[1]에게 드리는 이야기 ―

이리스[2]여, 나는 그대를 찬양하고 싶다. 그것이 어려운 일은 아니다.
그러나 그대는 수없이 나의 찬사를 거절했다.
매일 새로운 칭찬을 듣고 싶어하는
다른 여자들과는 이 점에서 매우 다르다.
아첨하는 말을 들으면 어느 여자나 잠을 자지 못한다.

나는 그들을 비난하지 않는다. 그것도 무리는 아니기 때문이다.
하늘의 신, 나라의 왕, 세상의 미녀도 다 마찬가지다.
시를 즐기는 그리스인이 찬양한 이 음료수를
우리들은 천둥의 신에게 바치고,
이 음료수에 들어간 꿀이야말로 지상의 신들을 취하게 한다.
이리스여, 그대는 그것을 좋아하지 않는다.
당신의 주위에서는 이와는 다른 이야기가 이를 대신하고
이야기, 즐거운 대화,
때와 장소에 따라 여러 가지가 화제에 오르고,
그대가 하는 말 속에는
엉뚱한 농담까지 들어 있다. 세상은 그것을 믿지 않는다.
세상과 그 생각은 무시해버리자.
잡담, 학문의 일,
꾸며낸 이야기, 쓸데없는 이야기, 다 좋다.
대화에는 모든 것이 다 필요하다고 나는 생각한다.
그것은 마치 꽃의 신 플로라가
그 보물을 펼치고, 온갖 꽃 위에 꿀벌이 와서 쉬고
어느 꽃에서나 꿀을 만드는 꽃밭과 같은 것이다.
그러니 나쁜 취미라고 생각치 마라.
이 우화시에 미묘하게 사람을 끄는
대담한 어떤 철학의 이론을
내가 집어넣었다고 해서 말이다.
사람들은 이것을 새로운 철학이라 부른다.
이 이야기를 들어본 일이 있는지 없는지? 그런데 그들은[3] 말하기를,

짐승은 하나의 기계여서,
거기서는 모든 것이 의지의 선택도 없이 기계적인 장치로 이루어진다.
의식도 없고, 영혼도 없으며, 모든 것은 물체이다.
마치 맹목적이고 계획도 없는,
언제나 변함없는 똑같은 걸음인 시계와 같지 않은가?
그것을 열고, 속을 보아라.
많은 톱니바퀴가 완전히 인간의 지성을 대신한다.
그 하나가 다음 톱니바퀴를 움직이게 하면
세 번째가 이에 계속되어, 결국 시계는 시간을 알린다.
그런 자들의 말에 따르면, 짐승도 이와 마찬가지.
대상의 어느 부분을 자극하면
자극된 그 부분은 바로,
우리의 표현을 빌면, 이웃에 그 소식을 알리러 간다.
감각기관이 차례차례로, 그것을 받아들이는 것이다.
이리하여 결과가 나타나게 된다. 하지만 왜 나타나는 것일까?
그들에 따르면 필연에 따라서다.
정념이나 의지도 없다.
동물은 여러 가지 자극으로 움직이고
사람들은 이것을 슬픔이나 기쁨, 사랑, 즐거움, 심한 고통이라고 부른다.
또는 그러한 상태의 다른 형태로 생각한다.
그러나 동물은 그러한 것이 아니다. 잘못 생각하지 마라.
그럼 그것은 도대체 무엇인가? 시계와 마찬가지.
그럼 우리는? 이와는 별개의 것이다.

데카르트는 이것을 다음과 같이 설명한다.
데카르트, 이교도의 시대였더라면 신으로 여겨졌을지도 모른다.
마치 우리의 하인 같은 자,
야수 같은 남자가 굴과 인간의 중간에 위치하듯,
인간과 영혼의 중간에 위치하는 사람.
이 작가가 생각하는 바는 다음과 같다.
    "신이 만든 짐승보다 우월하게
     나는 생각하는 능력을 받았으니, '나는 생각한다'고 자각
     한다."
자, 우리의 이리스여, 그대는 분명히 알고 있다.
짐승이 가령 지식이 있어 생각을 한다고 하더라도
짐승은 사물이나 자기의
사고에 대해서 성찰(省察)을 하지 않는다는 사실을.
데카르트는 더 나아가서, 명확하게
동물은 사고하지 않는다고 단언한다.
당신은 그것을 믿는 데 별로 이의를 제기하지 않는다.
나도 그 점은 마찬가지다.

그런데, 숲속에서
뿔피리의 우렁찬 소리와 사람 소리가
도망치는 짐승을 숨도 쉬지 못하게 공격할 때,
짐승들이 발자취를 감추려 헛되게 애쓸 때,
오래 살아온 짐승, 늙어 다섯 쌍의 뿔이 있는 사슴은
자기 몸 대신 젊은 놈을 내세워
싫든 좋든 개에게 새로운 먹이를 보여준다.

자기 목숨을 구하고자 얼마나 많이 생각하는가!
후퇴작전, 돌격, 우회작전,
그 밖의 수많은 책략은
장군답고 빛나는 운명에 어울린다.
하지만 죽게 되면, 그 짐승이 짓찢길 때는
그것이 그의 최후를 장식하는 영광의 모든 것이 된다.

어느 메추라기의 경우로,
그 새끼들이 위험에 처해서도 새로 난 깃털이 약해서
하늘을 날아 도망칠 수 없음을 보자,
어미새는 자기가 상처 입은 척하고 날개를 끌며
사냥꾼과 개들이 따라오도록 한 뒤,
새끼를 위험에서 건지고, 가족들도 구원하고,
이제 개가 덤벼들 것이라고 주인이 생각할 때
'잘 있거라' 하고 날아가버리니, 사람들은 당황하고
헛되이 눈으로만 쫓는 인간을 비웃는다.

북극에서 멀지 않은 곳에 하나의 별세계가 있어
거기 사는 자는 아주 오랜 옛날부터
무지몽매하게 살고 있는 것은
여러분도 다 아는 일.
내가 말하려는 것은 거기 사는 인간들 이야기. 짐승으로 말하면,
홍수처럼 쏟아지는 물을 막는 토목공사를 하려고
양쪽 강변을 왔다 갔다 한다.
건물은 견고하여 그대로 남고

나뭇가지 층 위에 또 달라붙은 층.
모든 비버 떼는 공동으로 일하고
장로는 젊은이들을 격려하고
수많은 감독자는 멋지게 지휘봉을 흔든다.
이 플라톤의 《공화국》도
물과 뭍, 양쪽에 사는
이 일족의 견습 정도에 지나지 않는다.
이 짐승들은 겨울에 그 집을 절묘하게 짓고
연못을 그들의 솜씨인 멋진 작업으로 다리 놓아 건너며
우리들 동료 인간은 그것을 바라볼 뿐
그때까지 할 수 있는 일이라곤
수영해서 물을 건너는 것일 뿐.

이 비버가 지성을 갖지 않는 물체에 지나지 않는다고
나에게 믿게 할 수는 없다.
하지만 그보다 더 중요한 것이 있다. 다음 이야기를 들어주오.
영광에 넘치는 왕[4]에게 들은 이야기,
북극의 수호신이 당신에 대하여 나의 보증인이 되어준다.
승리의 신이 사랑하는 군주의 이야기.
그 이름 자체가 오토만 제국에 대항하는 방패가 되고 있다.
그는 바로 폴란드 왕이다. 결코 왕은 거짓말하지 않는다.

그 이야기에 따르면, 그 국경 근처에서는
언제나 서로 싸우는 동물들이 있다.
자손 대대로 전해진 피가 끊임없이

새로운 분쟁의 씨를 낳기 때문이다.
그 짐승은, 왕의 이야기로는, 여우의 친족(親族)이다.
우리가 사는 시대에도 그만큼 멋진 기술을 가진 전쟁은
인간 사이에 없었다.
전위부대, 보초, 간첩,
복병, 분대, 그밖에 수많은 작전.
스틱스[5]가 낳은 딸이며 영웅들의 어머니인
음험하고 저주받은 간계가
이 짐승들의 뛰어난 감각과
경험을 단련시킨다.
그들의 싸움을 노래하기 위해서 아케론[6]은 우리에게
호메로스를 되돌려주어야 할 것이다. 아, 호메로스를 되돌려만
준다면,
또, 에피쿠로스의 경쟁자[7]를 되돌려준다면!
뒷 사람은 이러한 예에 대하여 무어라 말할 것인가?
지금까지 내가 말한 것을 말이다. 짐승에게는, 자연은
오직 기계장치로 그 모든 것을 보충할 수가 있고,
기억력은 육체에 부속되고,
또 내가 이 시에서 밝힌
여러 가지 예에 이르기 위해서도,
동물은 그러한 능력만 있으면 충분하다는 것을…….
대상이 다시 나타나게 되면, 그것은 기억의 창고 속에
처음 나타났던 영상을
같은 길을 더듬어 찾아내고,
그 영상은, 동시에, 전과 똑같은 발걸음으로 와서

사고의 도움을 빌리지 않고도
똑같은 행동을 한다.
우리는 이와는 아주 다르게 행동한다.
대상도, 본능도 아니고,
의지가 우리의 행위를 결정한다. 내가 말하고 걸을 때,
자기 속에서 어떤 동작의 원인을 느낀다.
나의 몸 전체가
이 지적인 근원에 복종하고 있다.
이것은 육체와는 별도로, 뚜렷하게 인지되며
육체 그 자체보다 더 명확하게 인지된다.
이것은 우리의 모든 동작의 최고 지배자.
하지만 어떻게 육체가 그 명령을 알겠는가?
그것이 문제다. 나는 여러 가지 도구가
손에 복종하는 것을 본다. 하지만 손은 누가 안내하는가?
아니, 누가 하늘과 그 빠른 운행을 이끄는가?
어떤 천사가 큰 천체에 붙어 있는지도 모른다.
어떤 영혼이 우리 속에 살며 우리 몸의 모든 장치를 움직인다.
결과는 나타나지만, 그 수단을 나는 모른다.
그것은 하느님의 곁에 가지 않고서야 알 도리가 없다.
그래서 정직하게 말해야 한다면
데카르트 역시 그것은 모른다.
그 점은 우리들이나 그나 마찬가지.
이리스여, 내가 알고 있는 것은
지금 여기에 예로 든 짐승에게는
영혼이 작용하지 않고, 인간만이 오직 영혼을 가지고 있다는 것.

하지만 식물이 갖고 있지 않은 어느 점을
동물에서 인정할 것이 있다.
물론 식물도 호흡은 하고 있지만
내가 말하고자 하는 다음 이야기에 대하여 사람들은 어떻게 답할 것인가?

두 마리의 쥐가 먹이를 찾다가 달걀을 하나 발견했다.
이런 녀석들에게는 이런 식사면 점심으로 충분하다.
구태여 소 한 마리를 찾을 필요가 없다.
너무 좋아 군침을 삼키며
두 놈이 각기 자기 몫을 먹으려 할 때
어떤 놈이 나타났다. 바로 여우 나리였다.
귀찮고 불운한 만남이었다.
어떻게 달걀을 지킬 것인가?
잘 싸서 둘이 함께 앞발로 옮길 것인가?
아니면 굴릴까? 그도 아니면 끌까?
이것은 무모하고 불가능한 짓이다.
필요라는 지혜의 샘이
쥐들에게 달걀 운반법을 발명하도록 했다.
집이 멀지 않고
또, 불청객이 바로 옆에 있으므로
한 마리는 거꾸로 누워 달걀을 팔로 안고
몇 번쯤은 부딪치고, 휘청거리기도 했으나
다른 한 마리의 쥐가 꼬리를 끌고 갔다.

이 이야기를 듣고 나서도
짐승에게 지성이 없다고 하는 자는 대꾸해봐라.
내 뜻대로 하자면
그들에게도 어린애들처럼 지성이 있다고 말하고 싶다.
애들이 어렸을 때부터 사물에 대해서 생각하는 것과 비슷하지 않은가?
그러므로 생각은 해도 자각은 못하는 자가 있다.
이와 마찬가지 예로써
짐승들에게
우리와 같은 이성은 아니라도
맹목적인 본능보다 뛰어난 것이 있다고 나는 말하고 싶다.
나는 한 조각의 물질을 매우 섬세하게 잘라본다.
쉽게 지각할 수도 없는
제5원소,[8] 빛의 추출물
불보다 더 생기 있고 더 유동적인 것이 무엇인지 잘 모르나,
어쨌든 나무가 탈 때
그 불꽃이 정화되면서 영혼에 대해 어떤 관념을 주지 않는가?
어쩌면 납에서 금이 나오지는 않는지? 나는 내 작품을
느끼고, 판단할 수 있는 것을 만들 수 있지만
그 이상의 일을 할 수 없다.
그 판단도 불완전할 수 있다.
원숭이가 추리할 수 없는 것처럼…….
우리 인간으로 말하자면
비교할 수 없이 뛰어난 운명이 주어졌다.
즉 우리에게 갑절의 보물을 가지게 하니

그 하나는, 우리가 무엇이든,
현자이든 미치광이든 어린애이든 천치이든
동물이란 이름을 가진 우주의 거주자들에게
모두 똑같이 주어진 영혼이고,
다른 하나 역시, 하나의 영혼이지만,
우리와 천사 사이에
어느 정도 공통된 것이다.
그리고 특별히 만들어진 이 보물은
천사의 군대를 따라 하늘에 오르고
재촉당하지 않고 점(点) 속에도 들어가고
시작은 있으나 끝이 없다.
이상하지만, 현실적인 것.
유년기가 계속되는 한,
이 하늘의 자손은 우리 안에서
은은하고 약한 빛으로밖에는 나타나지 못한다.
육체가 더 강해지면, 이성의 힘은
불완전하고 미숙한 또 다른 영혼을 항상 덮고 있던
물질의 어둠을 뚫게 될 것이다.

---

1) 마르그리트 에썡(1636~1692). 라 퐁텐을 옹호해준 예술을 애호하는 부인으로, 그는 그녀에게 이리스라는 칭호를 주었다. 제12권 15화 참조.
2) 이리스는 그리스 신화에 나오는 무지개의 여신으로, 신들(주로 헤라)의 심부름꾼 노릇을 하였다.
3) 당시의 새로운 철학인 데카르트의 철학을 지지하는 사람들을 가리킨다.
4) 폴란드 왕 장 3세(1624~1696). 1674년에 왕이 된 장 소비에스키는 터키군과 두 번 싸워 모두 승리했다. 그는 한때 파리에도 머물고 르 사블리에르 부인의 살롱에도 자주 드나들었다.

5) 저승에 흐르는 강의 하나. 저승 또는 지옥을 가리킨다.
6) 저승에 흐르는 강의 하나.
7) 데카르트를 가리킨다.
8) 우주를 구성하는 4원소 이외에 존재한다고 생각한 제5의 원소인 에테르를 가리킨다.

1. 사람과 뱀

한 남자가 뱀을 보고는 말했다.
　"이 사악한 것, 세상 사람들이 모두 기뻐할 일을
　내가 해야겠다."
그러고 나서, 간악한 동물,

(여기서 내가 말하는 것은 뱀이지,
인간이 아니다. 잘못하면 오해하기 쉽지만)
가만히 있는 뱀을 붙잡아 주머니에 넣었다.
뱀에게 가장 나쁜 일은, 죄가 있든 없든 죽이려고 마음먹었다는
것이다.
그런데 그 남자는 여기에 그럴싸한 이유를 붙이고자
다음과 같은 연설을 했다.
   "배은망덕의 상징! 사악한 놈에게
     자비를 베푼다는 것은 어리석은 일.
     그러니 죽어라. 너의 노여움과 독이 있는 이빨도
     더 이상 나를 해칠 수 없을 것이다."
그러자 뱀은 자신의 말로
되도록 잘 반박을 했다.
   "만약에 세상의 배은망덕한 자를 모두 처벌한다면
     도대체 누가 용서받을까요?
     당신 스스로 자신을 비난하는 꼴이죠.
     당신네 인간들이 저지른 일에 근거를 둔 것이니,
     당신 자신을 잘 돌이켜보세요.
     나의 목숨은 당신 손에 있으니, 결단을 내리세요.
     당신의 정의(正義)라는 것은
     당신의 이익, 즐거움, 당신의 변덕일 뿐,
     그 법칙에 따라서 죽이려면 죽이세요.
     하지만 기왕 죽을 바에는
     솔직해지는 것이 좋겠죠.
     배은망덕의 상징은

뱀이 아니라 인간이죠."
이 말을 듣자, 남자는 멈칫하고 한걸음 물러섰다.
마침내 그는 말을 이었다.
"네 말은 이치에 어긋난다.
나는 마음대로 할 수 있지. 권리는 내게 있으니까.
하지만 누구 다른 이에게 맡겨볼까?"
"좋아요" 하고 파충류는 대답했다.
암소가 가까이 있었기에 부르니, 다가왔다.
사건을 설명해주었다.
"쉬운 문제로군. 이런 일 때문에 나를 부를 필요가 있었나?
뱀이 옳고말고. 무엇 때문에 숨기겠나.
나는 이 사나이를 오랫동안 먹여살렸다네.
내 은혜를 입지 않은 날이 하루도 없었지.
모두가 그 하나만을 위해서였어.
내 젖과 내 새끼로, 그는 돈을 잔뜩 벌어 집으로 돌아왔었지.
이 사나이가 나이가 들어
늙어 쇠약해졌을 때는 회복까지 시켜주었지.
내 고생들은
그의 생활뿐 아니라 즐거움을 위해서였다네.
결국 내가 이렇게 늙자
그는 나를 풀도 없는 구석에 내버려두었지.
풀을 좀 먹게 해주어도 괜찮았으련만!
하지만 나는 묶여 있다네.
만약에 뱀이 나의 주인이었다면
배은망덕도 유분수지, 이렇게 심하진 않았을 거야.

잘 계시오. 나는 내 생각을 말했을 뿐이요."
이 사나이는 이와 같은 판결에 깜짝 놀라 뱀에게 말했다.
　"그놈의 말을 믿을 수 있을까?
　노망이 들어서 제정신이 아닐 테지.
　저 황소의 말을 들어볼까?"
　"들어보죠" 하고 기어다니는 짐승이 말했다.
말은 즉시 행동으로 옮겨졌다. 소는 천천히 걸어왔다.
모든 이야기를 머릿속에서 되새긴 다음 황소는 말하였다.
　"오랫동안 일하면서 오직 우리만 가장 힘든 일을 맡아 왔소.
　이 긴 고통의 굴레 속에서 쉬지 않고 일해나가며
　대지의 여신 케레스가 인간에게는 거저 주고
　짐승에게는 가혹한 대가를 받는 농산물을
　인간의 밭으로 나르는 일을 하였소.
　이 일을 계속한 보답으로 우리가 받은 것이라곤
　인간들의 채찍질뿐. 감사의 말은 없었소.
　그 다음에 우리가 나이를 먹으면
　인간들은 우리의 피로써 신에게 속죄하는 것이
　우리에게 명예라는 듯 여기겠지."
이렇게 소가 말하자, 남자는 외쳤다.
　"이 귀찮고 말 많은 놈을 닥치게 하라.
　말을 과장하고 여기까지 와서
　재판관 대신 고소인이 되다니
　나는 이런 놈도 거부한다."
이번에는 나무가 재판관으로 선택되었지만
나무는 더욱 심했다.

"우리는 더위와 비바람이 불 때면 피난처가 되고,
우리만이 인간을 위해서 정원과 들을 아름답게 꾸며주지.
그늘만이 나무가 주는 선물은 아니라네.
열매 때문에 가지가 휜 것임에도
그 보답이라고는 농민의 손에 베어지는 것, 그게 다라네.
한 해 동안 인간들에게 기꺼이
봄에는 꽃, 가을에는 과일, 여름에는 그늘,
겨울에는 난롯가의 즐거움을 주건만……
건강한 몸으로 더 오래 살도록
도끼질이라도 안 할 수 없을까?"

사나이는 마침내 유죄를 입증하는 것이 어렵겠다고 생각했지만,
어떤 일이 있어도 소송에는 이길 심산이었다.
　　"저런 놈의 말을 듣다니, 나야말로 참 마음 좋은 사람이군."
말을 끝내자마자 주머니와 뱀을 함께 벽에 쳐서,
마침내 죽여버리고 말았다.

높은 사람들은 다 똑같은 수법을 쓴다.
이치를 따지면 비위에 거슬리고, 그들의 생각으로는
네발짐승도, 인간도, 그리고 뱀도
모두가 자기를 위하여 태어났다.
누가 만일 입을 연다면, 그는 바보다.
　　"나도 그것은 인정한다. 그러면 어떻게 해야 좋은가?"
　　"멀리서 말하거나, 그렇잖으면 가만히 있어야 한다."

2. 거북과 오리 두 마리

생각이 가벼운 거북 한 마리가
자기 굴에 싫증이 나서 다른 나라를 보고 싶어했다.
인간은 남의 나라를 부러워하고
절름발이는 집을 싫어한다.
오리 두 마리가 거북 아주머니한테서

그 멋진 계획을 듣고는
좋은 방법이 있다고 말했다.
　"저 넓은 길이 보이세요?
　　우리가 하늘을 날아서 아메리카까지 데려다드리죠.
　　많은 공화국과 많은 왕국,
　　많은 민족들을 볼 수 있죠.
　　그리고 아주머니 눈길을 끄는
　　여러 가지 풍속을 만끽할 수 있답니다.
　　오디세우스[1]도 똑같은 일을 했죠."
이 일에 오디세우스가 인용된 것은 뜻밖의 일이었다.
어쨌든, 거북은 이 새들의 제의를 받아들였다.
계약이 이루어진 뒤, 오리들은 이 나그네를
실어 나를 도구를 만들었다.
거북의 입에다가 막대기를 가로 물게 하였다.
　"잘 물고 놓지 않도록 하세요" 하고 오리들은 말하였다.
그리고 오리들은 각기 막대기 끝을 물었다.
하늘 높이 거북이 오르자, 가는 곳마다 사람들은
느린 짐승이 그 집과 함께
새들 한 가운데서
날아가는 것을 보고 놀랐다.
누군가 소리쳤다.
　"기적이로다. 저거 보게.
　　구름 속으로 거북 여왕께서 행차한다네."
　"여왕이라고? 아무렴, 내가 여왕이고말고.
　　놀리는 말은 아니겠지."

이 거북이는 아무 말도 하지 않고 가는 것이 훨씬 나았으련만.
입을 벌리는 순간,
막대기를 놓친 거북은
구경꾼 발밑에 떨어져 죽었다.
조심성 없는 것이 그의 파멸의 원인이었다.

조심하지 않는 것, 말 많은 것, 어리석은 허영심,
그리고 쓸데없는 호기심.
이런 것들은 다 가까운 친척들이며
모두 한 혈통의 자손들이다.

---

1) 그리스 신화에 나오는 영웅으로, 호메로스의 서사시 《오디세이아》의 주인공이다. 목마를 이용해 트로이를 함락시켰으나, 신의 미움을 받아 20년 동안 방랑한 끝에 겨우 고향에 다다랐다.

3. 고기들과 가마우지

그곳 언저리에서
가마우지가 세를 걷지 않는 연못은 하나도 없었다.
양어장과 저수지도 그에게 세를 냈다.
부엌살림은 잘 되어갔다. 그러나 나이가 들어
가련한 새가 생기를 잃자
부엌살림도 넉넉치 않게 되었다.

모든 가마우지는 스스로 벌어먹었다.
이 새는 물속을 찾아보기에는 나이가 든 데다
그물이나 망태기도 없어서
너무나 심한 굶주림에 허덕였다.
그래서 무엇을 했던가? 모든 필요는 계략을 낳게 하니,
다음과 같은 생각이 그에게 떠올랐다.
어느 연못가에서 가마우지가 가재를 보고 말했다.
"아! 아주머니, 빨리 가서
중요한 일을 물고기들에게 전해주세요.
전부 죽게 생겼어요.
이 땅의 주인이 일주일 뒤에 낚시를 한대요."
가재는 서둘러서 큰 사건을 전하러 갔다.
큰 소동이 일어났다.
모두 모여서 그 새에게 사신을 보냈다.
"가마우지 나리, 어디서 그 소식을 들었습니까?
누가 증인이죠? 그 일은 정말입니까?
해결책은 모르시나요? 어떻게 하면 좋을까요?"
"이사를 가야죠" 하고 가마우지는 말했다.
"어떻게 그렇게 할 수 있을까요?"
"조금도 걱정 말아요. 내가 다 날라다줄게요.
차례로 한 마리씩, 나의 피난처로 말이에요.
그리로 가는 길은 신과 나만이 아니까,
그보다 더 사람의 눈에 띄지 않는 장소는 없죠.
자연이 스스로 판 저수지라서
배반자인 인간은 모르는

그곳만이 당신들을 구할 수 있죠."
모두 그 말을 믿었다. 물속에 사는 족속들은
차례로 사람이 찾지 않는
바위 아래로 옮겨졌다.
그리하여 성인군자 가마우지께서는
여기 물이 맑고, 깊지 않고, 좁은 곳에
고기들을 감추어두고, 힘들이지 않고
하루는 이놈을, 또 하루는 저놈을 잡아먹었다.
물고기는 자신을 희생해서,
남을 먹는 패들은 결코 믿어서는 안 된다는 것을 배웠다.
하지만 물고기가 큰 피해를 입은 것은 아니다. 인간들이
그 대부분을 잡아먹었을 테니까.

누가 먹든지 그것은 문제가 아니다.
사람이든 이리든, 위 속에 들어가면 다 마찬가지.
하루 빠르고 늦는 것, 그것은 그리 대단한 차이가 아니다.

4. 돈을 묻은 남자와 그의 친구

한 수전노가 돈을 너무 많이 모아
그 돈을 어디다 두어야 할지를 몰랐다.
탐욕은 무지의 친구이자 자매라서
그는 관리인을 고르는 데

어쩔 줄 몰라 했다.
왜냐하면 맡겨둘 사람이 필요했는데
그 이유는 이 물건이 유혹을 한다는 것이다.
　"만약에 집에 놔두면 이 돈 더미는 줄어들 게 틀림없어.
　　내가 내 재산의 도둑이 되는 것이지."
도둑이라고?
즐기는 것이 자기 것을 훔치는 것이라니!
친구여, 자네의 착각은 정말 딱하군.
나에게서 이 교훈을 배우게.
재산이란 쓸 수 있기 때문에 좋은 것이지
그렇지 않을 때는 번뇌로다.
자네는 그것을 쓸 일이 없어질
나이가 될 때까지 끼고만 있을 작정인가?
손에 넣고자 하는 고생과 지키고자 하는 근심은
사람들이 그처럼 필요하다고 믿는
황금의 가치를 떨어뜨린다.
그와 같은 걱정을 덜고자
필요하다면
믿을 만한 사람을 구할 수도 있으련만
그보다는 땅을 선택했다.
그는 동료에게 부탁해 도움을 받았다.
둘이서 보물을 묻으러 갔다.
얼마 뒤에 그는 자신의 금을 보러 갔다.
상자뿐이고 알맹이는 없었다.
동료를 의심한 것은 당연하여, 급히 가서 말했다.

"준비하게. 사실은 아직도 내게 돈이 남았는데
　먼저 것과 함께 묻고 싶어."
동료는 곧 훔친 돈을 제자리에 놓으러 갔다.
양쪽 돈을 다 손에 넣길 바란 것이다.
하지만 이번에는 상대방이 더 현명했다.
돈을 모두 자신의 집으로 되찾아왔다. 그리고 즐기기로,
쌓아두지 않고, 묻어두지 않기로 결심했다.
그리고 그 가련한 도둑은 자신의 담보물이 모두 없어진 걸 알고
깜짝 놀라 자빠졌다.

사기꾼을 속이기란 어려운 일이 아니다.

5. 이리와 양치기들

자비심에 넘치는 어떤 이리가
(세상에 어쩌면 그런 것이 있다고 치고)
어느 날 자기의 잔인한 짓을,
비록 그것은 살고자 어쩔 수 없이 한 일이지만
깊이 반성했다.
 "나는 미움 받고 있어" 하고 이리는 혼잣말했다.
 "누구에게? 모두에게서.
 이리는 모든 이의 적이지.

개도 사냥꾼도 동네 사람도, 이리를 잡는 데는 한데 뭉친
다네.
유피테르는 높은 곳에서 그들의 아우성에 어리둥절하고 있지.
그래서 영국에는 이제 이리가 없어.
거기서 우리 목에 현상을 걸었지.[1]
시골의 원님 가운데 우리를 죽이려고
방을 안 붙이는 이가 없고,
어린아이가 소리 내어 울면
어머니는 늘 이리가 온다고 겁을 준다네.
그게 다 종기 난 나귀나,
병 걸린 양, 질 나쁜 개들로
내가 식욕을 채운 때문이지.
자, 이제부터는 목숨 가진 놈은 먹지 말아야지.
풀을, 풀을 뜯어먹는 거야. 차라리 굶어 죽는 게 낫지.
그것이 그렇게 괴로울까?
모두에게 미움 받는 쪽이 차라리 나을까?"
이렇게 말하는데, 양치기들이
새끼 양을 꼬치에 구워 먹고 있는 것이 보였다.
"이런, 이런, 나는 저 종족의 피를
흘리게 했다고 자책하고 있었지.
그런데 그 보호자들이, 양치기와 개가
그 고기를 먹고 있지 않는가?
그러니 내가, 이리가 무엇 때문에 주저해야 하지?
안 되지. 신에게 맹세코 절대로 그럴 수 없지. 웃음거리만
될 거야.

새끼 양 티보 녀석을 죽여버려야지.
나는 꼬치도 필요 없지.
그 녀석뿐만 아니라 그 녀석에게 젖을 먹이는 어미와
그 녀석을 낳아준 아비까지도······."

이 이리의 말은 옳다.
우리는 사냥에서 잡은 모든 것으로
술판을 벌이고
짐승들을 먹으면서,
짐승들에게만 나무열매로 족했던
황금시대의 음식[2]으로 돌아가라는 것인가?
그들은 고기를 먹으면 안 된다는 말인가?
양치기들이여, 양치기들이여! 이리가 옳지 않은 경우란
너희들보다 힘이 약할 때뿐이다.
이리에게 수도승처럼 살라는 말인가?

---

1) 영국의 평화왕 에드거(943~975)는 자신의 제후들에게 세금 대신 300개씩의 이리 머리를 바치도록 했다.
2) 태고에는 인간도 나무열매만을 먹고 살았다.

6. 거미와 제비

"오, 유피테르여! 그대의 뛰어난 머리에서
알 수 없는 출산의 비법으로
옛날에 나의 경쟁자였던
팔라스[1]를 불러낼 수 있었던 신이여.

당신 생애에 단 한 번만 나의 호소를 들어주세요!
프로크네[2]가 저의 음식을 훔치러 옵니다.
좌우로 원을 그리며 날다, 하늘과 물을 스치어
제 집 문턱에서 파리를 물어갑니다.
제 것이라고 해도 좋은 파리를.
그놈의 저주스러운 새만 아니면 제 그물이 가득 차련만.
그것은 제가 아주 튼튼한 실로 짠 것이라고요."
이처럼 무례한 말투로 거미는 불평했다.
옛날에는 멋진 융단을 짠 솜씨지만,
지금은 실이나 자아서
하늘을 나는 모든 벌레를 붙잡을 생각이었다.
필로멜라의 언니는 언제나 사냥감에 주의를 기울여
아무리 작은 벌레일지라도 공중에서 파리를 잡는 것은
새끼와 자신을 위한 무자비한 기쁨이었다.
게걸들린 새끼들은 늘 부리를 벌리고
혀가 돌지 않는 소리로, 모두 더듬거리며
알아듣기 어려운 울음으로 먹이를 조른다.
일에 지쳐버린 거미는
머리와 다리만 남고,
가련하게 자신마저 잡혀가버렸다.
제비는 날아가며 그물과 모든 것을,
그 끝에 걸린 거미까지 걷어간 것이다.

유피테르는 세상의 모든 신분에게 두 종류의 식탁을 내놓는다.
솜씨 있고, 근면하고, 강한 자는

첫째 식탁을 차지하고, 조그만 놈은
다음에 그 찌꺼기를 먹는다.

---

1) 그리스 신화에 나오는 지혜와 예술의 여신 아테나의 다른 이름. 로마 신화의 미네르바와 같다. 유피테르의 머리에서 갑옷을 입은 채로 태어났다고 한다. 리디아에 사는 염색의 명인 이드몬의 딸 아라크네는 베짜는 솜씨가 아주 뛰어나서, 기술의 신인 아테나에게 도전을 했다. 아라크네가 훌륭하기는 하지만 신을 모욕하는 그림을 베로 짜자 아테나는 화가 나서 그녀를 거미로 만들어버렸다.
2) 프로크네는 제비를, 필로멜라는 나이팅게일을 가리킨다. 제3권 15화 〈필로멜라와 프로크네〉 참고.

7. 자고새와 수탉

예의 모르고, 품위 없고, 늘 시끄럽고
어수선한 수탉 떼거리 속에서
자고새 한 마리가 자라고 있었다.
자고새는 여성이며 손님이라
애욕에 굶주린 수탉 떼로부터
아주 정중하게 대우받기를 기대했었다.
닭장에서 온통 환대받을 것이라고.

그런데 이 수탉들은 화를 잘 내고
이국(異國)의 숙녀에게 경의도 나타내지 않고
무시무시한 주둥이로 툭하면 쪼아댔다.
처음에는 자고새도 이 때문에 괴로워했다.
그러나 이 성난 닭들이
자기들끼리 서로 싸우며, 옆구리를 찌르는 것을 보고
그녀는 스스로를 위안했다.
 "이것이 그들의 습성이로군.
  비난할 게 아니라, 오히려 딱하게 여겨야지.
  유피테르는 단 하나의 거푸집으로 모든 영혼을 만들지는
  않았다네.
  닭에는 닭의 천성이, 자고새에는 자고새의 천성이 있지.
  만일 내 마음대로 할 수 있다면
  좀 더 품위 있는 무리들 속에서 살련만.
  이곳의 주인은 달리 정했다네.
  그는 우리를 그물로 잡아
  수탉과 함께 살게 하고, 우리 날개까지 잘랐지.
  불평을 하려면 사람에게나 해야겠지."

8. 귀를 잘린 개

"내가 대체 무슨 짓을 했다고
다른 사람도 아닌 내 주인이
나를 이렇게 불구로 만든 거지?
내 이 잘난 꼴을 좀 보라지!
다른 개들 앞에 얼굴을 내밀 수가 있을까?
오, 동물의 왕, 아니 동물의 폭군이여!
너희들에게 누가 이런 짓을 하겠는가?"

이처럼 젊은 개 무플라르가 소리쳤다.
사람들은 그의 날카롭고 고통스런 울부짖음에 아랑곳없이
무정하게도 그 귀를 방금 막 잘라버린 것이다.
무플라르는 이것으로 귀를 잃었다고 여겼으나
이윽고 큰 덕을 보았음을 알게 되었다.
왜냐하면, 원래 개란 자기 동료를
물어뜯는 천성을 가지고 있기 때문에,
많은 재난이 그로 하여금 몸에 수많은 상처를 입은 채
집으로 돌아오게 했을 것이다.
성마른 개들은 늘 귀가 뜯겨 있기 마련이다.

다른 개에게 물릴 곳이 적을수록
더 이익이다. 지킬 곳이 한 군데뿐이면
화를 겪지 않도록 대비할 수 있다.
징이 박힌 목걸이를 하고,
귀가 없는 것과 다름없는 무플라르가 그 증거.
이리까지도 어디를 물어뜯어야 할지 모를 것이다.

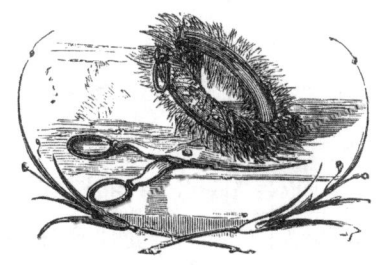

9. 양치기와 왕

두 수호령(守護靈)[1]이 제멋대로 우리의 인생을 서로 나누어 갖고
선조들의 유산에서 이성(異性)을 내쫓았다.
두 수호령을 따르지 않는 사람을 본 일이 없다.
그들이 누구이며, 이름은 무엇이냐고 내게 물으면

한쪽은 사랑이고, 다른 쪽은 야심이라고 나는 대답한다.
뒤의 것이 가장 멀리까지 세력을 뻗친다.
사랑 속까지 파고들기 때문이다.
그 점을 확실히 보여주겠다. 하지만 나의 목적은
어떤 왕이 한 양치기를 궁정에 부른 이야기를 하는 것이다.
이 이야기는 우리가 사는 시대가 아닌 옛날의 좋은 시절로 거슬러 올라간다.
이 왕은 초원을 뒤덮은 양 떼를 보았다.
풀을 잘 먹여, 통통하게 살이 찐 양들은
양치기가 돌본 보람이 있어
해마다 꽤 많은 수입을 가져다주었다.
양치기의 이 부지런한 보살핌이 왕의 마음에 들었다.
 "그대는 인간의 목자(牧者)가 될 자격이 있도다.
 양의 뒤치다꺼리는 이제 됐으니, 여기 와서 사람들을
 이끌어라.
 너를 최고 재판관으로 임명하겠다."
이제 우리 양치기는 손에 정의의 저울을 드는 신분이 되었다.
비록 그가 그때까지 본 다른 생명이라곤
한 은자와 자신의 양 떼와 개들, 이리가 전부였지만,
그에게는 양식(良識)이 있었다. 그 밖의 일은 저절로 따라오게
마련이다.
요컨대, 그는 멋지게 성공을 거두었다.
이웃 사람인 은자가 달려와서 이렇게 말했다.
 "이게 꿈이냐 생시냐? 내가 보고 있는 것이 꿈은 아니겠지?
 자네가 총신(寵臣)! 대관(大官)이 될 줄이야! 하지만 왕을

조심하게.
그의 총애는 위험한 것이지만, 누구나 속기 마련이지.
게다가 가장 나쁜 것은 그것에 비싼 대가를 치러야 한다는 것이라네.
이와 같은 착각은 큰 불행을 가져올 뿐이지.
자네는 자네를 유혹하는 매력이 무언지 모른다네.
나는 친구로서 말하는 거라네. 만사에 경계를 게을리 하지 말게나."

양치기가 웃자, 은자는 말을 계속했다.
"그거 보게. 궁정이 자네를 벌써 어리석게 만들고 있네.
어떤 장님을 보는 듯한 생각이 드네. 그 장님은 여행길에 추위에 언 뱀 한 마리가 그의 손에 닿자, 그는 이것을 채찍으로 알았지.
자신의 허리띠에 달고 다니던 채찍을 잃어버렸던 참이라 장님은 그것 참 잘 됐다고 하늘에 감사를 했다네.
그때 지나가던 사람이 외쳤지.
'무엇을 들고 있는 거요? 오, 이런!
그런 믿지 못할 위험한 동물은 버려요. 그건 뱀이오.'
'이것은 채찍인데.'
'정말 뱀이란 말이오. 내가 말했잖소.
무슨 이익이 있다고 내가 이처럼 귀찮게 하겠소?
당신은 그걸 보물처럼 쥐고 있겠단 말이요?'
'그렇소. 나의 채찍은 낡았었지.
더 좋은 것을 손에 얻었으니
당신은 부러워서 그러는 것이겠지.'

    장님은 끝내 충고를 듣지 않았다네.
    장님은 얼마 못 가 목숨을 잃었다네.
    얼었던 것이 풀리자 뱀이 장님의 팔을 물었지.
    이제 자네에 대해서, 내가 감히 예언하건대
    이보다 더 큰 불행이 찾아올 거라네."
  "무슨 소리! 죽음 말고 뭐가 또 온다는 거죠?"
  "불쾌한 일이 수없이 생기지" 하고 예언자인 은자가 대답했다.
실제로 일이 생겼다. 은자는 틀리지 않았다.
궁정의 수많은 독충들이 갖가지 책략을 써서
이 재판관의 공적뿐만 아니라 그의 순수함까지
왕이 의심을 하게 했다. 그들은 음모를 꾸미고
기소당한 사람과 그의 판결로 벌금을 문 자들을 선동했다.
그들은 이렇게 모함을 했다.
  "놈은 우리의 재산으로 궁궐 같은 집을 지었습니다."
왕은 그의 막대한 재산을 보고 싶다고 생각했다.
하지만 어디를 찾아보아도 평범한 생활과
칭찬할 만한 검소함, 가난밖에 보이지 않았다.
그것이 바로 그의 멋진 재산이었다.
그런데 또 한 놈이 말했다.
  "놈의 재산은 비싼 보석들이지요.
    열 개의 자물쇠를 채운 커다란 상자가 넘칠 정도랍니다."
왕은 직접 상자를 열었다.
거짓으로 모함했던 자들은 모두 놀랐다.
상자를 열자 안에는 남루한 누더기뿐.
양치기가 입는 옷과

조그만 모자, 남자용 치마, 빵 담는 바구니, 지팡이
그리고 아마 그의 백파이프가 있었을 것이다.
재판관이 말했다.
"그리운 보물들이여, 소중한 재산이여.
너희들은 결코 질투와 허위를 끌어들이지 않았다.
나는 다시 너희들을 써야겠다.
이 화려한 궁전에서 나가자.
꿈에서 깨어나는 것처럼!
폐하, 이러한 저의 외침을 용서해주십시오.
저는 높은 지위에 오를 때 이런 몰락을 예상했습니다.
하지만 저는 이 자리에 너무나 만족했습니다.
하지만 머릿속에 한 줌의 야심도
없는 자가 누가 있겠습니까?"

---

1) 수호령(daimon)은 그리스 신화에 나오는 신과 인간 사이의 중간 존재로, 인간의 운명·행동 따위를 관장하는 수호신으로 등장한다. 선량한 수호령은 영혼의 보호자로 위험으로부터 지켜주며, 못된 수호령은 인간을 타락시킨다.

10. 물고기와 피리 부는 양치기

오직 아네트를 위해서
죽은 자의 마음까지 움직일 듯한
노랫소리와 백파이프의 화음을

울려 퍼지게 했던 티르시스[1]가
어느 날, 봄바람이 피운 꽃이 만발한,
시골의 목장을 흐르는
개울 언저리에서 노래하고 있었다.
아네트는 그 사이 낚시질을 하고 있었다.
하지만 물고기는 한 마리도 다가오지 않고
연인은 헛수고만 할 뿐.
무정한 여인까지도 그 노래로
매혹시켰던 그 목동은
물고기도 유혹할 수 있으리라 믿었으나, 이것은 착각.
그는 물고기에게 이렇게 노래했다.
　"이 개울에 사는 자여,
　　그대들의 나이아스[2]는 깊은 동굴에 남겨두고
　　천 배나 더 아름다운 사람을 보러 오라.
　　그 미녀의 감옥에 드는 것을 두려워하지 마라.
　　그녀가 잔인한 것은 오직 우리에게뿐이고
　　그대들에게는 부드럽게 대하리라.
　　누구도 그대들의 목숨을 원하지 않는다네.
　　순수한 수정보다 더 맑은 연못이 그대들을 기다린다오.
　　만약 그 누가 미끼에 걸려서 죽더라도
　　아네트의 손에 죽는 것은 내가 부러워할 운명이로다."
이 감동적인 연설도 별 효과가 없었다.
물고기는 벙어리에다 귀머거리였기에
티르시스의 설득도 헛일.
그의 꿀처럼 달콤함 말은

바람에 실려 날아가고,
그는 긴 그물을 쳤다.
그러자 물고기들이 잡혔고
연인의 발밑에 놓인 것이 그것들이다.

오, 그대, 양이 아니고 인간을 이끄는 목자여,
왕이여, 이성의 힘으로
다른 나라 민중의 마음을
얻을 수 있다고 믿는 사람이여,
이 방법으로는 결코 성공할 수 없지요.
다른 방법이 필요합니다.
당신의 그물을 쓰세요. 힘으로는 모든 것이 가능하니까요.[3]

---

1) 양치기의 이름. 제8권 13화 〈티르시스와 아마란테〉 참고.
2) 그리스 신화에 나오는 강과 샘의 님프.
3) 네덜란드전쟁이 끝난 뒤 네덜란드와 맺은 네이메겐화약(1678)을 통해서, 프랑스가 군사력과 정치력을 전 유럽에 과시했던 것을 암시한다.

11. 두 마리 앵무새와 왕과 그 아들

두 마리의 앵무새 가운데 하나는 아비, 하나는 새끼.
어느 왕의 식사가 그들에게는 예사로운 것.
하나는 아들, 하나는 아버지인 반쯤 신과 같은 두 사람은 특히 이 새들을 매우 좋아했다.
그들의 나이가 그들 사이에 진실한
우정을 맺게 하여, 두 아버지끼리 서로 사랑하였다.
두 아이들 또한 변덕스러운 애정에도 불구하고
서로 가까워져서
같이 자라며, 학교 친구가 되었다.
어린 앵무새에게 이것은 대단한 영광이었다.
그 아이는 왕자, 그 부친은 왕이었기에.
운명의 여신 파르카에게서 받은 기질 때문에
왕자는 새를 좋아했다. 아주 예쁘장한 한 마리 참새.
온 나라에서 가장 사랑스런 이 참새 역시
젊은 왕자의 즐거운 가운데 하나였다.
어느 날 이들 두 경쟁자가 같이 놀던 가운데
젊은이들 사이에 흔히 있는 일처럼
장난이 싸움으로 변했다.
조심성 없는 참새는
얼마나 주둥이로 쪼였던지
반쯤 죽은 채로 날개를 끌고
회복은 거의 불가능하게 보였다.
왕자는 몹시 화가 나서 자신의 앵무새를
죽여버렸다. 그 소동은 이윽고 아비에게 전해졌다.
불쌍한 늙은 아비는 울며 절망했으나 다 헛일.
소리쳐봐도 소용없었다.
사람의 말을 하는 새는 이미 카론[1]의 배를 타고 있었다.
더 자세히 말하자면, 그 새는 더 이상 말할 수 없게 되었다.

왕의 아들에 대한 분노가 극에 이르러
그 아비는 왕자에게 달려들어 눈을 터뜨려버렸다.
새는 즉시 도망쳐, 소나무 꼭대기에 몸을 숨겼다.
그곳, 신의 품안에 있는 안전하고 조용한 곳에서
복수의 성공을 마음껏 즐겼다.
왕도 그곳으로 달려가 새를 설득했다.
　"친구여, 돌아오게. 우리가 운들 무슨 소용이 있나?
　증오, 보복, 자식의 죽음에 대한 슬픔, 모든 걸 잊어버리세.
　분명하게 말해두겠네.
　나의 괴로움은 이루 다 말할 수 없지만
　잘못은 본디 우리에게 있으니, 내 자식이 시작한 싸움.
　나의 왕자가, 아니 운명이 낳은 비극이지.
　운명의 여신이 옛날부터 그 운명의 책에
　우리 아이들 가운데 하나는 목숨을 잃고
　다른 하나는 바로 그 불행 때문에 눈이 먼다고 했으니
　우리 둘 다 슬픔을 가라앉히세. 그리고 자네는 새장으로
　돌아오게나."
앵무새가 대답했다.
　"국왕 폐하! 그처럼 모욕을 당한 뒤에도
　제가 폐하를 믿을 수 있다고 생각하십니까?
　당신은 운명의 탓이라고 하지만, 사실은
　허황된 말을 미끼로 저를 속이려는 거지요?
　하지만 신의 섭리나 그 잘난 운명이란 것이
　세상일을 결정하겠지요.
　하늘의 책에는, 제가 이 소나무 꼭대기나

깊숙한 숲속 어딘가에서
당신의 당연한 증오와 노여움의 원인에서
멀리 떨어져, 나의 생을 마치는 것으로
명시되어 있습니다. 복수는 왕의 차지라는 것을
저는 알고 있습니다. 왕은 신과 마찬가지니까요.
당신은 저의 죄를 잊고 싶다고 말씀하십니다.
저도 믿습니다. 하지만 저는 되도록
폐하의 손과 눈을 멀리 피해야만 하지요.
국왕 폐하, 저의 친구여, 돌아가주십시오. 헛수고 마세요.
저보고 돌아오라고는 하지 마십시오.
서로 떨어져 있는 것이 사랑의 상처를 고치는 동시에
증오를 가라앉히는 약이니까요."

---

1) 그리스 신화에서 죽은 자를 태워 저승의 강을 건네준다는 뱃사공.

12. 암사자와 암곰

어미 사자가 사랑하는 새끼를 잃었다.
어느 사냥꾼이 잡아간 것이다.
불행한 어미가 너무나 크게 울부짖어
온 숲이 괴로워 견딜 수가 없었다.
밤의 그 어둠도
고요함과 또 그 밖의 마법도
숲의 여왕의 외침을 멈출 수 없으니
어느 짐승도 잠을 이룰 수가 없었다.
마침내 암곰이 찾아가 말했다.

"아주머니, 하나만 물어봅시다.
당신 이빨에 걸려 죽은 어린것들은
다 아비나 어미가 없었던가요?"
"있었고말고."
"그렇다면, 그들 가운데 아무도
우리를 골치 아프게 하지 않았는데,
그처럼 많은 어미들이 체념했는데
왜 당신만이 가만히 못 있나요?"
"나보고 가만히 있으라고? 이 불쌍한 나보고?
아! 나는 귀여운 자식을 잃었다오!
이제 늙어서 힘들게 목숨을 부지해야 한다오."
"누가 당신에게 그런 꼴을 당하게 했죠?"
"아! 그것은 나를 미워하는 운명의 신이라네."
이런 말은 옛날부터 누구나 하는 소리다.

가련한 인간들이여, 이것은 너희들에게 하는 말.
어리석은 불평은 듣기 싫다.
신에게 미움을 받는다는 생각이 들 때면
헤카베[1]를 생각하라. 그러면 누구나 신에게 감사하게 되리라.

---

1) 그리스 신화에 나오는 트로이의 왕 프리아모스의 아내. 트로이 전쟁에서 남편과 아들 헥토르와 파리스 그리고 딸 폴렉세네까지 가족을 모두 잃었다.

13. 두 모험가와 부적

꽃이 활짝 핀 길은 어느 것이나 영광에 이르지 못하는 법.[1]
그 증거라면 헤라클레스와 그의 위대한 업적[2]을 들겠다.
이 신에게는 경쟁자가 거의 없다.
그것은 신화 속에서도 보기 드물고, 역사 속에는 더욱 드물다.
그러나 여기 한 사람, 낡고 불가사의한 부적을 보고

신기한 땅으로 행운을 찾으러 간 자가 있다.
그 사나이는 동료와 함께 여행했다.
그 친구와 함께 하나의 기둥을 발견했는데
그 위에 이렇게 써 있었다.

   "모험가여, 만약 편력 중인 어떤 기사도
   아직 본적이 없는 것을 보고 싶다면
   이 급류를 건너기만 하면 됩니다.
   그러면 땅에 누워 있는 돌로 된 코끼리를 볼 터이니
   그것을 안고, 단숨에,
   멋있는 이마로 하늘을 위압하는
   저 산의 꼭대기까지 나르면 됩니다."

두 기사 가운데 하나는 겁을 먹었다.

   "이 급류가 그 깊이만큼 빠르다면 어쩔 거요?
   설혹 건너간들
   어떻게 코끼리 같은 것을 들고 갈 거요?
   얼마나 터무니없는 모험이란 말이오!
   현자라면 대단한 기술과 방법으로
   아마 서너 걸음쯤은 나를 수 있겠지만
   산꼭대기까지, 단숨에라니?
   그것은 인간의 힘으로는 할 수 없는 일.
   그 코끼리가 땅꼬마, 땅딸보, 난쟁이 코끼리라서
   지팡이 끝에 올려놓을 수 있다면 모르지만 말이오.
   그렇다면 이런 모험이 무슨 명예가 되겠소?
   이 글은 우리를 골탕 먹이려는 것이오.
   어린애를 속이는 무슨 수수께끼임에 틀림없소.

이만 나는 갈 테니, 그대는 코끼리를 마음대로 하시오."
이론가가 가버리자 모험가는 눈을 감고
급류에 뛰어들었다.
깊고 세찬 급류도
그를 멈추게 하지는 못했다. 과연 게시판에 써 있는 것처럼
반대쪽 기슭에는 코끼리가 누워 있었다.
그것을 안아다
산꼭대기까지 이르자
평지가 나타났고, 거기에는 도시가 있었다.
코끼리가 소리를 지르기가 무섭게
바로 무장한 군중이 나왔다.
어떤 다른 모험가라도
이 무서운 함성을 한번 들으면 도망쳤겠지만
이 사나이는 피하기는커녕
오히려 목숨을 걸고, 영웅처럼 죽을 각오를 했다.
그런데 놀랍게도, 이 병사들이 자신들의 죽은 왕 대신에
그를 군주라고 부르지 않는가?
그는 점잖게 사양하고
자신에게 버거운 짐이라는 말까지 했지만
식스투스[3]가 교황이 되었을 때도 같은 말을 했었다.
(교황이나 왕이 된다는 것이 정말로 불행한 일인가?)
사람들은 이내 진심이 아니란 걸 깨달았다.

눈먼 행운은 눈먼 배짱을 뒤쫓아 온다.
현자도 때로는 일을 생각할 시간을

지혜에게 주기 전에, 그리고 지혜와 의논하지 않고
실행에 옮기는 것이 좋다.

---

1) 이솝 역시 사모스 사람들에게 같은 말을 했었다. 상권의 〈프리기아 사람 이솝의 생애〉
   참고.
2) 제6권 18화 주1) 참고.
3) 로마의 교황 식스투스 5세(1521~1590)는 원래 돼지를 기르며 자랐다. 늙어서 은퇴
   했으나, 교황으로 선출되었을 때 굽은 몸을 펴고 지팡이로 버티고 일을 했다고 한다.

14. 토 끼
―라 로슈푸코[1] 공작에게 드리는 이야기―

저는 가끔 이렇게 생각합니다.
인간이 어떻게 행동하는가를 보면

대개의 경우, 동물과 마찬가지여서
동물의 왕도 자신의 신하들 못지 않은
결점이 있습니다. 그리고 자연은
모든 생물 속에 정기(精氣)를 끌어낼 수 있는
어떤 아주 작은 입자를 집어넣었는데
정기라 함은 물질로 만들어진 육체의 정기[2]를 말합니다.
제가 지금 말한 것을 증명해보겠습니다.

숨어서 기다릴 때, 햇빛이 그 화살을
눅눅한 집안으로 던지기 시작하고
해는 다시금 그 궤도로 돌아올 때,
즉 더 이상 밤이 아니면서 또한 낮도 아닐 때,
어느 숲가에서, 나는 나무 위에 기어올라
새로운 유피테르의 기분으로, 이 올림포스 산 위에서
그럴 줄은 꿈에도 모르고 있는 한 마리 토끼를
마음껏 쏘았다.
순식간에 도망가버린 모든 토끼들.
히스[3]가 무성한 들 위에서
눈을 뜨고 귀를 기울이고
즐거워하며 사향풀로 자신들의 향연을 향기롭게 하다가,
총소리 한 방에, 토끼 떼는
지하의 도시로
안전을 찾아 도망쳤다.
그러나 위험은 잊혀지고, 그처럼 큰 무서움도
곧 사라졌다. 토끼들은 전보다도 더 즐거워하며

나의 손아귀에 다시 들어온다.
여기에서 인간을 떠올릴 수 있지 않은가?
폭풍에 쫓겨서
항구에 겨우 닿기가 무섭게
또, 같은 바람, 같은 난파의
위험을 무릅쓰고 떠난다.
토끼와 마찬가지로, 운명의 신의 손아귀로
다시 돌아간다.
이 예에 흔한 이야기 하나를 덧붙이자.
외지의 개가 자기 영역이 아닌 어느 낯선 곳을 지나갈 때
어떠한 소동이 일어날지 상상해보자!
그곳 개들의 머릿속에는 다만
먹는 걱정뿐이라, 짖고 물어뜯고
지나가는 낯선 자를
영지(領地)의 경계까지 쫓아간다.
재산, 권세, 명예의 이해관계 때문에
지방의 총독들, 궁신들, 모든 직업의 사람들이
같은 짓을 한다.
우리가 모두 알듯이, 대부분
낯선 자에게 갑자기 덤벼들어 살갗을 문다.
멋쟁이 여인이나 글 쓰는 사람도 같은 성미.
신인 작가야말로 불운하다!
먹을 것 주위에는 되도록 한 소수의 인간을 두는 것.
이것이야말로 경기의 법칙이며, 정말 중요한 일.

수많은 예가 나의 이야기를 입증할 것입니다.
하지만 작품은 항상 짧은 편이
더 좋습니다.[4] 이 점에 대해서 저는
문학의 모든 거장을 스승으로 받들고, 제아무리 훌륭한 주제라도
독자에게 생각하게 하는 무엇인가를 남겨놓아야만 한다고 생각합니다.
그러니 이 이야기도 끝내야 합니다.
그대는 저에게 이 이야기의 알맹이를 주었고
또 그대의 겸손은 그대의 위대함과 어깨를 나란히 하여,
만인이 인정하는, 지극히 정당하고 지극히 당연한 찬사도
수줍음 없이는 결코 들어본 적이 없습니다.
또한 긴 세월에 걸쳐 여러 나라의 민중에게 알려져,
세계의 어느 나라보다도 위대한 사람으로 넘치는
프랑스에 더욱 명예를 가져오는 것으로서
저의 책을 세월과 비평가의 공격에서 지켜주는
그대의 이름에, 이 책으로 조금이나마 경의를 바치는 것을,
이 시의 주제는 당신에게서 받은 것임을
사람들에게 알리도록 허락해주시기 바랍니다.

---

1) 프랑스의 모랄리스트(1613~1680). 명문 귀족의 아들로 태어나 청장년 시절을 음모와 야심이 판치는 전쟁터와 궁전에서 보냈다. 프롱드의 난에서는 반란군의 지휘를 맡아 싸우다가 부상을 입는 등 파란 많은 삶을 살다가, 40대 후반부터 살롱을 출입하여 사색과 저술활동을 하였다. 그가 쓴 《잠언집》(Rfléxions ou sentences et maximes morales)은 '우리의 미덕은 대개의 경우 위장된 악덕에 지나지 않는다'는 구절에서 볼 수 있듯이 간결·명확한 문체로 인간 심리의 허실을 날카롭게 파헤치고 있다. 여기에 실린 문장 가운데 〈인간과 동물의 관계〉라는 글이 있어, 라 퐁텐은 그것을 읽고 이 우

화를 썼다.
2) 제9권 20화 〈두마리의 쥐와 여우와 달걀〉의 결론 참고. 육체의 정기란 당시 크게 문제가 되었던 동물정기를 말한다.
3) 진달래과 에리카속에 속하는 키가 작은 상록관목.
4) 라 로슈푸코의 《잠언집》을 가리키는 것이다.

15. 상인, 귀족, 양치기와 왕자

신세계를 찾은 네 사람.
거친 파도의 분노를 거의 맨몸으로 벗어난
상인과 귀족과 양치기와 왕자는
벨리사리우스[1]의 신세가 되어
지나가는 사람들에게
자신들의 굶주림을 덜어달라고 애걸했다.
네 사람이 각기 다른 별 아래서 태어나기는 했으나

어떠한 운명이 그들을 같이 있게 했는가를
이야기하자면 길어진다.
하여간 그들은 어느 샘가에 앉았다.
거기서 이 가난한 패거리의 회의가 벌어졌다.
왕자는 귀한 몸이라 불행도 그만큼 컸다.
양치기의 의견은 모두가 지나간 모험에 대한 생각을 버리고
각자가 최선을 다해 공동의 요구를 충족하고자
노력하자는 것이었다.
　"불평한다 해서" 하고 그는 덧붙였다.
　"우리의 불행이 고쳐지나요?
　　일합시다. 그것이 우리를 로마로 이끌어주는 길입니다."
양치기가 이렇게 말하다니! 그런 말을 한 것은 틀림없다.
하늘이 오직 왕관을 쓴 사람들에게만
영혼과 이성을 주었다고 믿는가?
그리고 모든 양치기는 모든 양처럼
지식이 얕다고 생각하는가?
그의 의견에 아메리카 해안에 좌초한 세 남자들이 동의했다.
한 사람은 (이 사람은 상인이다) 산술을 알고 있었다.
　"한 달에 얼마씩 받고 그것을 가르쳐주겠소."
왕자가 대꾸했다.
　"그럼 나는 정치학을 가르쳐야지."
귀족이 뒤를 이었다.
　"나는 문장학(紋章學)을 아니, 그 학교를 열어야지."
인도[2]의 부근에서도, 머릿속에 그런 쓸데없는 것을 넣으려는
어리석은 허영심을 가진 자가 있다고 생각합니까?

양치기가 말했다.

"친구들이여, 좋은 이야기요. 하지만 어쩔 셈이요?
한 달은 삼십 일, 돈 받을 날까지
정말 굶을 작정이요?
당신들의 희망은 멋지긴 하나, 먼 이야기.
어쨌든 나는 배가 고픕니다.
누가 내일 식사 준비를 하겠습니까?
아니, 그보다 여러분은 무엇을 저당잡히고
오늘 저녁밥을 먹으려 합니까?
다른 무엇보다 그것이 당장의 문제이죠.
여러분의 학문은 여기에는 맞지 않으니
저의 손이 그걸 대신하지요."

이렇게 말하고, 양치기는 숲에 가서 장작을 만들어다 팔았다.
그날도, 그 다음날도,
오랜 굶주림 끝에, 끝내 그들은 지승에 가서
그들의 재능을 발휘했다.

이 사건의 결론은
목숨을 이어나가는 데 대단한 기술은 필요 없다는 것.
또, 고맙게도 자연이 선물로 준
손이 무엇보다도 확실하고 빠른 구제수단이란 것이다.

---

1) 동로마제국의 장군(500~565). 유스티니아누스 1세 아래서 대(對) 반달족 전투, 대 고트족 전투의 총사령관으로 활약했다. 황제의 총애를 잃어 거지가 되었다고 라 퐁텐은 알고 있으나, 실은 모함으로 총애를 잃었지만 나중에 혐의가 풀려 모든 명예가 회

복되었다.
2) 그 당시 아메리카를 인도로 알았으므로 여기서는 아메리카를 가리킨다. 제8권 8화 〈어 릿광대와 물고기〉 참고.

1. 사 자

전하는 바에 따르면, 옛날에 표범 술탄[1]이
뜻밖에 많은 유산을 받아
목장에는 많은 소를, 숲에는 많은 사슴을,
들에는 많은 양을 가지고 있었다.
가까운 숲에서 사자[2]가 한 마리 태어났다.
상류층 사이에서 관례로 되어 있는
이런 저런 인사를 전한 뒤에

술탄은 여우 대신(大臣)을 불렀다.
여우는 경험이 풍부하고 노련한 정치가였다.
표범이 여우에게 말했다.
"그대는 이웃의 새끼 사자를 두려워하지만,
    그의 아비가 죽었으니 무엇을 할 수 있겠는가?
    딱한 고아를 오히려 불쌍히 여겨야지.
    그 녀석 집에는 문제도 많이 있고,
    정복을 꾀하기는커녕, 가진 것을 지키는 것도
    운명의 신으로부터 많은 도움이 있어야만 할 걸세."
여우가 머리를 좌우로 흔들면서 말했다.
"전하, 그와 같은 고아는 동정할 것이 아니라
    사이좋게 지내는 게 좋습니다.
    그렇지 않으면, 그 발톱과 이빨이
    크게 자라서 우리에게 해를 주기 전에
    숙여야 합니다.
    잠시도 주저해서는 안 됩니다.
    제가 별점을 쳐보니, 그는 전쟁을 하며 자랍니다.
    친구로 삼기에는 세상에서 가장 뛰어난 사자이니
    우리 편으로 만들어야 합니다. 그러지 않으면 그의 힘을
    약하게 해야 합니다."
이 열변은 아무 소용없었다.
그때 술탄은 자고 있었다.
그리고 그의 영지 안의 모든 짐승들과 전사(戰士)들도
다 자고 있었다.
그래서 결국 새끼 사자는 완전한 사자로 자랐다.

당장 그에게 경종이 울려졌다. 소동은
도처에 퍼졌다. 이에 대해
자문을 받은 대신은 한숨을 푹 쉬면서 말했다.
"폐하는 왜, 저 사자를 화나게 하셨습니까?
이젠 수습할 길이 없습니다.
수많은 사람들을 불러서 도와달라고 해도 소용없습니다.
구원병이 많으면 많을수록 비용만 더 들고,
그들이 먹어치우는 양을 더는 감당할 수 없습니다.
사자의 노여움을 달래주십시오. 그는 혼자라도, 힘에서는
우리의 재산을 뜯어먹는
수많은 동맹군보다 더 낫습니다.
저 사자에게는 비용이 들지 않는 동맹군이 셋,
자신의 용기와 힘과 그리고 주의력이 있습니다.
빨리 양 한 마리를 그에게 던져주십시오.
그래도 만족하지 않으면 더 많이 주십시오.
거기에 소도 몇 마리 얹어주십시오.
목장에서 제일 살찐 놈을 선물로 고르십시오.
이렇게 해서 나머지를 구하십시오."
이 충고까지도 듣지 않았다.
그 결과는 좋지 않았다.
술탄의 많은 이웃 나라들이 피해를 입었고,
누구도 그를 이기지 못하고, 모든 것을 잃었다.
비록 세계를 적으로 만들었지만,
그들이 무서워하던 자가 패권을 쥐었다.

사자는 친구로 삼는 게 좋다.
만일 사자가 자라게 내버려두려면.

---

1) 신성로마제국의 황제 레오폴트 1세(재위 1658~1705)를 빗댄 말. 1654년 형의 죽음으로 합스부르크 왕가의 후계자가 되어, 1655년에 헝가리 왕, 1656년에 보헤미아 왕, 1658년에 신성로마제국의 황제가 되었다. 프랑스의 네덜란드 침략 때에는 여러 나라와 연합하여 프랑스와 싸웠고, 스페인계승전쟁에서는 프랑스를 반대하는 동맹을 결성했다.
2) '태양왕' 루이 14세(재위 1643~1715)를 가리키는 것으로, 라 퐁텐은 이 글에서 루이 14세의 생애의 각 단계를 묘사하고 있다.

2. 유피테르의 아들을 가르치는 신들
―메느 공작[1] 전하를 위하여―

유피테르가 아들을 얻었다. 이 아이는
스스로 자신의 혈통이 비롯된 곳을 느끼는
성스러운 영혼의 소유자였다.
어렸을 때는 아무것도 사랑하지 않았으나, 이 어린 신은

사랑하는 일과 남의 호감을 사고 싶은
온순한 마음을 중시하였다.
그의 안에서 사랑과 이성이
제 시절보다 일찍 싹텄다.
세월이 갖는 가벼운 날개는 슬프도다.
언제나 너무나 빨리 각기 그 계절을 데리고 온다.
꽃의 여신은 웃음 띤 눈매와 매력적인 몸가짐으로
가장 먼저 올림포스의 젊은 신의 마음을 끌었다.
그 정열이 교묘하게 가슴속에 불러일으키는 것,
섬세하고 상냥함이 가득한 감정을,
눈물과 한숨을 다 갖추었다. 요컨대 그의 마음에는 무엇 하나
빠지지 않았다.
유피테르의 아들은 태어날 때부터
다른 신의 아들과는 다른 정신과
하늘이 준 다른 재능들을 갖고 있었다.
오직 전생의 기억에 따라 행동하는 듯이 보이고
예전에 연인의 구실을 했던 것처럼 보일 정도였다.
그만큼 더할 나위 없이 그 책임을 다한 것이다.
그래도 유피테르는 아들에게 교육을 시키고 싶었다.
신들을 불러서 말하였다.

　"나는 지금까지 나 홀로,
　　동반자도 없이 우주를 다스려왔다.
　　그러나 이제 새로운 신들에게 나누어줄
　　수많은 일자리가 생겼다.
　　그래서 나는 이 귀여운 아이를 생각했다.

이 아이는 나의 핏줄, 벌써 곳곳에 그의 제단이 있다.
        불멸하는 자의 지위에 걸맞도록
        그는 모든 것을 알아야 한다."
천둥의 주신(主神)이 이렇게 말하자
모두 박수갈채를 보냈다.
모든 것을 알기에 충분한 지성이 그 아이에게 있었다.
        "저는 기꺼이,"
전쟁의 신 마르스는 말했다.
        "많은 영웅들이 올림포스의 영광을 맡아서,
        이 제국을 살찌운 기술을 가르쳐주겠습니다."
금발의 박식한 아폴로가 말했다.
        "저는 하프의 선생이 되겠습니다."
        "그러면 저는,"
사자 가죽을 두른 헤라클레스가 말했다.
        "여러 가지 악을 이겨내고, 마음속에서
        히드라처럼 끊임없이 되살아나는, 해로운 괴물,
        격정을 다스리는 기술을 가르치도록 하겠습니다.
        유약한 쾌락의 적이 되는
        미덕의 계단을 올라 영광에 이르는,
        아는 사람이 적은 길을 제게서 배울 것입니다."
키테라의 신[2]은 자기 차례가 되자
그에게 모든 것을 가르쳐주겠다고 했다.

사랑의 신이 옳다. 사람을 기쁘게 하려는 바람에다
지성까지 더한다면, 이루어지지 않는 일이 있으랴?

1) 루이 오귀스트 1세. 루이 14세와 총희(寵姬) 몽테스팡 부인 사이에서 태어난 아들로 당시 아홉 살이었다.
2) 여기서는 사랑의 신을 가리킨다. 제9권 2화 주1) 참고.

3. 농부와 개와 여우

이리와 여우는 끔찍한 이웃이다!
나는 그들이 사는 곳 근처에 집을 짓지 않을 것이다.
그들 가운데 여우는 항상 농부의
암탉을 노리고 있었다.
여우가 매우 교활하기는 하지만,
아직 닭이나 오리 따위를 습격할 수가 없었다.
한편 입맛도 당기지만, 다른 한편 위험하기도 하여

녀석은 적잖이 곤란했다.
 "뭐" 하고 여우가 말했다.
 "이 천한 놈이 날 놀리고도 무사할줄 알고?
 나는 왔다 갔다 하며, 애를 써서
 백 가지 책략을 생각하고 있는데,
 농부는 집안에서 편안히 돈 벌 궁리만 하면서
 자신의 수탉과 암탉을 돈으로 바꾸고 있구나.
 게다가 그것들을 맛있게 먹지.
 그런데 나로 말하면, 멋진 솜씨를 가지고도
 늙은 수탉 한 마리만 잡아도
 너무나 좋아 펄펄 뛰는 신세로구나!
 무엇 때문에 유피테르 나리는
 나에게 여우의 운명을 주었을까?
 나는 올림포스나 스틱스의 위인(偉人)을
 불러 한번 생각해달라고 말하고 싶구나."
마음속에 이러한 복수심을 품고서
여우는 잠의 신이 양귀비[1]를 뿌려놓는 밤을 골랐다.
모두 깊은 잠에 빠져 있었다.
집주인과 하인과 개까지,
암탉과 병아리와 수탉도 모두 잠들어 있었다.
농부는 닭장을 열어놓는
이루 말할 수 없이 어리석은 짓을 저질렀다.
도둑은 한 바퀴 돌아본 뒤에 노리고 있던 곳으로 들어가
주민을 멸종시키고, 도시를 시체로 가득 채웠다.
새벽이 되자 그 잔인한 흔적이 드러났다.

학살된, 피로 물든 시체들이 보였다.
태양도 그 잔인함에 놀라
바다의 저택으로 되돌아가고 싶을 정도였다.[2)]
이와 비슷한 광경을 보았던
아폴로는 하늘을 두려워하지 않는
아트리드[3)]의 짓에 화가 나
그의 진지를 시체로 뒤덮었다. 그리스군은
거의 전멸, 그것은 하룻밤의 일이었다.
또, 성미 급한 아이아스[4)]는
자기 천막 주위에 양과 염소의
시체로 산을 쌓았으니, 이것은
그것들을, 자신의 경쟁자 오디세우스와
오디세우스에게 상을 준
불공정한 판결의 주모자들로 착각했기 때문이다.
이 여우, 닭들에게 불행을 가져온 또 다른 아이아스.
훔쳐갈 것은 다 가져가고, 시체만을 남겨두었다.
집주인은 하인과 개에게 악을 쓸 뿐 다른 도리가 없다.
이건 늘 있는 일이다.
 "이런! 저주받을 녀석, 죽여도 시원찮을 녀석.
  왜 학살이 시작되는 것을 알리지 않았지?
  왜 너는 이것을 막지 않았냐? 쉬운 일이잖아."
 "주인이며 농부이자, 그 일을 책임진 당신은
  문이 닫혔나 어떤가를 보지도 않고 자고서
  아무 상관없는 나더러,
  아무 이익도 없는데, 잠자지 않고 지키란 말입니까?"

이 개는 아주 적절하게 대답했다.
이 이론이 주인의 입에서 나온 말이라면
아주 정당했을 것이다.
하지만 겨우 한 마리의 개에 지나지 않았기에
아무 소용없이
가련한 개는 가죽 회초리로 매를 맞았다.

그러니 그대, 그대가 누구든지, 한 집안의 주인이여,
(나는 결코 가장의 명예를 부러워한 적은 없다)
자고 있을 때 남의 눈을 믿는 것은 잘못이다.
제일 늦게 잠자리에 들고, 문이 닫힌 것을 확인하라.
만약 그대에게 중요한 일이라면
대리인에게 맡기지 마라.

---

1) 그리스 신화에 나오는 잠의 신 힙노스는 양귀비로 만든 침대에서 사는데, 사람의 얼굴에 이것을 뿌려 잠들게 했다. 수면과 진정 등의 효과를 발휘하는 모르핀(morphine)은 그의 아들인 꿈의 신 모르페우스에서 유래한 말이다.
2) 그리스 신화에 따르면 미케네의 왕 아트레우스는 동생 티에스테스와 왕위를 다투다, 그의 세 아들을 죽인 다음 요리로 만들어 동생에게 먹게 하였다. 그러자 이것을 본 태양이 오던 길을 되돌아갔다고 한다.
3) 아트레우스 왕의 자손을 말하는데, 여기서는 아가멤논을 가리킨다. 그가 아폴로의 사제 크리세스의 딸을 몸종으로 삼고 아버지에게 돌려주지 않자, 아폴로는 그리스 군의 진영에 전염병을 퍼뜨렸다.
4) 트로이 전쟁에 참가한 그리스의 영웅. 아킬레우스가 죽은 뒤 그의 갑옷을 두고 오디세우스와 다투었으나, 다른 장군들이 오디세우스의 편을 들어 지고 말았다. 그러자 분한 나머지 머리가 이상해져, 양 떼를 오디세우스와 그의 동료들로 착각하고 모두 베어 죽였다.

4. 어떤 무굴제국 사람의 꿈

옛날, 무굴제국의 어떤 사람이 꿈에 한 대신(大臣)을 보았다.
그는 낙원에서 그 가치에서나 시간에서,
끝없는 순수한 즐거움을 누리고 있었다.
그 남자는 또 꿈속의 낙원과는 다른 곳에서
불길에 둘러싸인 한 은자(隱者)를 보았다.

그 모습은 불행한 자까지 눈물을 흘릴 정도였다.
꿈이 이상하고, 보통의 경우와 반대여서
미노스 왕[1]이 두 사자(死者)의 재판을 혼동한 것처럼 보였다.
잠자던 사나이는 너무 놀라서 눈을 떴다.
그렇지만 이 꿈 안에는 무슨 수수께끼가 있을 것 같아
남자는 의문을 풀려고 하였다.
해몽하는 사람이 말했다.
"놀랄 것 없소. 그대 꿈에는 의미가 있소.
이 일에 대해서 내가 아주 조금이나마 경험이 있다면,
그것은 바로 신의 계시. 살아 있는 동안
그 대신은 이따금 고독한 장소를 찾았고
은자는 대신에게 아첨하러 갔던 것이지."

그 해몽가의 말에 한마디 덧붙이자면,
나는 여기서, 세상을 떠나 사는 생활을 권하고 싶다.
은둔처는 그런 생활을 좋아하는 사람에게
아무런 번뇌가 없는 보물을 준다.
적막의 경지 속에서 은밀한 즐거움을 찾고,
언제나 내가 사랑해온 곳에서,
세상 사람들과 소음에서 벗어나 나무그늘의 시원함을 맛볼 수는 없는가?
아! 누가 그 어두운 숲 그늘에 내 발걸음을 멈추게 할 수 있겠는가?
언젠가는 아홉 자매[2]가
궁정과 도시 멀리서 나를 온통 사로잡는
인간의 눈으로 알 수 없는 하늘의 수많은 움직임이나,

인간의 운명과 품행을 다양하게 하는
저 방랑하는 별들의 이름과 힘을 가르쳐주지 않겠는가?
만일 나에게 그와 같은 거대한 기획이 맞지 않는다면
하다못해 흐르는 개울물의 가벼운 주제라도 주시도록!
나의 시 속에 꽃피는 기슭을 그릴 수 있도록!
황금의 실을 짜는 운명의 여신도 나의 생애는 짜지 않으리라.
호화로운 천정 아래서 잠잘 수 있는 운명도 아니다.
그러나 그 때문에 잠이 가치를 잃을 것인가?
그렇다고 덜 깊은 잠, 덜 달콤한 잠이 될 것인가?
나는 사람 없는 적막한 곳에서 잠의 신에게
새로운 공물을 바친다.
사자(死者)를 만나러 가야할 때가 오면
나는 걱정 없이 여생을 마치고, 후회 없이 죽을 것이다.

---

1) 그리스 신화에 나오는 크레타의 전설적인 왕. 죽은 뒤에 지옥의 세 재판관 가운데 하나가 되었다.
2) 무사이의 아홉 자매를 가리킨다.

5. 사자와 원숭이와 두 마리의 당나귀

정치를 잘하고픈 사자가
윤리학을 배우고 싶어
어느 날 동물 가운데 철학자인
원숭이를 초대했다.
이 선생이 한 최초의 강의는 다음과 같다.
 "대왕 폐하, 현명하게 다스리려면,

모름지기 군주란 흔히 자부심이라고 불리는
감정보다는 나라 일에 대해서
더 열의를 가져야만 합니다.
자부심은 짐승에게서 볼 수 있는 모든 결함의 아버지,
그 장본인이기 때문입니다.
이러한 감정이 남김없이 폐하에게서 떠나기를 바라는 것,
그것은 하루아침에 이룰 수 있는 작은 일이 아닙니다.
이러한 애착을 누를 수만 있다면 대단한 일이죠.
그렇게 되면 존엄한 폐하 스스로
자신이 우스꽝스러운 일 또는 그릇된 일을 저지르는 것을
결코 허용하지 않을 것입니다."
그러자 왕이 말했다.
"이 두 가지 일의 실례(實例)를 보여주게."
박사가 대답했다.
"(우선 저희 원숭이부터 말할 것 같으면)
어느 짐승이나,
모든 직분에 있는 자는 마음속으로 자기를 높이 평가하며
다른 이들을 무식한 놈이라고 여기고
무례한 사람이라 부르며,
그리고 자기에게 해가 되지 않는 그런 말 따위만 하지요.
자부심은 반대로 자기 동료를 가장
높이 평가토록 하는데, 그것이
자신 또한 추켜세우는 좋은 방법이기 때문입니다.
지금까지 말씀드린 모든 것으로부터
확실한 결론을 내리자면

이 세상의 수많은 재능이란 것들은 단지 거드름 피우기,
음모, 패거리 짓기, 그리고 학식 있는 자보다 무식한 자가
더 잘 아는, 자기를 과시하는 기술이라 하겠습니다.
요전에, 마치 그것이 예절이라는 듯
서로 번갈아가며 아첨하고, 번갈아가며 칭찬하고 있는
두 마리의 당나귀를 따라가다가
그 가운데 하나가 자기 동료에게 말하는 것을 들었습니다.
'나리는 인간이, 저 완전하다는 동물이
정말 부정(不正)하고 어리석게 여겨지지 않나요?
녀석들은 우리의 존엄한 이름을 더럽혀서
무지하고, 둔하고, 바보 같은 자는 누구건 당나귀[1]라 부르고
그뿐 아니라 말의 의미를 오용하여
우리의 웃음과 말을 일컬어
악을 쓴다고 합니다.
인간들은 자기내들이 우리보다 뛰이니디고 우기고 싶어
합니다!
천부당! 만부당! 나리께서 말씀 좀 해주세요.
입 좀 다물고 있으라고요.
그놈들이야말로 악을 쓰는 놈들이지요.
하지만 그런 녀석들 이야기는 맙시다.
나리는 저를 이해하시죠. 저도 나리를 이해합니다.
그러면 됐죠. 그리고 우리의 귓전을 때리는
귀하의 멋진 노래의 경이로움을 말하자면,
그 기술에서 필로멜라[2]는 정말 풋내기죠.
나리가 랑베르[3]보다 낫습니다.'

상대편 당나귀가 대답했다.
'나리의 노래도 마찬가지,
소인은 정말 감탄하고 있습니다.'
이 당나귀들, 이처럼 서로 아첨하는 데 만족해서,
마을에 가서도 서로 칭찬을 했습니다.
그들 모두가 자기의 동족을 높이 평가하면,
그 명예가 자신에게 다시 되돌아올 것이니,
아주 좋은 거래라고 생각했던 것입니다.
저는 요즘 이러한 녀석들을 많이 알고 있습니다.
당나귀 가운데서가 아니고, 하늘이 가장 높은 지위에 올려 놓고자 원했던
권력자들 가운데서 말입니다.
그들은, 만약 할 수 있다면, 서로 나리라고 부르는 대신
폐하라고 부르고 싶어합니다.
제가 어쩌면 필요하지 않은 말을 더 많이 했는지도 모르겠습니다.
하지만 폐하께서 비밀을 지켜주시리라 생각합니다.
폐하께서는 다른 것들 가운데서 자부심이
남의 웃음거리가 되는 예를 배우길 바라셨습니다.
그릇된 일을 저지르는 예는 다음 차례에 올 것이며,
더 많은 시간이 필요합니다."

원숭이는 이렇게 말했다. 또 하나의 문제를
과연 그가 다루었는지는 알 수 없는 일.
왜냐하면 그것은 까다로운 문제라서, 우리의 대가는 잘난 체하

는 사람이 아니고
이 사자가 무서운 폐하라는 걸 알고 있었던 것이다.

---

1) 프랑스어의 당나귀(âne)라는 단어에는 바보, 멍청이라는 뜻이 있다.
2) 제3권 15화 〈필로멜라와 프로크네〉 참고.
3) 미셸 랑베르(1610~1696). 루이 14세 시대에 아름다운 목소리로 유명했던 음악가.

6. 이리와 여우

도대체 왜 이솝은 여우에게 하나의 장점을,
수많은 교활한 속임수에 뛰어난 재주를 주었는가?
그 이유를 찾아보아도, 나는 알 수가 없다.
이리는 자기 목숨을 지켜야 할 때,

또는 남의 목숨을 빼앗으려 할 때,
여우 못지않게 꾀를 쓰는 것은 아닐까?
이리가 더 영리할지 모른다. 어쩌면
정당하게 나의 스승을 반박할 수 있을 것이다.
그렇지만 여기 이 경우에서는 모든 명예가
여우굴의 주인에게 돌아갔다. 어느 날 저녁,
여우는 우물 깊숙한 곳에 비친 달을 보았다. 그 둥근 생김새가
여우에게는 커다란 치즈처럼 보였다.
두 개의 두레박이 번갈아가며 액체의 원소를 길어 올렸다.
우리의 여우는 너무 배가 고파 허둥지둥,
도르래 장치 꼭대기에 있는 한쪽 두레박으로
용케 기어드니, 다른 쪽 두레박은 공중에 매달렸다.
이렇게 아래로 내려간 이 짐승은
곧 잘못을 깨달았으나, 큰 곤경에 빠졌으니
죽을 날도 멀지 않았다.
어떻게 하면 다시 올라갈 수 있을까? 혹시 어떤
배고픈 녀석이 똑같이 달그림자에 속아
똑같은 방법으로 자신의 불행을 넘겨받는다면
빠져나올 수 있지 않을까?
이틀이 지났으나 아무도 우물가에 오지 않았다.
쉬지 않고 흐르는 시간은 이틀 밤 동안에
여느 때처럼, 은빛 이마를 가진
천체의 둥근 얼굴이 깊이 파이게 하였다.
여우 나리는 절망했다.
목이 마른 이리 녀석이

그곳을 지나갔다. 여우는 소리를 질렀다.
 "아, 자넨가, 내가 한턱내겠네. 이것이 보이나?
 아주 맛있는 치즈라네. 파우누스[1]가 만든 거지.
 암소 이오[2]의 우유로 말이야.
 유피테르도 병이 들면 이런 음식을 맛보며
 입맛을 다시 찾을 정도라네.
 내가 이 파인 쪽을 좀 베어 먹었지만
 나머지로도 자네에게 충분한 식사가 될 것이네.
 거기에 놓아둔 두레박을 타고 내려오게나."
여우도 재주껏 말을 교묘하게 꾸며댔지만
이것을 믿은 이리는 어리석은 놈.
두레박을 타고 내려오니, 그 무게로 다른 쪽이 올라가
여우 선생을 끌어올렸다.

웃지 마라. 우리 자신도
그런 근거 없는 일에 쉽게 유혹당한다.
누구나 아주 쉽게
자기가 무서워하는 것과 바라는 것을 믿는 법이다.

---

1) 고대 로마의 목신(牧神). 원래는 숲의 신이었으나, 농업·목인(牧人)의 신이기도 하여 가축의 번식을 주관한다. 보통 염소의 다리와 뿔을 가진 모습으로 그려진다.
2) 그리스 신화에 나오는 님프. 오비디우스의 《변신 이야기》(*Metamorphoses*)에 따르면 이오는 헤라의 몸종이었는데, 제우스가 유혹하여 관계를 맺은 뒤, 아내의 눈을 속이려고 암소로 변신시켰다.

7. 다뉴브 강의 촌사람

사람을 외모로 판단해서는 안 된다.
이 충고는 옳다. 하지만 새로운 것은 아니다.
이전에 새끼 생쥐의 착각[1]이
내가 내놓은 이론을 증명했다.
지금 내가 그 근거로 들 것은

저 선량한 소크라테스와 이솝, 그리고
마르쿠스 아우렐리우스[2]가 우리에게 아주 자세한 초상을 남겨둔
다뉴브 강가에 사는 어떤 촌사람이다.
소크라테스와 이솝의 이야기는 이미 알려져 있고,
나머지 한 인물의 이야기는 다음과 같다.
그의 턱에는 수염이 무성하고
온몸이 털투성이라
곰을 떠올리게 하지만, 곰치고는 어미가 잘 핥아놓은 것 같지 않다.
짙은 눈썹 아래 숨겨진 눈,
흘겨보는 눈매, 삐뚤어진 코에 두터운 입술,
염소털로 만든 외투를 입고
허리띠는 등심초로 엮은 것이다.
이처럼 생긴 사나이가 다뉴브 강의
물결이 씻어주는 마을의 대표였다. 당시에는 어디에도
탐욕스런 로마인들이 침입하여
손을 대지 않은 안식처가 없었다.
그래서 대표가 와서 다음과 같은 연설을 하였다.

   "로마인들이여, 그리고 제 이야기를 듣기 위해 앉아 있는
   원로원 의원들이여.
   저는 무엇보다도 먼저 모든 신들이 저와 함께 하길 빕니다.
   불멸의 신이여, 바라건대
   나중에 취소해야 할 말을 제가 하지 않도록 이끌어주십시오!
   신의 도움 없이는 사람들 마음속에
   악과 불의(不義)밖에 깃들지 않습니다.

신에게 의지하지 않으면, 그의 법을 어기게 됩니다.
로마의 탐욕에 벌 받는 우리가 그 증인,
로마는, 그 전공(戰功)보다는 우리의 죄 때문에
우리를 처벌하는 도구가 되었습니다.
두려워하라, 로마인들이여. 두려워하라, 하늘이 어느 날
눈물과 불행을 그대들에게 옮기지 않을까를.
그리고 인과응보에 따라, 우리 손에
하늘의 엄한 복수의 무기를 쥐어주어,
신의 노여움으로, 이번에는 그대들을
우리의 노예로 삼을 것을.
그런데 우리가 당신들의 노예가 된 것은 무엇 때문입니까?
어떤 면에서 그대들이 다른 많은 민족보다 뛰어난지 말해 보시오.
어떤 권리가 그대들을 세계의 지배자로 만들었습니까?
왜 편안한 생활을 어지럽히러 온 것입니까?
우리는 평화롭게 풍족한 밭을 갈고, 우리의 손은
경작뿐만 아니라 여러 가지 예술에도 알맞습니다.
당신들은 게르만 사람에게 무엇을 가르쳤습니까?
그들에게는 재주와 용기가 있습니다.
만일 그들도 당신들처럼
탐욕스럽고 난폭했다면
아마도 당신들 대신 권력을 잡고
무자비하게 그것을 사용할 수 있었을 것입니다.
로마의 행정관이 우리에게 휘두른 횡포는
상상을 뛰어넘는 것이었습니다.

당신들 제단의 존엄성도
그 때문에 더럽혀졌습니다.
신들이 우리를 지켜보고 있음을 알아주십시오.
당신들의 본보기 덕분에
신들은 끔찍한 일들,
신들과 그들의 신전에 대한 경멸과
광기에까지 이른 탐욕에 얼굴을 돌립니다.
로마에서 오는 자를 만족시킬 수 있는 것은 없습니다.
토지도, 인간의 노동도,
그들의 욕심을 채우기 위해 지나친 고생을 합니다.
제발 그들을 도로 불러주십시오. 이제 우리는
그들을 위해서 땅을 갈고 싶지는 않습니다.
우리는 마을을 버리고 산속으로 달아납니다.
사랑하는 부인도 두고 갑니다.
우리는 이제 무서운 곰과 더불어 살아갈 뿐입니다.
불행해질 아이를 낳을 용기도, 로마를 위해서
억압받는 고향에 정착할 용기도 없습니다.
이미 태어난 어린이들은
일찌감치 목숨이 다하기를 바랍니다.
당신들의 행정관들은 불행에 더해 우리가 죄를 짓게 만들었습니다.
그들을 불러들여주십시오. 그들은 우리에게
나태와 악덕만을 가르칠 뿐입니다.
게르만 사람들도 그들처럼
약탈과 탐욕의 인간이 되어버릴 것입니다.

내가 로마에 와서 본 것은 이런 것뿐입니다.
선물할 것은 아무것도 없고,
위에 바칠 자줏빛 옷이 없이는, 법에 구원을 청해도
아무 소용없고, 게다가 법에 따른 재판도
질질 끌기만 합니다.
이처럼 심한 말은 여러분을 불쾌하게 만들 게 틀림없습니다.
그러니 그만두겠습니다. 조금 노골적으로 진실을 말했습니다.
이 호소를 죽음으로 처벌해주십시오."

이렇게 말하고, 그는 엎드렸다. 사람들은 모두 놀라고
이처럼 엎드린 야만인의 용기와
양식(良識)과 웅변에 감탄하였다.
사람들은 그를 귀족으로 받아들였다. 이것이 이러한 연설에
걸맞은 처벌이라고 생각한 것이다.
새로운 행정관을 뽑고, 원로원은 문서로써,
그의 말을 장래 웅변가의 모범으로 삼도록 했다.
로마에서는 오랫동안 이와 같은
웅변을 들을 수 없었다.

---

1) 새끼 생쥐가 닭과 고양이의 외모만
   보고 착각한 것을 가리킨다. 제6권
   5화 참고.
2) 로마제국의 황제이자 후기 스토아
   학파의 철학자(121~180). 재위
   기간 내내 게르만족과의 전쟁에
   시달리다 다뉴브 강가의 진중에서
   죽었다.

8. 노인과 세 젊은이

여든 살 먹은 노인이 나무를 심고 있었다.
 "무덤을 만든다면 모르지만, 그 나이에 나무를 심다니!
 틀림없이 노망이 든 거야."
이웃집 자식들인, 세 젊은이가 말했다.
 "사실, 신의 이름에 걸고 묻겠는데,
 이 고생을 해서 당신은 어떤 열매를 얻을 수 있습니까?

유대의 족장[1]만큼 나이를 먹어야 하는데,
당신과 아무 상관도 없는 미래의 일에
그렇게 애쓴들 무슨 이득이 있습니까?
이제부터는 과거의 잘못이나 생각하세요.
아득한 희망이나 원대한 생각은 버리시고요.
그 모든 건 우리에게나 어울리는 일이죠."
"그것은 자네들에게도 어울리지 않네."
노인이 대답했다.
"모든 안정된 생활은 늦게 찾아오고
오래 가지도 않지. 창백한 운명의 신의 손은
자네들의 생명과 나의 생명을 똑같이 가지고 논다네.
우리 가운데 과연 누가 하늘의 밝은 빛을
마지막까지 남아서 즐길 수 있을까? 단 일 초라도
확실히 보증할 수 있는 순간이 있을까?
내 덕에 손자의 손자들이 나무그늘에서 쉴 수 있겠지.
그런데! 자네들은 현자에게
남을 위해서 애쓰는 것을 그만두라고 할 작정인가?
이 일이 바로 지금 내가 맛보는 열매라네.
내일도, 그리고 며칠은 더 그 열매를 즐길 수 있지.
게다가 자네들 무덤 위에서
여러 번 새벽을 셀 수 있을지도 모르지."

노인의 말은 맞았다. 세 젊은이 가운데
하나는 아메리카에 가려고 항구를 나서자마자 물에 빠져 죽었다.
또 하나는 출세하기 위해서

나라를 위한 군인으로 복무하다가
뜻하지 않은 유탄에 맞아 목숨을 잃었다.
세 번째 젊은이는 자기가 접목(接木)하려던
나무에서 떨어져 죽었다.
노인은 세 사람의 죽음에 눈물을 흘리며, 그들의 묘비에
내가 지금 이야기한 것을 새겨놓았다.

---

1) 구약 성격에 나오는 유대민족의 조상들을 말한다. 므두셀라는 969년을 살았고 라멕은 777년, 노아는 950년을 살았다고 한다.

9. 생쥐와 부엉이

사람들에게 결코 이렇게 말하지 마라.
　"재미있는 이야기를 들어보세요.
　　놀라운 이야기를 귀담아 들으세요."
듣는 사람들이 당신처럼
그 이야기를 소중하게 여길지 어떨지 알 수 있겠는가?
그런데, 여기에 예외적인 경우가 하나 있다.

나는 이것이 경탄할 만한 일이라고 생각한다.
마치 지어낸 이야기 같지만, 정말 사실이다.

소나무 한 그루가 너무 늙어서 쓰러졌다.
이곳이 부엉이의 오래된 궁전으로 아트로포스[1]가
통역을 위해 고른 새의 외롭고 음산한 은둔처이다.
세월이 파놓은, 그 텅 빈 줄기 안에
살고 있는, 다른 주민들 가운데
하나같이 살이 오른, 다리 없는 쥐들이 많이 산다.
부엉이는 밀짚더미 가운데서 그 쥐들을 기르며
부리로 그들의 다리를 잘라버렸다.
이 새에게는 생각한 바가 있었으니, 그것을 이야기해두어야겠다.
새가 한창나이였을 때, 쥐 사냥을 하여
처음으로 잡아온 몇 마리가 집에서 도망쳤다.
그 대책으로, 신중한 새는 그 뒤에
잡은 것들은 모두 불구자로 만들었다. 다리가 잘린 쥐들을
오늘 한 마리, 내일 또 한 마리,
언제든 편리한 때 먹었다.
한꺼번에 다 먹기란 불가능하고
자신의 건강도 돌보아야 했다.
이 새는 또한 우리와 마찬가지로 멀리 내다보았다.
쥐들이 살아가도록 먹을 곡식까지 날라다준 것이다.
그런데도 데카르트학파들은 고집을 부려 이 부엉이를
시계나 기계라고 할 작정인가?
어떤 용수철 장치가 이 새에게

우리에 갇힌 쥐의 다리를 자르도록 가르쳤는가?
만일 이것이 이성이 아니라면
이성이 무엇인지 나도 모르겠다.
어떻게 이 새가 논리를 세웠는가 보자.
　"이 짐승들은 잡아놓으면 도망간다.
　그러니 잡아오자마자 바로 먹어버려야 한다.
　그러나 다 먹어버릴 수는 없다. 또 필요할 경우를 위해
　남겨두어야 한다. 그러므로 쥐들이 도망가지 못하게 하면서
　기르는 수단을 생각해야 한다.
　하지만 어떻게? 다리를 잘라야지!"
사람이 스스로 이보다 목적에 더 잘 도달한 예를 보여달라.
맹세컨대, 아리스토텔레스의 제자도 이와 다른 무슨 사고방법을
가르칠 수 있을 것인가?

　이것은 우화가 아니다. 이상하고 기의 믿을 수 없는 일이지만, 실제로 있었던 일이다. 내가 이 부엉이의 선견지명에 대해서 조금 과장했는지도 모른다. 여기서 볼 수 있는 추리능력이 동물에게 있음을 인정하고자 하는 것도 아니다. 그러나 이러한 과장도 시(詩)에서는, 특히 내가 시도하고 있는 글에서는 허용될 수 있는 것이다.

---

1) 운명의 여신 파르카이 가운데 하나로 인간의 생명의 실을 자른다. 부엉이가 아트로포스의 상징은 아니지만 부엉이를 보는 것은 불길한 징조로 여겨져 왔다.

맺음말

이처럼 나의 무사이는, 맑은 물가에서,
자연의 소리를 빌어서, 수많은 생물이
하늘 아래서 말하는 모든 것을 신의 말로 번역하였다.
여러 짐승들의 통역을 통해
나는 그들을 내 작품의 배역으로 삼았다.
우주의 만물은 말을 하기 때문이다.
자기의 말을 가지지 않은 자는 없다.
내 시에서보다 실제로는 웅변이 더 뛰어나고,
여기에 내가 소개한 자들이 나를 정확하지 않다고 생각하고
내 작품이 별로 좋은 모범이 아니라고 할지라도
적어도 나는 길을 열었다.
다른 사람들이 이것을 완성해줄 수 있을 것이다.
아홉 자매의 은총을 받는 사람들이여, 이 계획을 완성하라.
내가 빠뜨렸을 것이 틀림없는 많은 교훈을 가르쳐다오.
그것을 이 새로운 형식으로 말해야만 한다.
하지만 당신들에게는 일거리가 많다.

내가 순진한 무사이의 즐거운 일을 하는 도중
루이 왕은 유럽을 정복하고, 그 강한 힘으로
어떤 군주도 품어본 적이 없는
가장 고귀한 계획을 마침내 이루었다.
아홉 자매의 은총을 받는 사람들이여, 이것이야말로
세월과 운명의 여신들에 맞서 이길 수 있는 작품의 주제이다.

제 3 집

부르고뉴공[1] 전하께

전하,

저는 제 우화집의 보호자로 전하보다 훌륭한 보호자를 가질 수 없습니다. 다른 귀공자들이 그 주위에 있는 가장 아름다운 일을 알지 못하는 나이에도 그 능력을 초월하여 모든 일에 전하가 보여주시는 그 탁월한 취미, 건전한 판단력을 생각하여, 전하에 대한 복종의 의무와 전하를 기쁘게 하고자 하는 뜨거운 열망에서, 저는 하나의 책[2]을, 그 원전은 모든 세기의 모든 현자의 찬양을 받을 수 있는 책을 바치지 않을 수 없습니다. 또한 전하께서는 저에게 계속 쓰라고 말씀하셨습니다. 그리고 이 말을 올리기를 허락하신다면, 그 가운데는 제가 전하로부터 받은 주제도 있습니다. 전하께서는 그것들에 모든 이들이 감탄할 영감을 주셨습니다.

저희는 더 이상 아폴로나 무사이나 파르나소스의 어느 신과도 의논할 필요가 없습니다. 자연이 전하께 바친 재능 속에서, 그리고 정신적 작품을 올바로 판단하시는 전하의 학식 속에서 이 신들을 모두 만날 수 있습니다. 전하께서는 이미 그에 알맞은 모든 규칙에 대한 지식을 가지고 계십니다. 이솝의 우화는 이러한 재능에 대한 풍부한 재료이며, 모든 종류의 사건이나 인물을 망라하고 있습니다. 이 이야기들은 진정 아무에게도 아첨하지 않는 하나의 역사입니다. 이 주제들은 무가치한 것이 아닙니다. 저의 작품 속에선 동물들이 인간의 스승이 되고 있습니다. 이 문제에 대해서는 더 이상 길게 말하지 않겠습니다.

전하께서는 그것에서 끄집어낼 수 있는 이익에 대해서 저보다 더 잘 알고 계십니다. 만일 전하께서 지금 웅변가나 시인에 대해서 잘 아신다면, 장차 뛰어난 정치가나 장군에 대해서는 더 잘 알게 되실 것이며, 실수하시는 일도 없을 것입니다.

저는 그것을 제 눈으로 보길 바랄 수 있는 나이가 아닙니다.[3] 다만 전하의 분부에 따라 써나갈 뿐입니다. 전하께서 원하시는 바를 이루고자 하는 저의 바람이 노년으로 말미암아 약해진 상상력을 대신할 것입니다. 전하께서 어떤 이야기를 바라실 때, 저는 이 책들 속에서 그것을 찾을 것입니다. 저는 가능한 한 여기에서, 현재의 수많은 민족과 국민의 운명을 좌우하는 군주, 그 정복, 그 승리, 그리고 다가오는 평화,[4] 우리의 적들이 바라는 모든 관대함으로 그들이 조건을 이루어주는 평화 속에 세계 모든 나라의 관심을 모으는 군주다운 찬양의 말을 전하께서 찾아내기를 바라는 바입니다.

저는 이 군주들 스스로의 영광과 권력에 제한을 두고자 하는 정복자 알렉산드로스에 대해서 선인들이 말한 것 이상으로 이 일에 어울리는 정복자로 생각합니다. 이 군주는 세계의 여러 나라의 회의를 열고 수많은 주권자의 대사가 그들의 군주에 대하여 파멸의 위기를 가져올 수 있는 전쟁을 끝내기 위하여 거기에 모이지 않을 수 없게 하고자 하는 바입니다.

이것은 저희가 말로 할 수 있는 것 이상의 문제이므로, 저보다 더 뛰어난 글재주를 가진 분에게 맡기기로 하겠습니다.

저의 깊은 존경을 담아,

전하의 지극히 천하고 지극히 공손한,
그리고 지극히 충실한 하인
라 퐁텐.

---

1) 부르고뉴공 루이(1682~1712)는 루이 14세의 손자이자 루이 15세의 아버지다. 라 퐁텐이 《우화시》제3집(제12권)을 바친 것은 1694년으로 그가 12살 때이다.
2) 《우화시》제1권에서 11권까지를 말한다.
3) 제3집이 출판된 1694년에 라 퐁텐은 73살이었다.
4) 1688년 아우크스부르크동맹에 맞서 루이 14세는 라인 지방을 침략하였으나 영국, 프랑스, 독일 사이에 평화조약이 맺어진 것은 1697년, 즉 이 헌사가 쓰인 지 4년 뒤의 일이다.

제 12 권

1. 오디세우스의 동료들
－부르고뉴공 전하께－

왕자님, 신들이 돌봐주는 유일한 분이시여,
전하의 제단에 향을 피우는 것을 허락해주십시오.
제 무사이의 선물을 조금 늦게 바칩니다.

제 나이[1]와 저술 작업이 그 변명이 되겠죠.
제 정신은 시시각각 쇠약해져갑니다. 이에 반해
전하의 정신은 월등해져가는 것을 알 수 있습니다.
그것은 그저 가는 것이 아니고, 달려가며, 날개가 달린 듯합니다.
그처럼 훌륭한 자질을 전하께 물려준 영웅인 부군(父君)[2]께서는
마르스와 같은 일을 하고자 하는
열망에 불타고 있습니다.
승리의 여신에게 강요하여, 거인의 발걸음으로
영광의 길을 걷지 않음은
전혀 부군이 바라는 바가 아닙니다.
어느 신[3](이 신은 우리의 군주입니다)이, 한 달 안에 나리가 라인 강의 주인,
정복자가 되는 것을 만류하고 있습니다.
그 신속함이 당시는 필요했겠지만
지금은 어쩌면 부모할지도 모르셌습니다.
거기에 대해서는 이 정도만 말씀드리겠습니다. 웃음과 사랑의 신이
긴 이야기를 좋아한다는 의심을 받지 않도록 말입니다.
이 두 신으로 하여 전하의 궁전은 이루어지고
그들은 전하 곁을 떠나지 않습니다. 그렇다고 해도
다른 신들이 윗자리를 차지한 것은 아니며
분별과 이성이 그곳의 모든 것을 결정합니다.
경솔하고 생각이 모자란 그리스인들이
마법에 걸려들어
사람에서 짐승으로 변한 이야기에 대해서는
이 두 신에게 물어봐주십시오.

오디세우스의 동료들은 10년의 싸움이 끝난 뒤,
알 수 없는 운명으로 말미암아 바람 부는 대로 떠돌아다녔다.
그들은 한 해안에 도착했다.
그때 그곳에는 태양신의 딸, 키르케[4]가
궁전을 다스리고 있었다.
그녀는 그들에게 음료수를 먹였는데
맛은 좋았지만 무서운 독이 가득 든 것.
처음에 그들은 이성을 잃었고
조금 뒤에는 몸과 얼굴이
여러 가지 짐승의 모양으로 바뀌더니
곰, 사자, 코끼리가 되었다.
어떤 자는 아주 큰 몸집을 가지게 되고
또 어떤 자는 다른 모습을 가지게 되었다.
조그만 동물도 있었으니, 그것은 두더지였다.
오디세우스만이 이 화를 면했다.
그는 그 위험한 술을 의심한 것이다.
그의 현명함과 더불어
영웅다운 얼굴과 부드러운 목소리는
마녀로 하여금
자신의 것과 그다지 다르지 않은 독을 마시게 하였다.
여신은 마음속에 간직한 것을 모두 지껄이다
자신의 사랑을 고백했다.
오디세우스는 영리한 자, 이런 기회를
놓칠 리가 없었다.
그는 그리스인들을 본디 모습으로

돌려준다는 약속을 얻어냈다.

"하지만 그들이 정말 그것을 원할까요?"

님프가 물었다.

"당장 가서 그들에게 물어보세요."

오디세우스는 동료들에게 달려가 말했다.

"저 독배의 독을 치료할 방법이 있다네. 그것을 자네들에게 알리러 온 거야.

친애하는 벗들이여, 다시 사람이 되고 싶지 않은가?

벌써 자네들에게 말을 돌려주었다네."

사자는 으르렁거린다고 생각하면서 말했다.

"나는 그렇게 어리석지 않지.

나더러 지금 막 얻은 이 선물을 버리라고?

내게 발톱과 이빨이 있으니 덤벼드는 놈은 찢어버리겠어.

내가 왕인데 그까짓 이타카[5]의 주민이 될 줄 아느냐?

그대는 아마 나를 다시 병사로 만들려는 거겠지.

나는 신분을 바꾸기를 원치 않네."

오디세우스는 사자에게서 곰에게로 달려갔다.

"오! 내 형제여, 어찌된 일인가? 그처럼 미남자였는데!"

"아, 우리들은 정말 이렇게 돼버렸지."

곰은 자신의 방식대로 대답했다.

"무슨 꼴이냐고? 곰답게 됐을 뿐이야.

하나의 모습이 다른 모습보다 아름답다고 누가 그러던가?

자네의 그런 모습을 기준으로 우리들에게 뭐라 하고 싶은 건가?

나는 내 사랑스런 암곰의 눈에 판단을 맡기겠네.

내가 마음에 들지 않으면 내버려두고 자네 갈 길이나 가게.
나는 아무 걱정 없이 자유롭고 만족하며 살고 있네.
그러니 솔직하고 분명히 말하는데
나는 신분을 바꾸길 원치 않소."
그리스의 왕은 이리에게 같은 제안을 하러 갔다.
왕은 이리에게 똑같이 거절당할지도 모르는 일에 대해서 말했다.
"오, 친구여, 나는 부끄럽소.
어느 젊고 아름다운 양치기 소녀가
메아리에게 말하길, 자네의 게걸스러운 식욕이
그녀의 양을 다 잡아먹었다고 하오.
옛날에 자네는 그녀의 양을 구해주었지.
자네는 훌륭한 생활을 했던 것이네.
자, 이 숲을 떠나 다시 돌아와주게.
이리가 아닌 선량한 사람으로."
"그런 사람이 있었나?"
이리는 말했다.
"나는 본 적이 없는 걸.
너는 나를 고기 먹는 짐승 다루듯 하지만
그렇게 말하는 너는 도대체 뭐지? 나만 없다면
마을 사람 모두가 불쌍히 여기는 양들을 너희는 먹지 않는
단 말인가?
만일 내가 사람이라면, 정말이지
살육을 조금은 덜 좋아하게 된단 말인가?
때때로 조그만 말다툼 가지고 너희들은 서로 죽이니
너희들이야말로 서로에게 이리와 마찬가지가 아니냐?

모든 걸 고려해보니,

어차피 모두 나쁜 놈들이라면

사람보다는 이리로 있는 것이 낫다는 생각이 드네.

나는 신분을 바꾸길 원치 않소."

오디세우스는 모두에게 같은 권유를 해보았으나

다 똑같은 대답뿐.

작은 놈들도 큰 놈들과 같았다.

자유, 숲, 자신의 본능을 따르는 것,

이것이 그들의 가장 큰 기쁨이었다.

모두 선행(善行)이라는 영예에는 미련이 없었다.

그들은 욕망을 따르면 자유로워진다고 믿지만

실은 자기 자신의 노예가 되어 있었다.

왕자님, 저는 되도록 흥미 있고 유익한 것이

남긴 주제를 골라드리고 싶었습니다.

만일 이 선택이 쉬웠다면

그것은 확실히 훌륭한 계획이었겠지요.

마침내 오디세우스의 동료들에 대해 썼습니다.

비천한 이 세상에는 그들과 비슷한 자들이 많습니다.

벌로써 전하의 비난과 증오를

주고 싶은 놈들입니다.

---

1) 제12권을 쓸 때 라 퐁텐은 이미 일흔 살이 넘었다.
2) 루이 14세의 왕태자 루이(1661~1711), 즉 이 우화를 바친 부르고뉴공 루이의 아버지를 가리킨다.

3) 여기서는 국왕 루이 14세를 가리킨다.
4) 그리스 신화에 나오는 마녀. 전설의 섬 아이아이에 살면서 그 섬에 오는 자들을 짐승으로 바꾸었다. 이 이야기는 호메로스의 《오디세이아》 제10권에 실린 이래 베르길리우스, 오비디우스, 플루타르크, 마키아벨리 등 많은 작가들이 자신의 작품에 소재로 썼다. 《오디세이아》에는 약을 탄 술을 먹고 돼지로 변한 동료들을 오디세우스가 헤르메스의 도움을 받아 구한 뒤에 인간 모습으로 돌려놓지만, 라 퐁텐은 이탈리아 작가 겔리(Gelli)의 《키르케》(1549)에서 이야기를 빌려 오디세우스와 그의 부하들의 대립을 인간과 동물의 그것에 비유하고 있다.
5) 오디세우스와 그의 동료들의 고향.

2. 고양이와 참새 두 마리
―부르고뉴공 전하께―

아주 어린 참새와 같은 또래의 고양이가
요람 시절부터 이웃에 살고 있었다.
새장과 고양이집은 한 집 안에 있었다.
고양이는 때때로 새에게 괴롭힘을 당했다.
한 놈이 부리를 휘두르면, 다른 놈은 발로 장난을 쳤다.
그렇지만 고양이는 친구를 너그럽게 봐주었다.

가볍게 나무라는 정도로 하고
벌주기 위해 발톱을 쓰는 일을
아주 조심스러워하는 듯하였다.
참새는 더 버릇이 없어져
부리로 마구 쪼아댔다.
현명하고 사려 깊은 사람처럼
고양이 선생님은 이 못된 장난을 용서했다.
친구들 사이에서는 결코
큰 화를 내서는 안 되는 법이니까.
어렸을 때부터 둘이 서로 잘 알던 사이라
오랜 습관이 그들을 사이좋게 지내게 하였다.
장난이 진짜 싸움이 되는 일이라고는 결코 없었다.
거기에 이웃의 참새 한 마리가 그들을 방문하여
극성스러운 피에로[1]와 현명한 라통[2]의 친구가 되었다.
두 마리의 새 사이에 싸움이 벌어졌다.
그러자 라통은 한쪽 편을 들었다.
  "누군지도 모르는 놈을 잘 대해주었더니
  내 친구를 이토록 모욕하다니!
  이웃집 참새가 우리 집 것을 먹으러 온다구?
  모든 고양이를 대신하건대, 그렇게는 안 돼!"
싸움에 뛰어들어 이방인을 먹어버렸다.
고양이 선생은 외쳤다.
  "아니, 참새 맛이 이렇게 오묘하고 좋은 줄이야!"
이 생각은 다른 한 마리까지 먹게 하였다.

여기서 저는 무슨 교훈을 끄집어낼 수 있을까요?
교훈이 없다면 어떠한 우화도 불완전한 작품입니다.
제게는 그 일부가 보이는 듯하지만, 그 그림자는 저를 혼란스럽게 합니다.
왕자님, 전하께서는 바로 찾아내시겠지요.
전하께서는 장난거리지만, 제 무사이에게는 어려운 일.
그녀와 그 자매에게는 전하께서 가진 재치가 없습니다.

---

1) 참새에게 흔히 붙이는 이름.
2) 제9권 17화 〈원숭이와 고양이〉에도 같은 이름의 고양이가 등장했었다.

3. 구두쇠와 원숭이에 대해서

한 사나이가 돈을 긁어모았다. 이런 잘못이
흔히 집착으로 바뀌는 것은 여러분도 잘 아는 일.
이 사나이는 오직 이탈리아 금화와 스페인 금화만을 생각했다.
이런 재산도 쓰지 않는다면, 다 하찮은 것이라고 나는 생각한다.
자기 보배의 안전을 위해서, 구두쇠는 암피트리테[1]가 도적들을
어디서든 접근하지 못하게 하는 어느 섬에서 살았다.

그곳에서, 내가 보기에는 보잘것없는 즐거움이지만,
사나이는 더없이 큰 즐거움 속에서 계속 모으고만 있었다.
밤낮을 가리지 않고
쉬지 않고 세고, 계산하고, 값을 따져보았다.
일하듯 계산하고, 따져보고, 세는 것은
언제나 셈이 틀리기 때문이다.
내가 보기엔 자기 주인보다 현명한, 큰 원숭이가
언제나 스페인 금화 몇 닢을 창밖으로 내던져
계산을 틀리게 만들었다.
아주 안전하게 잠긴 방이기에
돈을 계산대 위에 놓아둔 탓이다.
어느 날, 베르트랑[2] 나리는
바다 속 궁전에 얼마나 바칠지 궁리를 했다.
한데 나는, 이 원숭이의 즐거움과
구두쇠의 즐거움을 비교해볼 때
어느 쪽의 손을 들어주어야 할지 정말 알 수가 없다.
베르트랑 나리가 어떤 사람들의 지지를 얻겠지만
그 이유를 설명하려면 너무 길어진다.
그런데 어느 날, 그저 나쁜 짓만 생각하는 이 짐승이
돈무더기에서 때로는 스페인 금화, 때로는
영국 금화, 프랑스 은화,
그리고 장미를 새긴 금화를 빼내서,
인간들이 다른 무엇보다 더 갖길 바라는
이 쇠붙이들을 버리는 데 실력을 발휘했다.
만약 이 돈을 세는 사나이가 마침 방문을 여는

소리를 원숭이가 듣지 않았더라면
금화들은 전부 같은 길을 따라서
똑같은 운명을 쫓아갔을 것이다.
마지막 한 닢까지 남기지 않고
수많은 난파선 때문에 부자가 된 바다 밑에 뿌렸으리라.

신이여, 바라건대 이보다 더 나은 사용법을 모르는
수많은 부자들을 구원해주소서.

---

1) 그리스 신화에 나오는 바다의 신 포세이돈의 아내.
2) 라 퐁텐이 흔히 원숭이에게 붙이는 이름.

4. 염소 두 마리

암염소들이 풀을 먹어버리자마자,
자유를 갈망하는 기질이
그녀들에게 모험을 찾아 나서게 한다. 그녀들의 목장 안에서
사람이 거의 나타나지 않는 곳을 향해

여행을 떠난다.
그곳에, 작은 오솔길조차 없고
바위투성이에 절벽처럼 가파른 산이라도 있으면
이 숙녀들은 이런 곳으로 제멋대로 산책을 하러 간다.
산으로 올라가는 이 동물들을 아무도 막지는 못한다.
하여간 두 마리의 염소는 무리에서 빠져나와
둘 다 흰 발로,
목장을 아래에 남겨두고, 각자 제 갈 길로 향했다.
무언가 모험거리를 찾아 서로를 향하여 가다
개울을 만났는데, 널빤지 한 장으로 된 다리가 있었다.
족제비도 두 마리가 겨우 나란히 지나갈 수 있었다.
게다가, 빠른 물결과 깊은 개울이
이 여걸들을 떨게 했으리라.
이처럼 위험한데도, 그들 가운데 한 마리가
널빤지 위에 발을 올려놓자, 상대방도 지지 않았다.
나는 정말로 루이 대왕과
펠리페 4세가 회담의 섬[1]에서 앞으로
나아가는 것을 상상으로 보는 듯하다.
그처럼 한걸음, 한걸음,
마주보며, 우리의 모험가들은 앞으로 나아갔는데
둘 다 자존심이 너무 세서
다리 한 가운데에 이르러서는
상대방에게 양보코자 하지 않았다. (역사에 따르면)
그들의 선조로부터 받은 명예를 따져보면,
한쪽은 견줄 만한 데가 없을 정도로 뛰어난 염소로

폴리페모스[2]가 갈라테이아[3]에게 보내준 것이고,
다른 한쪽은, 유피테르가 그 젖으로
키워졌다는 염소 아말테이아.
뒤로 물러나지 않았기 때문에 같이 떨어져
둘 다 물에 빠졌다.

이런 사고는 운명의 길에서
그리 새로운 일이 아니다.

---

1) 프랑스와 스페인의 국경을 흐르는 비다소아(Bidasoa) 강 가운데 있는 섬으로, 흔히 꿩의 섬이라고 불린다. 1659년에 이곳에서 피레네조약이 맺어져, 이듬해에 루이 14세와 펠리페 4세의 딸 마리아 테레사가 결혼을 하게 된다. 이것은 스페인의 몰락과 프랑스에 대한 종속관계의 시작이었다.
2) 외눈박이 거인족 키클로페스의 하나로 갈라테이아를 짝사랑하였다.
3) 바다의 님프. 갈라테이아는 '젖빛 여인'이라는 뜻.

라 퐁텐에게 '고양이와 쥐'라는 이름의
우화를 부탁한 부르고뉴공 전하께

소문의 여신이 나의 시 속에 신전을 마련해놓았다.
젊은 왕자의 마음에 들도록
어떻게 하면 나는 쓸 수 있을까?
'고양이와 쥐'라는 제목의 우화를.

이 시 속에 한 미녀를 그려볼까?
그녀는 순하게 보이지만 잔인하여
자기의 매력에 마음을 뺏긴 사람을 농락한다.
마치 고양이가 쥐에게 하듯이.

주제를 운명의 여신의 장난에서 따올까?
그녀는 그것을 무엇보다 좋아하니,
자신의 친구라고 믿는 사람들을 그녀가 이처럼 다루는 것은 항상 보는 일.
마치 고양이가 쥐를 다루듯이.

신들이 사랑하는 분 가운데
여신이 유일하게 존경하는 왕을 등장시켜볼까? 운명의 수레바퀴를 다루는 왕을.
수많은 적들에게 방해받지 않고

가장 강한 적이라도, 원할 때는, 가지고 논다.
마치 고양이가 쥐에게 하듯이.

그러나 여기저기 찾는 동안에 어느덧
내 구상이 이루어졌다. 그리고 만일 내가 잘못 생각하지 않았다면,
나는 더 긴 이야기로 모든 것을 망쳐버릴지도 모른다.
그렇게 되면 젊은 왕자가 나의 무사이를 희롱하겠지.
마치 고양이가 쥐에게 하듯이.

5. 늙은 고양이와 젊은 쥐

경험이 없는 젊은 쥐가 늙은 고양이에게
관용을 애원하면서, 마음을 돌릴 수 있으리라 여기고
라미나그로비스[1]를 설득했다.
 "목숨만 살려주세요. 저와 같이
  조그만 몸에, 조금 먹는 쥐 한 마리가
  이 집에 무슨 큰 짐이 되겠습니까?
  나리 생각으로는 제가

주인 나리와 마님을 모두 굶겨 죽게라도 한단 말입니까?
저는 밀 한 톨이면 살아가고
호두 하나면 토실토실 살찝니다.
저는 지금 여위어 있습니다. 조금만 기다리세요.
그러니 이 음식을 나리의 아이들을 위해 남겨두세요."
붙들린 쥐는 고양이에게 이렇게 이야기했다.
상대방이 대답했다.
"네 생각은 틀렸어.
그런 이야기를 나에게 하려고?
귀머거리에게 이야기 하는 것과 마찬가지지.
고양이가, 더군다나 늙은 고양이가 용서를?
있을 수 없는 일이지.
이 원칙에 따라서, 지옥에 떨어져버려라.
죽어라, 그 발로 걸어가서,
연설은 베 싸는 사내[2]에게나 해라.
나의 새끼들은 다른 음식을 충분히 찾을 수 있을 것이다."
고양이는 말한 대로 실천했다.
그리고 내 우화에서
얻을 수 있는 교훈은 이것이다.
젊은이는 공연한 희망에 부풀어 무엇이든지 다 되는 줄 알지만
늙은 사람은 무자비하다.

---

1) 라블레의 《제3권 팡타그뤼엘》에 나오는 고양이 이름.
2) 운명의 여신 파르카이를 가리킨다.

6. 병든 사슴

사슴이 많은 고장에서, 그 가운데 한 마리가 병들었다.
당장 수많은 동료들이
병석으로 환자를 보러, 또는 도우러
어쨌든 문병한다고 달려왔으니, 귀찮은 군중이다.
　"제발! 여러분, 조용히 죽게 내버려두세요.

세상의 법칙대로 파르카이가
　　죽이게 해주세요. 그리고 울지 마세요."
그런데 천만의 말씀. 위로하러 온 녀석들은
이 슬픈 의무를 오랫동안 다 마친 뒤에
자기들이 가고 싶은 때 가버렸다.
이들은 물 한잔 마시는 것으로 그치지 않고
즉 목장세(牧場稅) 받는 것을 잊지 않았다.
모두 이웃 숲의 잎과 가지를 먹기 시작했다.
그 때문에 병든 사슴의 식량이 훨씬 줄어들었다.
더 이상 먹을 것을 찾지 못해서
병은 점점 심해지고,
마침내 먹을 것이 떨어져
굶주리다 죽고 말았다.

육체의 의사든, 정신의 의사든
필요한 사람에겐 경비가 들어간다.
이 시대, 이 풍속! 내가 아무리 외쳐도 헛일.
누구나 다 값을 치르게 한다.

7. 박쥐와 덤불과 오리

덤불과 오리와 박쥐가
셋 다 자기 나라에서는
벌이가 적기 때문에
먼 곳으로 장사를 나가고, 돈은 같이 관리하기로 했다.
그들에게는 영리하고 성실한 중개상이,
대리점과 관리인이,
정확한 지출과 수입의 장부가 있었다.

모든 일이 잘 되었다. 그런데
그들이 사들인 물건이,
암초가 많고 매우 좁아
다니기가 몹시 어려운
어떤 곳을 지날 때,
타타르[1]와 이웃한 바다 밑 창고 깊숙이
모두 가라앉아버렸다.
우리의 삼인조는 소용없는 후회를 수없이 했다.
아니, 그렇지만 전혀 낙담하지 않았다.
제 아무리 소규모 상인도 이 점은 잘 알고 있다.
신용을 잃지 않으려면 손해를 감출 필요가 있다는 것을.
불행하게도 그들이 입은 손해는
회복될 수 없었고, 사건은 결국 알려졌다.
이리하여 그들은 신용도, 돈도, 자본도 잃고
초록색 모자[2]를 쓸 팔자가 되었다.
아무도 그들에게 지갑을 열어주지 않았다.
그래서 원금과 막대한 이자를 비롯하여
집달리들과 소송들,
게다가 새벽이 되기 전부터
문 앞에서 기다리는 채권자,
삼인조는 이런 녀석들을 만족시키기 위한
수단을 찾기에 열중했다.
덤불은 지나가는 사람을 하나하나 걸리도록 했다.
　"나리님들, 제발 가르쳐주세요.
　　어떤 깊은 곳에 우리에게서 뺏어간

상품들이 있는가를."
잠수를 잘하는 새는 그것을 찾아 물밑으로,
새와 비슷한 박쥐는 이제 낮 동안에는
감히 아무 곳에도 갈 수가 없어
항상 집달리에게 쫓겨
굴 속에 자신을 숨겼다.

나는 많은 빚쟁이를 알고 있다.
그들은 박쥐도, 덤불도, 오리도 아니고
아직 그런 재난을 겪지도 않았지만,
훌륭한 귀족 나리는 매일같이
비밀 계단으로 도망친다.

---

1) 타타르는 그리스·로마 신화에 나오는 지옥의 일부로서 무거운 죄를 지은 자가 끔찍한 고문을 당하는 곳이다.
2) 부알로의 《풍자시집》(*Satires*)에 따르면, 파산한 채무자가 채권자에게 자신의 재산을 전달하러 감옥에서 나오면 모욕적인 초록색 모자를 쓰고 거리로 나서야 했다.

8. 개와 고양이의 싸움과 고양이와 쥐의 싸움

불화의 여신은 항상 우주를 지배해왔다.
우리 세계는 다양한 예를 무수히 보여주며
우리가 사는 곳에 이 여신은 많은 속국(屬國)을 가지고 있다.
우선 원소[1]로부터 시작하자.
여러분은 놀라겠지. 끊임없이
이 원소들이 서로 대립한다는 것을 알게 되면.

이 네 실력자[2] 말고도,
얼마나 많은 여러 생물들이
끝없이 싸우고 있는가를!
옛날에, 개와 고양이가 많은 어느 집에,
여러 정식 재판의 판결들에 따라서
그들의 싸움은 모두 끝이 났다.
집주인이 그들이 맡을 일과 식사를 정하고
누구나 싸우면 회초리로 때린다고 겁을 주니
이 짐승들은 서로 사촌처럼 지냈다.
이처럼 다정하고, 거의 형제 같은 사이는
이웃의 모범이 되었다.
마침내 그것도 끝장났다. 수프 접시와
뼈다귀가 특별히 그들 가운데 하나에게 주어지자
나머지는 매우 화가 나서
이런 모욕이 어디 있느냐고 고소했다.
사건을 맡은 연대기 작가에 따르면
새끼를 낳은 암캐가 특전을 받았기 때문이다.
그것이야 어쨌든 이러한 다툼은
부엌과 방에 온통 증오의 불을 피워서
각자 자기 고양이, 자기 개의 편에 붙겠다고 선언했다.
중재안이 나왔으나, 고양이들은 이것에 불평을 하고
온 집안이 소란스러웠다.
고양이의 변호사는 이야말로
판결문을 따라야 한다고 말했다.
그러나 찾아보아도 보이지 않았다.

처음에 그들의 대리인이 감추어 놓은 구석에서
쥐들이 다 갉아먹었으니까.
또 새로운 소송. 쥐들이 그리하여 재난을 만났다.
나이 많고, 영리하고, 교활하고, 음흉한,
게다가 생쥐에게 원한을 품은 많은 고양이가
쥐를 노리고 있다가, 잡아서, 먹어버렸다.
집주인은 그 이상 좋을 수 없었다.

내가 하던 이야기로 돌아오자.
하늘 아래 적이 없는 자는 아무도 없다. 동물이든
인간이든. 이것이 자연의 법칙이다.
그 이유를 찾는 것은 쓸데없는 수고.
신은 할 일을 했고, 나는 그 이상은 모른다.
내가 알고 있는 것은 대개의 경우
대수롭지 않은 일 때문에 큰 싸움이 일어난다는 것이다.
인간들이여, 너희들은 육십 먹은 노인이 되어도
초등학교 선생에게 돌려보내져야 한다.

---

1) 옛 사람들이 만물의 기본이 된다고 생각했던 물, 공기, 불, 흙의 네 원소를 가리킨다.
   사람들은 이 가운데서도 어느
   하나가 다른 것에 우선한다고
   서로 다투었다.
2) 주1)의 네 원소를 가리킨다.

9. 이리와 여우

도대체 웬일일까? 이 세상에서는
아무도 자기 신분에 만족하지를 않으니.
어떤 사람은 군인이 되기를 바라는데
군인은 그 사람을 부러워하고 있으니.

이야기에 따르면, 어떤 여우 한 마리는

이리가 되고 싶었다. 아니, 누가 말할 수 있으랴?
어떠한 이리도 양이 되고 싶어한 적이
절대 없었다고.

놀라운 일은, 여덟 살 먹은
한 왕자[1]가 이것을 썼다는 것.
그동안, 백발이 된 나는
많은 시간을 들이고도
그의 산문보다 못한 시를 쓰다니.

왕자의 우화 속에 아로새겨진 기교가
시인의 작품 속에는 모두 들어 있지도 않고
그렇게 멋지게 표현되지도 않았다.
왕자에 대한 찬사는 그러므로 더욱 완벽하다.

백파이프로 노래하는 것,
이것이 나의 재능. 하지만 나는 기대한다.
나의 영웅[2]이 머지않아 나에게
나팔을 불게 할 것이라고.

내가 위대한 예언자는 아니다.
하지만, 하늘의 별 모양을 보니
이 영웅의 공훈은
수많은 호메로스가 필요할 것이다.

그러나 이 시대는 그런 시인을 거의 배출하지 못했다.
이 모든 수수께끼들은 그만두고
우화를 잘 쓰도록 애써보자.

여우가 이리에게 말했다.
 "여보게, 내 식사는 언제나 늙은 닭과 야윈 병아리였다네.
 이런 고기엔 물렸어.
 자네는 맛있는 음식을 위해 조금만 모험을 하면 되지.
 나는 인가(人家)까지 가지만, 자네는 멀리 떨어져 있지.
 자네의 기술을 나에게 가르쳐주게. 친구여, 제발.
 나로 하여금, 내 종족 가운데 처음으로
 살찐 양에게 어금니를 휘두를 수 있게 해주게.
 나는 결코 배은망덕할 놈이 아니니까."
"좋소" 하고 이리가 대답했다.
 "내 형님이 죽었으니
 그 가죽을 벗기러 가세. 자네가 그것을 쓰게."
여우가 따라가자 이리가 다시 말했다.
 "만일 자네가 양을 지키는 개를 무리에서 떼어놓고 싶다면
 이렇게 하게."
여우는 그 가죽을 입고
선생이 가르쳐준 것을 되풀이했다.
처음에는 서툴렀으나, 조금씩 나아져, 다음에는 멋지게,
마침내 조금의 실수도 없었다.
자기 힘으로 할 수 있을 만큼 배웠을 때
양 떼가 가까이 다가왔다. 새로 태어난 이리는 달려가

주위에다 공포를 뿌려놓았다.
마치 아킬레우스의 갑옷을 입은
파트로클로스[3]가 적의 진영과 도시를 놀라게 하자
어머니들, 며느리들, 노인들 모두가 신전으로 도망간 것처럼.
'매에' 하고 우는 양들의 군대는 쉰 마리의 이리를 보는 듯하여
개, 양치기, 양 떼, 모두가 마을로 도망가고
겨우 암양 한 마리를 인질로 남겨놓았을 뿐이다.
이 도둑 여우는 그 양을 손에 넣었다. 그런데 거기서 몇 걸음 못 가
근처의 수탉이 노래하는 것을 들었다.
이리의 제자는 바로 수탉에게 가며
교복을 벗어버리고
양도, 수업도, 선생도 잊고
재빠른 걸음으로 달렸다.

남의 흉내를 낸들 무슨 소용이 있을까?
그렇게 해서 변한다고 생각하는 것은 환상이다.
무슨 기회가 생기면 곧
처음의 길로 되돌아간다.

아무와도 비길 수 없는 폐하의 재치에서,
왕자님이여, 제 무사이는 이 이야기를 생각해냈습니다.
폐하는 저에게 이야기의 주제와
대화 그리고 교훈을 주셨습니다.

1) 루이 14세의 손자, 부르고뉴공을 가리킨다.
2) 왕자 루이, 즉 부르고뉴공의 아버지를 가리킨다.
3) 트로이전쟁 때의 그리스 영웅. 파트로클로스는 아킬레우스의 친구로, 아킬레우스가 총지휘관 아가멤논과 사이가 틀어져 싸움에 나가지 않자 그의 갑옷을 입고 싸움에 나섰다. 트로이군은 진짜 아킬레우스가 나타난 줄 알고 두려움에 떨었으나, 아킬레우스의 당부를 잊고 도망가는 적군을 뒤쫓다 헥토르의 창에 찔려 죽었다.

10. 가재와 그 딸

현자는 이따금 가재처럼
뒷걸음치며, 항구와 반대 방향으로 간다.
이것이 선원들의 기술. 이것은 또한
강한 공격을 피하고자
정반대의 곳을 향함으로써

적들이 그곳을 향해 가도록 만드는 선원들의 책략이다.
나의 주제는 대단치 않지만 곁들여진 것이 더 중요하다.
나는 이것을 어느 정복자[1]에게 적용해보겠다.
그는 혼자서 수많은 동맹국[2]을 쩔쩔매게 하는 사람.
이 패자(覇者)가 시도하지 않는 것과 시도하는 것이
처음에는 비밀에 지나지 않으나, 이윽고 수많은 정복이 된다.
그가 감추려는 것에 주의를 기울여보아도 헛일.
이것은 운명의 신이 결정한 것으로, 아무도 거역 못한다.
급류는 결국엔 거스를 수 없게 된다.
백 명의 신이라도 유피테르 하나를 당하지 못한다.
루이 왕과 운명의 신은 함께 전 우주를 이끌고가는 것처럼 보인다.
그럼, 우리의 우화로 돌아가보자.

어느 날 어미 가재가 딸에게 말하였다.
 "참, 너는 이상하게 걷는구나. 똑바로 걸을 수 없니?"
딸이 대답했다.
 "하지만 어머니도 그렇게 걷잖아요.
 가족들이 하는 것과 어떻게 다르게 걸을 수 있나요?
 전부 비뚜로 걷는데 난들 똑바로 걸을 수 있겠어요?"

딸의 말이 옳다.
가정에서 모든 규범의 힘은
만능이어서, 좋은 일이건 나쁜 일이건
모든 일에 영향을 주어, 현자도 만들고
바보도 만든다. 목적지와

반대 방향으로 간 다음 되돌아오는 것. 이 방법이 좋다.
특히 벨로나³⁾의 기술로는.
다만 상황에 알맞게 써야만 한다.

---

1) 루이 14세를 가리킨다.
2) 1686년 프랑스의 침략에 대비하여 신성로마 황제 레오폴트 1세와 제국령 안의 일부 제후, 영방(領邦) 사이에 체결된 아우크스부르크동맹을 가리킨다.
3) 로마 신화에 나오는 싸움의 여신.

11. 독수리와 까치

하늘의 여왕 독수리는 까치 마르고와
성질도 다르고 말도 다르고 정신도
옷도 다르지만,
같은 때 어느 초원의 끝을 지나고 있었다.
우연하게 그들은 구석진 곳에서 서로 만났다.
까치는 무서웠다. 하지만 독수리는 아주 잘 먹은 뒤여서

안심시키며 이렇게 말했다.
"자, 같이 가지.
 우주를 지배하는 신들의 우두머리도
 때때로 퍽 지루해하신다네.
 알다시피 그들에게 봉사하는 나도 마찬가지.
 딱딱하게 굳어지지 말고 나의 말상대가 되어주게."
지껄이기 좋아하는 새는 그 말을 듣자 멋대로 지껄였다.
이런 일, 저런 일, 모든 일을. 호라티우스의 말하는 사나이[1]는
좋은 소리, 나쁜 소리, 나오는 대로 다 지껄였지만
이 까치의 재잘거림에는 당하지 못할 것이다.
까치는 이 세상에서 일어나는 모든 일을 알려주겠다고 했다.
이곳저곳으로 뛰어다니는
훌륭한 탐정임은 신이 아는 일. 그러나 그것에
불쾌해진 독수리는 화가 나서 말했다.
"너의 집을 결코 떠나지 마라.
 말 많은 까치야, 잘 있어라.
 내 궁전에 수다쟁이는 필요 없단다.
 아주 몹쓸 자들이지."
마르고에게는 이것이 다행이었다.
신의 궁전에 들어가는 것은 생각보다 좋은 일이 아니다.
이 영광에는 흔히 끔찍한 괴로움이 따른다.
소문을 전하는 자들, 첩자들, 우아한 척하지만
속셈은 아주 다른 녀석들이 그곳을 지긋지긋하게 만든다.
그러니 이런 곳에는 까치처럼
두 교구(教區)의 옷[2]을 가지고 다녀야 한다.

1) 호라티우스의 《서간시》(Eptres)에 나오는 말 많은 남자로, 그 이름은 불테이우스 메나이다.
2) 까치가 흰색과 검은색을 같이 가지고 있음을 빗댄 말.

12. 솔개와 왕과 사냥꾼
— 콩티 공작[1] 전하께 —

신들은 인자하기 때문에, 사람들은 왕들도
이와 같기를 바랍니다. 관대함이야말로
그들의 권리 가운데 가장 아름다운 것.
복수의 즐거움 따위는 이에 미치지 못합니다.
전하, 이것이 전하의 생각. 전하 마음속에서
노여움이 생기기가 무섭게
곧 사라짐은 누구나 다 아는 일.
아킬레우스는 자신의 노여움을 다스리지 못하니

전하만 한 영웅이 못 됩니다.
이 칭호는 사람들 가운데, 옛 황금시대처럼
이 세상에서 백 가지 선을 행하는 자에게만 주어지죠.
우리가 사는 이 시대에 이러한 자질을 타고난 자는 드물고
나쁜 짓만 안 하면 세상 사람들은 고맙게 생각합니다.
전하는 이러한 본보기를 따르지 않고,
오히려 수많은 관대한 행동은 전하에게 신전을 약속합니다.
그 장엄한 하늘의 시민인 아폴로는
전하의 이름을 하프로 찬송한다고 합니다.
신들의 궁전에서 모두 전하를 기다릴 테니
이 세상에는 한 세기만 머무시면 족하겠지요.
결혼의 여신[2]도 한 세기 동안 그대 집에 머물고 싶어합니다.
바라건대 더없이 달콤한 즐거움이
한 세기로는 끝나지 않을
두 분의 운명을 만들어주시기를!
비(妃) 전하와 전하는 모두 그 자격이 충분합니다.
비 전하의 아름다움은 제가 증인이 되지요.
또 하늘의 영묘(靈妙)한 인연도 그 표식이 되지요.
아낌없이 이 선물을 그대에게 바치는 하늘은
오직 전하에게서만 볼 수 있는 뛰어난 기질로
전하의 젊은 청춘을 장식하고자 했습니다.
부르봉 비는 그 재치로써 그 매력을 돋보이게 하고
하늘은 비 전하의 사람됨과
존경받는 기술을 아는 품성에
사랑받는 기술을 아는 품성까지 주었습니다.

전하의 기쁨을 길게 말하는 것은 제게 맞지 않습니다.
그러므로 저는 침묵을 지키고, 이제부터
어느 사나운 새가 한 일을 시로 쓰지요.

솔개 한 마리가, 옛날부터 이어 내려온 자신의 보금자리에서
사냥꾼에게 산 채로 붙들렸다.
사냥꾼은 왕에게 솔개를 바치려고 생각했다.
솔개의 희귀함이 이 일을 값지게 했다.
사냥꾼이 황송하게 바친 이 새는,
만일 이 이야기가 거짓이 아니라면,
곧바로 그 날카로운 발톱으로
폐하의 코를 움켜쥐었다.
　　"뭐! 폐하의 코에?"
　　"바로 왕의 몸에!"
　　"그러면 그때 왕홀도 왕관도 없었던 말인가?"
　　"그런 것은 있으나 마나지."
왕의 코는 평민의 코와 다름없이 꼬집혔다.
신하들의 아우성 소리와 걱정 소리는
아무런 도움도 안 되고
왕은 소리칠 수도 없었다. 존엄한 왕이
운다는 것은 당치도 않은 일.
새는 자리에서 움직이지 않았다. 날아가기를
조금도 서두르지 않았다.
사냥꾼은 도로 부르고, 소리 지르고, 귀찮게 하고,
먹이로 유인하고, 주먹질을 해보았지만 소용없었다.

이 상태로 이튿날까지,
무례한 발톱을 가진 이 저주받을 새는
소동에는 아랑곳없이 거기에 둥지를 틀고
신성한 코 위에서 하룻밤을 새울 작정인 듯 보였다.
떼어놓으려 하면 그의 변덕을 자극할 뿐.
겨우 새가 떨어져나갔을 때 왕은 말했다.
"이 솔개와, 나를 즐겁게 해주려던 녀석도 다 보내주어라.
한쪽은 솔개로서, 또 한쪽은 숲에 사는 사람으로서,
양쪽 다 각기 자기의 임무를 다했으니
왕으로서 어떻게 해야 하는지 알고 있는 나는
그들에게 처벌을 면제한다."
궁전 사람들은 감탄했다. 신하들은 환호하며
그 결정을 칭송했다. 그들 자신은 조금도 그렇게 못했지만.
이러한 모범은 왕이라 할지라도 드문 일.
사냥꾼은 다행히 화를 면했다.
죄라면 다만, 이 인간도 새도
군주에게 너무 가까이 가는 일의 무서움을 몰랐던 것.
그들은 숲속의 주민에 대한 일밖에
알 수가 없었으니, 그것이 그처럼 큰 죄인가?

필파이는 이 사건이 갠지스 강변 근처에서 있었다고 전한다.
거기서는 누구도
살생을 하기 위해서 짐승에게 손대지는 않는다.
왕조차도 살생에 손대는 일을 삼갔으리라.
그들은 말한다.

"이 사나운 새가 트로이를 포위할 때
있지 않았는지 누가 알 것인가?
어쩌면 거기서 가장 높고 가장 고귀한
영웅이나 왕의 신분이었을지도 모른다.
이 새는 언젠가 다시 예전의 신분으로 돌아갈지 모른다.
우리들은 피타고라스의 가르침에 따라서
인간이 동물과 형태를 바꾼다고 믿는다.
때로는 솔개, 때로는 비둘기,
때로는 사람이 되었다가도 어느덧
하늘에 가족을 가지는 새가 된다."

이 사냥꾼의 사건을
전하는 이야기에는 두 가지가 있으니, 다른 하나는 다음과 같다.

어떤 매 사육사가, 이야기에 따르면, 사냥하다가
솔개를 잡았는데(이런 일은 아주 드물지만)
진귀한 것이기 때문에
왕에게 바치고자 했다.
이러한 일은 백 년에 한 번 일어날까 말까 한 일.
이야말로 매 사육사로서는 더할 수 없이 기쁜 일이다.
이 사냥꾼은 수많은 신하들을 헤치고 나아가며
이전에 느껴보지 못한 감격에 불탔다.
견줄 데 없는 헌상품(獻上品) 때문에
운이 이루어진 것으로 생각했다.
그때 방울을 단 그 새는

아직 야성 그대로 난폭하여
강철로 만든 듯한 날카로운 발톱으로
사냥꾼의 코를 잡고, 이 가련한 남자를 놓지 않는다.
그 남자는 소리를 지르고, 모두 웃는다.
왕도 신하들도. 누가 웃지 않을 수 있겠는가?
나 같으면 제국(帝國)을 준다고 해도 그 자리를 떠나지 않았을
것이다.
교황이 웃었을지는, 솔직히
장담할 수가 없다. 하지만 만일 왕이라서
웃지 못했다면 불행한 왕이라고 생각했을 것이다.
이것은 신들의 즐거움이다. 검은 눈썹에도 거리끼지 않고
유피테르와 불멸의 신들도 역시 웃었다.
역사에 따르면, 불카누스[3]가 절뚝거리며
술을 따르러 왔을 때 이 신은 크게 웃었다.
불멸의 신들이 현명한 태도를 보여주었든 아니든
하여간 나는 정당한 이유에서 주제를 바꾸었다.
왜냐하면, 문제는 교훈이므로,
이 사냥꾼의 수난은 어떠한 것을
우리에게 가르쳐주는가? 옛날부터 지금까지
관대한 왕보다 어리석은 매 사육사가 많다는 것이다.

---

1) 프랑수아 루이 드 부르봉(1664~1709). 1688년 콩티 공작의 손녀와 결혼했고 이 우화는 그 무렵에 쓰였다. 당시 콩티 공작 집안은 라 퐁텐을 보호해주었다.
2) 콩티 공작은 마리 테레즈 드 부르봉과 결혼했다.
3) 로마 신화에 나오는 불의 신. 태어나면서부터 절름발이였다.

13. 여우와 파리와 고슴도치

숲속의 오랜 주민, 영리하고 음흉하고 교활한 여우가
사냥꾼에게서 상처를 입고 깊은 늪에 빠지자
그 핏자국에 날개 달린 저 기식자(寄食者),
우리들이 파리라고 부르는 녀석들이 꾀었다.
여우는 하늘의 신들을 비난했다. 그리고 운명이 이처럼
자기를 괴롭히려 하고, 파리가
몸을 뜯어먹게 하는 것을 아주 뜻밖이라고 생각했다.
 "뭐! 나에게 덤벼들다니. 숲속의

모든 주민들 가운데 가장 영리한 나에게!
언제부터 여우가 이처럼 좋은 음식이 되었던가!
나의 꼬리는 무슨 소용이지? 필요 없는 무거운 짐인가?"[1]
꺼져라! 하늘의 저주를 받아라. 귀찮은 벌레들아.
왜 평민들을 뜯어먹지 않느냐?"
이웃에 사는 고슴도치 한 마리,
나의 시에서는 신인배우가
여우를 탐욕스럽고 귀찮은 떼거리에서
구해주려고 했다.
"내가 가서 이 바늘로 그놈들을 수백 번 찔러주겠네.
이웃의 여우 양반."
고슴도치가 말했다.
"이것으로, 괴로움을 그치게 해주지."
"가만히 있게나."
여우가 말했다.
"친구여, 그러지 말게.
제발 그놈들이 식사를 하게 내버려두게.
이놈들은 물릴 정도로 먹었지. 새로 달려들 파리 떼는
더 욕심 많고 잔인할 거라네."

이 세상에는 기생하는 자가 너무나 많다.
궁전의 신하들이 그렇고, 재판관들이 그렇다.
아리스토텔레스는 이 우화를 인간에게 적용했다.[2]
이런 예는 흔하다.
특히 우리가 사는 이 나라 안에는.

배가 부르면 부를수록 이 녀석들은
그만큼 덜 귀찮은 존재가 된다.

---
1) 제5권 5화 〈꼬리 잘린 여우〉 참고.
2) 이 우화의 줄거리는 아리스토텔레스의 《수사학》(*Rhetoric*)에 바탕을 두고 있다.

14. 연애와 광기

사랑의 신은 모든 것이 수수께끼.
그의 화살, 화살통, 햇불과 어린 나이.
이 문제를 남김없이 밝히는 것은
하루 동안에 할 수 있는 일이 아니다.

그러므로 나는 여기서 모든 것을 설명하고자 하지는 않는다.
내 목적은 다만, 내 방법대로,
어째서 이 장님이(사실은 신이지만)
도대체 왜 빛을 잃었는가,
이 불행이, 어쩌면 행복일지도, 어떠한 결과를 가져왔는가 말하는 것.
판단은 연인에게 맡기고, 나는 이에 관한 판단을 삼간다.

광기의 신과 사랑의 신이 어느 날 같이 놀고 있었다.
그때는 사랑의 신이 아직 눈이 멀지 않았다.
싸움이 벌어졌다. 사랑의 신은 그 때문에
신들의 회의를 열기 바랐으나,
상대방은 참지를 못하고
너무나 심하게 때려서 그 때문에
사랑의 신은 하늘의 빛을 볼 수 없게 되었다.
베누스는 복수를 원했다.
여자이자 어머니이니, 그녀의 울부짖음을 알기에 충분하다.
신들도 그 때문에 괴로웠다.
유피테르도, 네메시스[1]도
지옥의 재판관들도, 그 밖의 모든 신들도.
베누스는 이 사건의 중대함을 자세히 말하였다.
그녀의 아들은 지팡이 없이는 한걸음도 걷지 못했다.
어떠한 벌도 이 죄에는 무거울 수 없다.
피해도 또한 보상되어야 한다.
모두 모여서 공중의 이익과

소송 상대방의 이익을 잘 생각한 끝에,
마침내 최고법원은 광기의 신에게
사랑의 신의 길잡이가 되라는 판결을
내렸다.

---

1) 밤의 신 닉스의 딸로 인간을 벌하는 복수와 징벌의 여신이다.

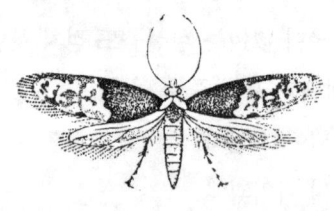

15. 까마귀와 영양과 거북과 쥐
—라 사블리에르 부인에게—

나는 그대를 위해 시 속에 신전을 준비했다.
우주와 더불어 그것은 영원할 것이다.
이미 내 손은, 신들이 만들어낸
이 아름다운 예술 위에, 그리고 그 신전 속에서
숭배받으려는 신의 이름에 걸고
그 영속(永續)의 기초를 세워놓았다.
입구의 문 위에 쓰인 말은 이러하다.

"여신 이리스의 성스러운 궁전."
그녀는 주노에게 고용된 그 여신[1]이 아니다.
왜냐하면 주노 자신과 하늘의 주인도
또 하나의 이리스에게 봉사하고 그 심부름을 하는
명예만으로도 영광으로 알 테니까.
아치에는 그녀를 신의 자리에 놓은 모습이 그려지고
거기에는, 화려한 행렬을 이룬 올림포스의 모든 신들이 보이고
이리스를 빛의 닫집 아래 놓는다.
사방의 벽에는, 유쾌한 주제로,
그녀의 일생이 자세하게 그려져 있고
다만 거기에는 나라들을 뒤집어엎는
사건들은 거의 없으리라.
신전의 가장 깊숙한 곳에는 그녀의 초상이 있다.
그녀의 자태, 그녀의 미소, 그녀의 매력과
무심코 사람을 기쁘게 하는 그녀의 기교,
모든 사람이 경의를 표하게 만드는 그녀의 매력들이 담겨 있다.
그녀의 발 아래서 속세의 인간들을 볼 수 있다.
영웅들, 반신반인(半神半人)까지,
신마저도, 세상 사람들이 받드는 자들도
때때로 그녀의 제단에 향을 피운다.
여신의 눈에는, 그 영혼의 모든 보물을
완전하지는 못해도 번쩍이게 하고 싶다.
언제나 생생하고
친구에게 끝없이 부드러운 그 마음,
하늘에 태어나, 여성의 우아함과 더불어

남성미까지 갖춘 그 재치는
내가 생각한 것처럼 그려낼 수 없기 때문에,
오, 그대, 이리스여, 모든 매력을 알고
최고의 기쁨을 누리게 할 줄 아는,
자신을 사랑하듯 모두를 사랑하는 그대는
(그렇게 말해도 결코 사랑을 상상해서는 안 된다.
왜냐하면 이것은 그대의 궁전에서는 금지되었기에.
그것은 그렇고), 언젠가 내 무사이가
이 막연한 밑그림을 완성하도록 허락하였다.
나는 이 구상과 계획을 더 풍부하게
하나의 이야기로 장식하였다.
그 이야기에는 우정의 뛰어난 예,
큰 가치가 있는 예가 들어 있어, 이 소박한 이야기는
잠시 그대 마음을 즐겁게 하리라.
이 일은 군주들 사이에서는 일어나지 않는다.
그대의 궁전에서 존경받는 것은
사랑할 줄 모르는 왕이 결코 아니니까.
이것은 친구를 위해서 자기 목숨을 버릴 줄 아는
사람의 이야기다. 그처럼 훌륭한 사람은 좀처럼 보기 힘들다.
같이 사는 네 마리의 동물이
인간에게 교훈을 보여주려고 한다.

영양(羚羊)과 쥐와 까마귀와 새끼 거북이
함께 사이좋게 살고 있었다. 즐거운 동료들.
인간이 알지 못하는 곳에 사는 곳을 정했기에

그들의 행복은 안전했다.
그러나, 이런! 인간은 마침내 모든 거처를 알아내었다.
사막 한 가운데에 있든,
물 속 깊은 곳이든, 하늘 꼭대기에서든,
인간의 은밀한 함정을 피하지 못한다.
영양이 별 생각 없이 놀러 나갔을 때,
개 한 마리, 인간의 야만적인 즐거움을 위한
저주받을 도구가
풀 위에서 영양의 발자취가 남긴 냄새를 맡았다.
그녀는 도망쳤다. 한편, 쥐는 식사 시간이 되자
남아 있는 친구들에게 말했다.
　　"어째서 오늘은 식탁에 세 명밖에 없지?
　　　영양은 벌써 우리를 잊어버린 건가?"
이 말을 듣자 새끼 거북이 당장 외쳤다.
　　"아! 내가 만일
　　　까마귀처럼 날개를 가지고 있다면,
　　　당장 이 발로 날아가
　　　어디서, 무슨 일이 일어나
　　　다리가 날랜 우리의 친구를
　　　꼼짝 못하게 하는가 알아볼 텐데.
　　　친구의 마음을 가볍게 생각해서는 안 되지."
까마귀가 날개를 치며 날아갔다.
멀리서 보니, 조심성 없는 영양이
올가미에 걸려 괴로워하고 있었다.
까마귀는 곧바로 다른 동료들에게 알리러 갔다.

영양에게 그 불행이 언제, 왜,
어떻게 닥쳐왔는가를 물어서
어느 학교의 선생이 한 것처럼[2]
유용한 시간을
쓸데없는 이야기로 헛되이 쓰기에는
너무 똑똑했기 때문이다.
그래서 까마귀는 날아서 다시 돌아왔다.
까마귀의 보고를 듣자 세 친구는
회의를 열었다. 두 마리의 의견은
당장 영양이 잡혀 있는 곳으로 가는 것뿐이었다.
　　"한 마리는" 하고 까마귀는 말했다.
　　"집을 지켜야지.
　　　그 느린 걸음으로 언제 가겠어?
　　　영양이 죽은 다음에야 오겠지."
이렇게 말하자마자, 까마귀와 쥐는 그들의
귀중하고 충실한 친구
불쌍한 산의 멋쟁이를 구하러 갔다.
거북도 그곳으로 달려가고 싶었다.
그래서 자기의, 당연하지만, 짧은 다리와
자기 집을 날라야 하는 운명을 저주하면서
둘과 같은 길을 떠났다.
롱주마이유[3]는 (쥐가 이 이름을 가지게 된 것은 마땅하다)
올가미의 매듭을 잘랐다. 그 기쁨은 짐작할 수 있다.
사냥꾼이 와서 이것을 보았다.
　　"누가 우리의 먹이를 훔쳐갔나?"

롱즈마이유는 그 말을 듣고 구멍 속으로
까마귀는 나무 위, 영양은 숲속으로 숨는다.
한데 사냥꾼은 그 도둑놈을 몰라
반쯤 미치게 되었는데
거북을 보고는 그에게 화풀이를 한다.
    "왜 이놈은 이처럼 서둘러 오는 거지?
      이놈으로 수프를 만들어 먹어야지."
그는 거북을 주머니에 넣었다. 거북이 다른 동료의 대가를 치르는 신세.
만일 까마귀가 영양에게 이 일을 알려주지 않았더라면.
영양은 숨어 있던 곳에서 나와
절뚝거리며 자기 모습을 다시 드러냈다.
사냥꾼은 쫓아가려고 짐이 되는 것을
전부 버렸다. 그러자 롱즈마이유는
주머니의 매듭을 열심히 쏠아
마침내 사냥꾼의 저녁 식사감인
또 다른 누이동생을 구해냈다.

필파이는 이런 일이 있었다고 이야기합니다.
조금이라도 아폴로의 도움을 빌 수 있다면
나는 정말로, 그대를 기쁘게 하기 위해서
일리아스나 오디세이아만큼 긴 작품도 쓸 것입니다.
롱즈마이유가 중요한 영웅 역을 맡겠지요.
사실을 말하면, 제각기 없어서는 안 될 배역들입니다.
집을 걸머진 스페인 공주가 말을 꺼냈기에

까마귀 나리가 날아가
정찰과 전령의 구실을 한 것입니다.
영양 또한 사냥꾼을 끌어내서
롱즈마이유에게 시간을 벌어주는
솜씨를 가지고 있습니다.
이처럼 각기 자기의 처지에서
서로 돕고, 움직이고, 애를 쓴 것입니다.
누구에게 상을 줄 것인가? 제게 맡긴다면 마음에게 주고 싶습니다.

---

1) 이리스는 무지개의 여신이자 신들의 사자로, 특히 주노(헤라)의 사자 노릇을 하였다.
2) 제1권 19화 〈아이와 교사〉 참고.
3) 제2권 11화 〈사자와 쥐〉 참고.

16. 숲과 나무꾼

한 나무꾼이 자신의 도끼에 끼워진
나무자루를 부러뜨렸든지 아니면 잃어버렸든지 했다.
이 손상은 빨리 고쳐지지 않는 것이기에
숲은 시간을 조금 벌었다.
마침내 사나이는 공손히 머리를 숙이고,
다른 손잡이를 만들려고 하니
가지를 하나만
조용히 자르게 해달라고

숲에게 부탁했다.
　"앞으로 이 장사밑천은 다른 숲에서 쓰겠습니다.
　　누구나 다 그 나이와 아름다움을 존경하는
　　많은 참나무와 전나무들이 서 있도록 두겠습니다."
순진한 숲은 사나이에게 새로운 도구를 주었다.
숲은 곧 그 일을 후회했다.
사나이는 도끼에 자루를 끼웠다.
이 고약한 자는 그것을 가지고
신세를 진 숲에서 으뜸가는 자랑거리들만
자르는 데 썼다.
숲은 계속 신음하였다. 다름 아닌
바로 자기가 준 선물이 자신을 괴롭히다니.

이것이 이 세상과 그 졸개들이 늘 하는 짓거리.
이 자들은 받은 은혜를 원수로 갚는다.
나는 이런 이야기를 하는 데 신물이 난다.
하지만 상쾌한 나무 그늘이
이처럼 모욕당하는 것을
누가 한탄하지 않겠는가!
아! 내가 아무리 외치고 남에게 싫은 소리를 해도
배은망덕과 악폐들은
조금도 줄어들지 않는다.

17. 여우와 이리와 말

한 여우, 아직 젊고, 아주 교활한 놈이
태어나서 처음으로 말이라는 것을 보았다.
이 여우, 세상물정 모르는 어느 이리에게 이렇게 말했다.
    "달려가게. 어떤 짐승이 우리 목장에서 풀을 먹고 있는데
    크고 멋지다네. 황홀한 그 모습이 아직도 눈에 선하네."
    "우리보다 강한 놈일까?" 하고 이리는 웃으며 물었다.
    "어떤 놈인가 말 좀 해보게."
    "만약 내가 화가나 학자였다면" 하고 여우는 대답했다.
    "자네가 그놈을 직접 보기 전에
    그 기쁨을 전하련만.

하지만 가보세. 누가 아는가?
운명의 여신이 우리에게 보내준 선물일지."
그들은 갔다. 풀을 먹고 있던 그 말은
이런 친구들에 대해서는 흥미가 없어서
이제 막 거기를 떠나려고 하던 참이었다.
"나리" 하고 여우가 말했다.
"나리의 미천한 종들이
나리의 이름을 알고 싶어합니다."
이 말은, 생각이 없는 녀석이 아니라서, 이렇게 대답했다.
"내 이름을 읽어보시게, 나리들이라면 읽을 수 있을 테니.
내 구두장이가 구두 바닥에 써놓았다네."
여우는 자기의 무식함을 핑계댔다.
"제 양친은 조금도 저를 공부시켜주지 않았지요.
가난해서 재산이라곤 굴 하나뿐이었죠.
이리의 양친들은 높으신 분들이니 읽는 법도 가르쳐주었
을 겁니다."
이리는 이 아첨에 기뻐하며 가까이 갔다.
그러나 이 허영심이 그의 이를 넷이나 부러뜨리게 했다.
말은 발로 한 번 차고는 도망가고, 이리는 불쌍하게 땅에 뻗었다.
피투성이에 크게 다친 채로.
"형제여" 하고 여우는 말했다.
"아, 이제야 알았네.
똑똑한 사람들이 나에게 가르쳐준 것을.
저 동물은 자네 턱에다 이렇게 써놨네.
현자는 낯선 이를 믿지 않는다고."

18. 여우와 칠면조들

여우의 공격에 대비하여
칠면조들은 나무 하나를 요새로 삼았다.
신의 없는 짐승이 성벽을 한 바퀴 돌더니
모두가 보초를 선 꼴을 보고는 소리쳤다.
 "뭐야! 이놈들이 나를 놀리는 건가?

자기들만 세상의 법칙을 벗어나보겠다고?
　　　안 되지. 절대로 안 되고말고."
여우는 자신의 말을 실천에 옮겼다.
마침 달이 밝아서 여우 나리에게는 불리하게도
칠면조 무리의 편을 드는 듯했다.
요새를 포위하는 데 경험이 많은 여우는
간악한 계략으로 가득 찬 꾀주머니의 힘을 빌리기로 했다.
기어올라가는 척하고 뒷발로 일어서고,
죽은 척하다간 다시 살아나는 흉내를 냈다.
아를레캥[1]도 여우처럼 여러 인물을
연기하지는 못했으리라.
꼬리를 들어 그것을 달빛에 반짝이게 하고
그 밖에 수많은 다른 장난을 쳤다.
그러는 동안, 어느 칠면조도 잠을 잘 수 없었다.
적은 같은 대상에 계속 시선을 붙들어둠으로써
그들을 지치게 만들었다.
불쌍한 새들은 결국 홀려서 하나 둘씩 떨어졌다.
떨어지는 족족 잡아가니, 반 가까이 굴복한 셈이다.
여우는 그들을 전부 자신의 식량 저장소로 가져가버렸다.

위험에 대해 지나치게 조심을 하면
도리어 거기에 빠지게 마련이다.

---

1) 이탈리아 희극의 정형적(定型的) 인물로, 여러
　　가지 색이 들어간 옷을 입고 검은 가면으로 얼굴을 가렸다.

19. 원숭이

파리에 한 원숭이가 있어
누군가가 짝을 지어주었다.
어떤 남편의 흉내를 낸 원숭이가
그녀를 자꾸 때려, 가련한 부인은
한숨만 짓다 마침내는 더 이상 한숨도 쉬지 않았다.

그들의 아들은 처음 듣는 슬픈 소리를 냈다.
울음을 터트렸으나 소용없었다.
아버지는 그것을 비웃었다. 부인이 죽은 것이다.
이미 그는 새로운 사랑을 시작했고
사람들은 그가 여전히 때릴 거라고 생각했다.
그는 술집을 늘 드나들며 자주 취했다.

남의 흉내를 내는 자에게서 좋은 일을 기대할 수는 없는 것.
그것이 원숭이든 책을 쓰는 자이든.
그 가운데 가장 나쁜 족속은, 바로 작가란 놈이다.

20. 스키티아의 철학자

어떤 엄격한 철학자가 태어난 곳은 스키티아,[1]
좀 더 조용한 생활을 하고자
그리스로 여행을 떠났다. 그런데 어떤 곳에서
베르길리우스가 이야기한 노인[2]과 같은 현자를 만났다.
왕들에게 뒤떨어지지 않을 인물, 신들에게 가까운 인물,
신들처럼 만족하고 조용히 사는

그의 행복은 한 정원을 아름답게 하는 일이었다.
스키티아인은 거기서, 선생이 조그만 낫을 들고
과일이 열리는 나무의 쓸모없는 부분을 덜어내고,
가지를 치고, 다듬고, 여기저기 잘라내어
지나치게 걱정해서
자연의 모든 곳을 고치는 것을 보았다.
　"왜 이렇게 못쓰게 하지요? 이 가련한 숲의 주민들을
　이처럼 불구로 만드는 것이 현자가 할 일인가요?
　그 조그만 낫을 버리시오. 손상을 입히는 그 도구를.
　시간이라는 낫이 하게 두시오.
　그들도 머지않아 지옥의 강변을 따라 가게 될 것입니다."
상대방이 대답했다.
　"필요 없는 부분을 자르는 거지요.
　잘라내면, 나머지 것들이 그만큼 이익을 얻지요."
스키디아인은 쓸쓸한 고향집에 돌아가
이번에는 자신이 조그마한 낫을 들고, 계속 베고 잘랐다.
이웃 사람에게도 권하고, 친구에게도
모든 가지를 자르도록 충고했다.
자기 정원의 가장 아름다운 가지를 자르고
모든 이치에 어긋나게 과실나무의 가지를 자르는데,
시기나 계절을 지키지 않고
달이 차거나 기우는 것도 살피지 않으니
결국 모두 힘을 잃고 시들어버렸다.
이 스키티아인은 분별없는 스토아파를
아주 잘 나타내고 있다.

이 파의 사람들은 영혼에서 욕망과
열정, 좋은 것, 나쁜 것을 가리지 않고 없애버린다.
가장 순진한 바람까지도.
이러한 녀석들에게 나는 항의한다.
우리의 마음으로부터 가장 중요한 원동력을 제거하고
사람이 죽기도 전에 사는 것을 막아버리니까.

---

1) 흑해 북쪽 지역의 초원지대를 가리킨다.
2) 베르길리우스의《농경시》(農耕詩) 제4권에 나오는 타렌통 교외의 농부. 제9권 5화 〈학생과 선생과 정원 주인〉과 제11권 8화 〈노인과 세 젊은이〉 참고.

21. 코끼리와 유피테르의 원숭이

옛날에 코끼리와 코뿔소가
제국에 대한 권리와 윗자리를 놓고 다투다
그 싸움을 결투장에서 끝내기로 했다.
날짜가 정해졌을 때, 누군가 와서는
유피테르의 원숭이가
사자(使者)의 지팡이를 가지고 하늘에서 나타났다고 말했다.
역사에 따르면 이 원숭이는 질이라는 이름을 가졌다.

즉시 코끼리는 생각했다.
이 원숭이는 대사의 자격으로
왕인 자신을 찾아 왔다고.
이 영광스러운 일이 아주 자랑스러워
코끼리는 질 나리를 기다리며, 자기에게 신용장을
바치는 것이 좀 늦었다고 생각했다.
질 나리가 드디어, 곁을 지나가면서,
코끼리 각하에게 경의를 나타내려는 듯했다.
코끼리는 사절을 맞을 준비가 되었으나
원숭이는 아무 말이 없었다. 신들이 이 싸움에
관심을 가진 것으로 알았는데
이 새 소식은 아직 그들 세계에서는 관심거리가 되지 않았다.
하늘의 신들에게는
파리든 코끼리든 무슨 상관이랴?
그러니 자기가 말을 시작해야 하는 처지라는 것을 깨달았다.

  "나의 사촌형인 유피테르 전하는" 하고 코끼리는 말했다.
  "이윽고 아주 훌륭한 결투를 자신의 왕좌에 앉아서 보게 되겠지.
  그의 모든 신하들도 훌륭한 시합을 보게 될 거고."
  "무슨 결투를?" 하고 깐깐한 태도로 원숭이가 물었다.
코끼리가 대답했다.
  "뭐! 코뿔소가 나와
  우위를 다투고 있는 것을 모른다고!
  코끼리 왕국이 코뿔소 왕국과 싸우고 있다는 것을?
  당신은 이름 높은 이 나라들을 알고 있겠죠?"

질 나리가 대꾸했다.

"정말로 그러한 이름을 알게 되어서 기쁩니다.

우리의 넓은 궁전에서는

그까짓 일을 이야기하지 않지요."

코끼리는 부끄럽고 또한 놀라서

그에게 물었다.

"여기에는 도대체 무엇을 하러 왔소?"

"개미들에게 목초 다발을 조금 나누어주려고 왔지요.

우리는 모든 것들을 보살피지요.

그런데 당신의 문제에 대해서는,

신들의 회의에서 아무도 말하지 않았죠.

그들의 눈에는 작은 것들이나 큰 것들이나 똑같답니다."

22. 미치광이와 현자

어떤 미치광이가 한 현자에게 돌을 던지며 쫓아왔다.
현자는 그를 돌아보며 말했다.
"친구여, 이 일은 자네에게 어울리네. 이 금화를 받게.
자네는 더 많이 벌어도 좋을 정도로 애를 썼으니까.
모든 수고는 보수를 받아 마땅하지.

저기 지나가는 사람을 보게.
그도 지불할 돈을 가지고 있다네.
그에게 자네의 선물을 주면 보수를 줄 거라네."
이득에 이끌려, 우리의 미치광이는
같은 모욕을 또 다른 시민에게 주러 간다.
이번에는 돈으로 보답해주지 않았다.
수많은 하인이 달려와서, 그 광인을 잡아
몰매를 주어 때려죽였다.

왕들 옆에는 이런 미친놈들이 있다.
그들은 당신들을 희생시켜 주인을 웃긴다.
그들의 헛소리를 막기 위해서 여러분이
응징하러 나서겠는가? 여러분은 아마도
그렇게 강하지는 못하리라. 그들로 하여금 누군가
앙갚음할 수 있는 사람에게 밀을 길게 만드는 것이 낫다.

23. 영국의 여우

— 하비 부인[1]에게 —

그대는 뛰어난 분별력과 고운 마음씨를 가지고 있고
그 밖에도 말로 다 할 수 없는 장점을 가지고 있으니,

고귀한 영혼, 문제들을 해결하고
사람을 이끄는 재능,
솔직하고 자유로운 기질, 그리고 폭풍우와
유피테르[2]마저도 거리끼지 않고 친구가 되는 천부의 자질.
이런 모든 것은 화려한 찬사를 받을 만한 것.
그래도 그대의 재능에 비추어 보면 모자란 듯합니다.
그대는 화려함을 싫어하고 찬사도 귀찮아합니다.
그래서 나는 이렇게 짧고 간단하게 한 것입니다. 그래도 나는
그대의 조국을 위해서
한두 마디 덧붙이고 싶습니다.
이것이 그대 마음에 들 것입니다. 영국 사람은 모든 일을 깊이
생각합니다.
이 점에서 그들의 지성은 그들의 기질[3]을 따릅니다.
문제를 깊이 파고들며, 경험이 풍부한 그들은
곳곳에서 학문의 영역을 넓히고 있습니다.
나는 아첨하기 위해서 이 말을 하는 것이 아닙니다.
그대의 나라 사람들은 다른 나라 사람들보다 뛰어난 통찰력을
지니고 있습니다.
그들이 사는 곳의 개[4]까지도
우리나라 개보다 더 좋은 코를 가지고 있습니다.
여우도 더 영리합니다. 내가 지금부터 그것을 증명하겠습니다.
그들 가운데 한 마리가 목숨을 구하기 위해
여태껏 쓰인 적이 없고, 아주 기발한
책략을 시도한 이야기.

그 흉악범이 최악의 위험에 빠졌다.
코가 좋은 개들에게 거의 절망적인 상태에 몰려
어느 교수대 곁으로 도망쳤다.
거기에는 탐나는 짐승들,
너구리, 여우, 부엉이, 나쁜 짓 하는 버릇이 든 종족들이
본보기로 목을 매단 채, 지나가는 사람에게 교훈을 주었다.
궁지에 몰린 그들의 동지는 시체 사이에 나란히 섰다.
마치 로마군에게 쫓기는 한니발이
그들의 장군들을 속여, 병사들로 하여금 다른 쪽을 쫓게 하여
늙은 여우처럼, 그들의 손아귀에서 도망치는 것을 보는 듯하다.
사냥개들 가운데서 가장 뛰어난 녀석들이
음흉한 놈이 죽은 척하고 매달려 있는 곳까지 와서는
맹렬하게 짖어댔다.
하지만 주인은 개들을 불러들였고
그들의 짖는 소리가 구름을 뚫을 듯했음에도
주인은 이 제법 익살맞은 속임수를 알아채지 못했다.
　　"어떤 구멍이" 하고 그는 말했다.
　　"그 놈의 목숨을 살려주었군.
　　　내 개들은 저 정직한 자들이 매달려 있는
　　　교수대 저쪽에서는 짖지 않는군.
　　　다시 오겠지, 그 건달 녀석도!"
과연 그놈은 와서, 스스로 지옥에 떨어졌다.
많은 바셋 하운드가 마구 짖어대자
우리의 여우는 시체더미가 있는 곳으로 도망갔다.
매달린 나리는 비슷한 속임수를 썼던 그날과

똑같이 잘될 거라고 생각했다.
그러나 딱하게도, 이번에는, 목숨을 잃었다.
그래서 전술도 바꾸어야 한다는 것은 지당한 말!
사냥꾼이라면 자기의 안전을 얻기 위해서라도
이러한 꾀를 생각해내지는 않았을 것이다.
지혜가 모자라서가 아니다. 모든 영국 사람이
뛰어난 지혜를 가진 것을 누가 부정하랴?
하지만 생명에 대한 애착이 적은 것이
대개의 경우, 그들에게 화근이 된다.

나는 당신에게 돌아옵니다.
하지만 당신의 다른 매력에 대해 말하기 위해서가 아닙니다.
모든 긴 찬사가 나의 하프에게는
그다지 맞지 않는 일입니다.
우리의 노래, 우리의 시가
비위 맞추는 칭찬으로는 세상을 조금도 즐겁게 하지 못하고
외국 사람들이 귀를 기울이게 하지도 못합니다.
그대의 왕[5]이, 어느 날 그대에게,
네 쪽의 찬사보다
한 마디 사랑의 말을 더 좋아한다고 말했습니다.
다만 내 무사이가 마지막 노력을 기울인,
그대에게 바치는 선물을 받아주시기를.
그것은 정말 보잘것없는 것으로
무사이도 이러한 졸작을 부끄러워합니다.
하지만 그대는 똑같은 칭송으로

키테라 섬[6]에서 데리고온 주민으로
그대의 나라를 충만시킨 그 여인을
어찌 즐겁게 하지 못할 리가 있겠습니까?
제가 말하고자 하는 분이, 사랑의 여신에게서 보호받는
마자랭 부인[7] 그분임을 그대는 아시겠죠.

---

1) 영국 왕 찰스 2세의 터키대사를 지낸 하비의 미망인 앤 몬태규(Anne Montagu)를 가리킨다. 그녀의 형제 가운데 프랑스 대사가 있어 중요한 정치적 구실을 하였다. 1683년 파리에서 라 퐁텐과 만나 친해져 그를 영국으로 초대하고자 하였다. 라 퐁텐은 이 초대에 응하지는 않았으나 자기에게 베풀어준 호의에 감사하여 이 우화를 써 보냈다.
2) 루이 14세를 가리킨다. 하비 부인이 루이 14세의 비위를 거스른 마자랭 공작부인과 친한 것을 빗댄 것이다.
3) 제7권 18화 〈달 속의 짐승〉 참고.
4) 여우 사냥에 쓰이는 폭스 하운드를 가리킨다.
5) 찰스 2세를 가리킨다. 찰스 2세는 청교도혁명 중인 1643년 프랑스로 피신했고, 뒤에 다시 공화국군에 쫓겨 프랑스로 망명했었다. 그는 가톨릭교도로서 1670년에 역시 가톨릭국가인 프랑스의 루이 14세와 도버조약을 체결, 프로테스탄트국가인 네덜란드와 전쟁을 치렀다.
6) 사랑과 미의 신 베누스를 숭배하는 그리스의 섬. 여기서는 파리를 가리킨다. 찰스 2세가 다스리던 당시 영국의 상류사회에서는 청교도혁명에 대한 반동으로 프랑스 풍의 화려한 풍조가 만연했었다.
7) 마자랭 추기경의 조카인 오르탱스 만시니(Hortense Mancini). 마자랭 공작부인은 라 퐁텐의 보호자 가운데 한 사람인 부이용 공작부인의 언니로 당시 런던에 망명해 있었다.

24. 다프니스와 알시마뒤르

(테오크리토스[1]를 모방함)

—메상제르 부인[2]에게—

어머니의 사랑스런 따님,
요즘 오직 그녀의 마음에 들려고 사람들이 애쓰고
그 가운데 그대가 사랑하는 자들도 있어
사랑의 신이 그 가운데 몇 사람을 그대를 위해 간직해둡니다.

나는 이 서문 안에서
그대와 어머니 두 분에게
파르나소스 산에서 내가 비결로써 얻은
묘하고 부드러운 향을 아니 바칠 수 없습니다.
그래서 나는 말할 작정……, 그러나 다 말할 수는
없는 일이니, 나의 목소리와 칠현금을
가다듬으면서 선택을 할 수밖에 없습니다.
이윽고 힘이 사라지고, 켤 틈도 없을 테니,
단지 애정이 넘치는 마음으로 길이 찬양하리라.
고매한 감정, 우아함과 그 기지에서
그대에게는 선생이나 대가가 필요 없습니다.
다만 누구나가 찬양하는 어머니를 제외하고는 말입니다.
언제고 사랑의 신이 이와 똑같은 말을
그대에게 할 때는, 그 가지를
너무 많은 가시로 둘러싸지 마십시오.
사랑의 신은 나보다 그것을 더 잘 말합니다.
또한 그의 조언에 귀를 막는 사람들을
벌주는 방법도 알고 있습니다. 다음 이야기에서 볼 수 있듯이.

옛날에 한 젊은 미인이
이 신이 가진 지고(至高)의 힘을 깔보았다.
그녀의 이름은 알시마뒤르로서
거만하고, 붙임성 없는 여자다. 항상 숲에서 달리며,
언제나 목장에서 뛰고, 풀밭 위에서 춤추며,
자기 한 사람의 기분밖에는 다른 권위를 모른다.

그러면서 그 아름다움에서는 어느 미인에게도 지지 않고,
잔인함은 어느 누구보다 더 강했다.
가혹하게 사람을 멀리할 때도 마음을 끌었으니
기분 좋은 날은 얼마나 아름다웠겠는가?
젊고 잘생긴, 고귀한 혈통의 목동 다프니스[3]가
그녀를 사랑한 것은 불행이었다. 아주 작은 친절도,
단 한 번의 눈길도, 단 한 마디의 말마저도
이 인정 없는 이에게서 받아본 적이 없다.
헛된 사랑의 길을 계속 좇기에 지쳐서
죽을 생각만 할 뿐.
희망을 잃은 목동은
무정한 여인의 문 앞으로 달려갔다.
딱하도다! 마음의 상처를 알아주는 것은 바람뿐.
이 비운의 집 안으로
그를 초대해주지 않는다. 그곳에서 그녀는
못생긴 자신의 친구들 사이에서
자기 생일을 축하하기 위해
자기 미모에다 꽃들을,
정원과 녹색 들판의 보석들을 덧붙이고 있었다.
　"나는 그대 눈앞에서 죽고 싶었습니다" 하고 그는 외쳤다.
　"하지만 나는 당신에게 너무나 못난 존재.
　그러니 다른 모든 일과 마찬가지로
　그대가 내 이 비통한 의지마저 거부하는 것에 놀라지 않습니다.
　아버지에게, 내가 죽은 뒤에, 그대의 발치에

그대 마음이 무시했던 내 유산을 바치도록
부탁해놓았습니다. 거기에 목장과
나의 모든 양 떼와 개를 포함시키고,
또한 내 재산의 나머지로
친구들로 하여금 신전을 세우게 하여
그대의 초상화를 걸어놓고
제단에는 늘 새 꽃이 놓이기를 바랍니다.
나는 신전 옆에 조그만 기념비를 만들고
가장자리에 다음과 같이 쓰겠습니다.
다프니스는 사랑 때문에 죽다. 길가는 자여,
걸음을 멈추고 눈물을 흘리며 말하라.
이 사람은 잔인한 알쉬마뒤르의 법 아래서 견디지 못했다고."
이렇게 말하자, 그는 파르카가 다가온 것을 느꼈다.
말을 계속하고 싶었으나 괴로움이 이를 가로막았다.
무정한 여인은 의기양양하게 차려입고 나왔다.
사람들은, 한 순간이라도 그녀의 발을 멈추어
연인의 운명에 대해 약간의 눈물이라도 흘리게 하려 했으나 헛일,
그녀는 여전히 키테라의 아들을 모욕했다.
그날 저녁부터, 사랑의 신의 법을 무시하고
친구들을 끌어들여 신의 동상 둘레에서 춤을 추었다.
사랑의 신이 그녀 위로 쓰러지고, 그 무게로 짓눌렀다.
구름 속에서 목소리가 울려나와
메아리가 다음의 말을 되풀이해서 공중에 퍼지게 했다.
　"이제 모두 사랑하시오. 무정한 자는 더 이상 없으니."
그렇지만 스틱스에 내려간 다프니스의 영혼은

그녀가 달려오는 것을 보고 놀라서 몸서리쳤다.
지옥 전체가 이 아름다운 살인자가
목동에게 변명하는 것을 들었다.
그러나 목동은 귀를 기울이려 하지 않았다.
아이아스[4]가 오디세우스에게, 디돈[5]이 그의 신의 없는 애인에게 한 것처럼.

---

1) 기원전 3세기 그리스의 대표적 목가시인(牧歌詩人)으로, 로마의 시인 베르길리우스를 비롯하여 밀턴과 셸리 등 후세 시인에게 커다란 영향을 끼쳤다.
2) 라 사블리에르 부인의 딸로 노르망디 최고법원 고문의 미망인.
3) 그리스 신화에 나오는 양치기로 헤르메스와 님프의 아들로 알려졌다. 목신(牧神) 판에게서 노래와 피리를 배워 목가(牧歌)의 창시자로 불린다.
4) 호메로스의 《오디세이아》에서 오디세우스가 아이아스를 부르나 아이아스는 대답도 하지 않고 도망가버린다.
5) 베르길리우스의 장편 서사시 《아이네이스》(*Aeneis*)에서 아이네이스가 애인 디돈의 영혼에게 말을 걸지만 디돈은 대답하지 않는다.

25. 재판관과 의사와 은자

세 사람의 성자(聖者)가 똑같이 영혼의 구원을 열망하여
같은 생각으로, 같은 목표를 지향했다.
그들 셋은 각기 다른 길로 그곳에 가려했지만

모든 길은 로마로 통한다. 그러므로 우리의
경쟁자들은 다른 길을 선택할 수 있다고 믿었다.
한 사나이는 소송사건에 언제나 붙어 다니기 마련인
근심, 지연, 장애물에 마음이 끌려
보수 없이 재판을 하겠다고 스스로 나섰으며
이승에서 부를 쌓을 생각은 조금도 하지 않았다.
법률이라는 것이 생긴 이래, 인간은 자신의 죄 때문에
일생의 반을 변호하는 데 바치도록 운명 지워졌다.
일생의 반? 때로는 4분의 3, 종종 일생을 바칠 때도 있다.
중재인은 이 무분별하고 가증스러운 욕망을
끝낼 수 있다고 믿었다.
우리의 두 번째 성인은 병원을 골랐다.
나는 그를 높이 산다. 병의 고통을
덜어주기 위해 돌봐주는 것이
내기 보기에는 다른 것들보다 나은 베풂.
그 당시의 환자들도, 오늘날의 환자처럼
그 가련한 자선 수도회의 수사에게 수련을 시켰다.
침울하고, 안달하고, 끊임없이 불평을 한다.
　　"저 사람은 아무개에게는 특별히 마음을 쓰지.
　　　친구인가 봐. 우리는 거들떠보지도 않잖아."
이런 불평도 다툼을 조정하는 이가 겪는
곤경에 견주면 아무것도 아니다.
아무도 만족하지 않는다. 법정의 판결을
쌍방의 어느 누구도 따르지 않으니,
그들의 말에 따르면, 재판관은 공정한

저울을 가져본 적이 없다고 한다.
이러한 말들에 중재인은 넌더리가 나서
병원으로 달려가 원장을 만났다.
두 사람 다 오직 푸념과 투덜거리는 소리를 들을 뿐,
괴로워하다, 그들의 일을 떠날 수밖에 없어,
자신들의 괴로움을 숲속의 조용한 곳으로 털어놓으러 갔다.
그곳, 험준한 바위 아래, 맑은 샘 근처
바람도 없고, 태양도 미치지 않는 곳에서
다른 성자를 만나자, 그에게 조언을 구했다.
　"조언은" 하고 그들의 친구는 말했다.
　"자기 자신에게서 얻어야 합니다.
　　누가 그대들 이상으로 그대들의 요구를 잘 알겠습니까?
　　자기를 아는 법을 배우는 것이야말로 모든 사람에게
　　지고(至高)한 신이 준 첫 번째 일거리입니다.
　　그대들은 인간이 사는 세계에서 자신을 알았습니까?
　　고요한 곳이 아니면 그런 일은 이루어지지 않습니다.
　　다른 곳에서 이 보물을 찾는 것은 큰 실수.
　　개울물을 흐려보십시오, 자기 모습이 비치나.
　　이 물을 휘저어보십시오."
"어찌 우리 모습을 볼 수 있겠습니까?
　　물 밑의 진흙이 두꺼운 구름이 되어
　　그 때문에 수정 같은 물과는 반대가 되었습니다."
"형제들이여" 하고 성자는 말했다.
"물을 가만히 내버려두시오.
　　그러면 그대들 모습을 볼 수 있다오.

자기 모습을 더 잘 보려면 사람 없는 들에 머무르시오."
그의 말은 믿음직해서, 모두 이 좋은 충고를 따랐다.

하지만 어떤 일을 참고 견디지 말라는 것은 아니다.
누구는 소송을 하고, 누구는 죽기도 하고
또 누구는 아프기 마련이기 때문에
의사가 필요하고, 변호사가 있어야 한다.
이러한 도움은, 신의 은총으로, 부족하지는 않을 것이다.
명예와 이익도 있을 것이다. 그런 것이 없어져버릴 리가 없다.
그러나 이러한 공통된 욕구들 가운데서 인간은 자기를 잊어버린다.
오! 대중에게 모든 수고를 다하는 그대들,
재판관, 군주 그리고 장관들이여,
수많은 불길한 일로 마음이 어지러울 수밖에 없고
불행으로 쓰러지고, 행복으로 타락하는 그대들이여.
여러분은 자기 모습을 보지 않고, 다른 사람의 모습도 보지 않는다.
설사 어떤 좋은 기회에 그것을 깨달았다고 해도
어떤 아첨꾼이 여러분을 가로막는다.

이 교훈이 이 작품을 매듭지으리라.
바라건대 앞으로 올 여러 세기에도 도움이 되기를!
나는 이것을 왕들에게 바치고, 또 여러 현자들에게 권한다.
이보다 더 멋지게 이 책을 끝마칠 수도 있을까?

26. 태양과 개구리[1]

진흙에서 태어난 딸들이 별들의 왕으로부터
도움과 보호를 받고 있었다.
전쟁이나 빈곤, 또는 그와 비슷한 재난이
이 나라에 가까이 갈 수는 없었다.
그녀들은 사방에서 자신들의 제국을 내세웠다.

연못의 여왕들은, 실은 개구리에 지나지 않지만,
(멋진 이름으로 부른다고
무슨 비용이 드는가?)
자신들의 은인에게 대항하여 뻔뻔스럽게 반역을 시도하니
그대로 두고 볼 수가 없었다.
행운에서 생겨나는
경솔, 오만 그리고 배은망덕이
곧 그 시끄러운 무리로 하여금 소리를 지르게 만들어
편안히 잠을 잘 수가 없었다.
만약 그들의 불평을 믿어주면
자신들의 울음소리로
크고 작은 나라를 선동하여
자연의 눈[2]에 반항하게 만들 속셈이었다.
태양은, 그녀들의 말에 따르면, 모든 것을 태워버릴 작정이다.
그러니 재빨리 무장하고
강력한 군대를 일으켜야 한다.
태양이 아침에 한 걸음 내딛기가 무섭게
개굴개굴 우는 사절들이
모든 나라로 떠났다.
그들의 말을 들으면, 온 세상이
둥근 지구 전체가
보잘것없는 네 개의 늪을 위해서
돌고 있는 것처럼 보인다.
이처럼 분별없는 불평은
끝없이 계속된다. 그렇지만

개구리들은 입을 다물고
그전처럼 투덜대지 않을 것이다.
만약 태양이 화를 내면
그녀들은 알게 될 것이므로.
물가의 왕국은 바로
그 일 때문에 후회하리라는 것을.

---

1) 라 퐁텐은 이미 제6권 12화에서 같은 제목의 우화를 썼다. 하지만 이 우화에서는 전혀 다른 말투로 태양(루이 14세)에 반항하는 개구리들(네덜란드)을 강하게 비난하고 있다.
2) 태양을 가리킨다.

27. 쥐들의 동맹

한 생쥐가 오래 전부터
그가 다니는 길을 노리는 어느 고양이를 두려워했다.
이런 상황에서 무엇을 할 수 있겠는가?
신중하고 슬기로운 생쥐는
그의 이웃과 상의했다. 그는 우두머리 쥐였다.
그 위대한 쥐 나리는
훌륭한 집에 살고 있으며
게다가 풍문에 따르면,

수고양이든 암고양이든, 고양이의 이빨이나 발톱을
무서워해본 적이 없다고 여러 번 자랑해왔다.
　"생쥐 아줌마" 하고 그 허풍선이가 말했다.
　"솔직히 말해서, 어떻게 하든지
　　나 혼자서는 당신을 위협하는 그 고양이를 쫓을 수가 없소.
　　그러나 주위의 쥐를 전부 모으면
　　내가 그놈을 한번 혼내줄 수 있지."
생쥐는 황송하게 인사를 했다.
그리하여 쥐가 찬방(饌房), 다른 이름으로는 식량저장실로
부지런히 달려가니
거기에 많은 쥐들이 모여
성주(城主)의 돈으로 큰 잔치를 벌이고 있었다.
그는 정신이 혼미해지고
숨을 헐떡이며 그곳에 이르렀다.
　"무슨 일이요?" 하고 그 쥐들 가운데 하나가 물었다.
　"말해보시오."
　"요점만 말하면" 하고 그는 대답했다.
　"내가 온 것은
　　당장 생쥐들을 구하기 위해서요.
　　라미나그로비스가 생쥐들을
　　곳곳에서 약탈하고 있기 때문이오.
　　이 고양이는 고양이 가운데서도 가장 악독한 녀석으로
　　만약 생쥐가 모자라면 다음엔 쥐를 먹으려들 거요."
모두 말했다.
　"정말 그렇군. 자, 자, 빨리 무장을 합시다."

몇 마리의 아주머니 쥐들이 눈물을 흘렸다는 이야기도 있다.
무슨 상관이랴! 이 고귀한 계획을 막을 자는 없다.
모두가 장비를 갖추기 시작했다.
모두가 짐 속에 치즈를 한 조각씩 넣고
모두가 끝으로 어떤 모험도 무릅쓸 약속을 했다.
그들은 모두 축제에라도 가듯 길을 떠났다.
기쁜 정신과 즐거운 마음으로.
하지만 고양이는 그들보다 더욱 영리하여
이미 생쥐의 머리를 물어뜯고 있었다.
쥐들은 큰 걸음으로 전진하여
자신들의 선량한 친구를 구하려고 했다.
그러나 고양이는 놓아주려 하지 않고,
소리치며 적의 무리 속으로 돌진했다.
이 소리에, 우리의 조심스러운 쥐들은,
불길한 운명이 두려워서
그들이 말하는 장엄한 시도를 더 이상 믿고나가지 않고
행운의 후퇴를 했다.
모든 쥐들은 자기의 굴로 물러갔다.
혹시 한 놈이라도 나왔다가는 고양이한테 혼날 테니까.

- 이 끝의 두 우화는 1674년 판에는 실려 있지 않았으나, 그 뒤 대개의 우화집에는 번호 없이 맨 뒤나 중간에 실려 있다.

라 퐁텐 묘비명
자신이 직접 씀

장은 그가 온 것처럼 가버렸다.
재산은 들어오자마자 다 써버리고
많은 보물도 보잘것없는 것으로 여겼다.
그의 세월로 말할 것 같으면, 유용하게 썼으니
세월을 둘로 나누어, 반은 잠자는 데 쓰고
나머지 반은 아무 일도 하지 않는 데 썼다.